„Da fühlten wir uns wieder eingefangen
in den engen Kehrreim,
eingeschlossen in das Leben,
das nach Jahreszeiten berechnet wird,
das Ferien bringt und Hochzeiten
und Todesfälle:
all das müßige Treiben der Oberfläche."

Saint-Exupéry im „Südkurier"

Barbara Wiesener

Notizen aus dem Gartenhaus

arke verlag potsdam

Ein kleiner Auszug aus diesem Tagebuch wurde publiziert in:
Denk ich an Deutschland …
20 Jahre Mauerfall, 20 Jahre Wiedervereinigung
aus weiblicher Sicht
Verlag Kleine Schritte, Postfach 3903, 54229 Trier
www.kleineschritte.de

arke verlag potsdam · Lennéstraße 76 · 14471 Potsdam
zweite, durchgesehene Auflage 2017
Satz und Gestaltung: Bernt Müller
ISBN-13: 978-3-940-46503-0

Auch dieses Mal wird sie die Tagebücher und Briefe, die wie Häute eines abgelebten Lebens vor ihr ausgebreitet sind, in die Schübe ihres Schreibtisches zurücklegen. Der hölzernen Schreibtischdämmerung anempfehlen und auf geeignetere Zeiten warten. Nichts erscheint ihr wesentlich. Nichts wirklich beschreibenswert. Nur den Kalender eines Jahres hält sie zurück und blättert sich zu dem Tag vorwärts, als alle Termine endeten.

Ich bin gerade Witwe geworden. Die Sonnenstrahlen, die der Erde die ersten Düfte des Jahres entlocken, tragen schwarze Ränder. Trauerränder. Wie die Briefe auf meinem Schreibtisch. Alle Arbeiten sind bleischwer. Die Gedanken jagen einander. Immer wieder laufe ich alle Stationen des Sterbens ab. Stemme ich mich gegen den bekannten Verlauf. Versuche ich, dem Unabwendbaren eine doch noch glückliche Wendung zu geben. Immer wieder stirbt er. Unaufhaltsam. Nach einem anderen Plan. Immer wieder versuche ich, in dieses andere Dasein vorzustoßen. Dasein. Hiersein. Nichtmehrhierseinwollen. Schreibmaschinen hämmern Tatsachen in Amtsstuben auf Urkunden, die belegen, was Wirklichkeit ist. Die Wirklichkeit der anderen legt sich flach auf jedes Papier. Todeswirklichkeit – Lebenswirklichkeit.

Sie erinnert sich kaum an die Jahre danach. Die Zeit lief schnell und lautlos wie Pudersand davon. Oft schien es ihr, als hielte sich das Leben nicht mehr wirklich in ihr auf. Ein grauer Film überlagert alles. Wenn sie in die Fotoalben schaut, wundert sie sich über bunte Bilder und Postkarten von Sonnenstränden mit Kindern in Badehosen. Von bizarren blauweißen Schneebergen und Kindern auf Skiern. Mit ihren Kindern, die ihr längst über den Kopf gewachsen sind. Da bin ich wirklich gewesen? denkt sie und blättert weiter.

Auch das kleine graue Album mit dem roten Lederrücken hatte lange in den Schüben ihres Schreibtisches auf den Augenblick des wieder Ansehens gewartet. Vielleicht war sie zehn Jahre alt, als die Patentante ihr das Buch schenkte. Damals begann sie zum ersten Mal ihrem Leben eine Ordnung zu geben. In dem geräumigen Pfarrhaus ging sie auf Bildersuche. Zwischen grauen Kartonseiten bezeugen 30 Schwarz-Weiß-Fotos die ersten zehn Jahre ihres Lebens. Die ersten vier Jahre lebte sie in einem uckermärkischen Dorf, wo ihr Vater Pfarrer war.

Das erste Foto ist eine Bildfolge. Offenbar gelang es dem Fotografen nicht, das herausgeputzte Schwesternpaar auf einem einzigen Bild festzuhalten. In Stillhaltepose. Vielleicht hatte er aber auch Freude an den lebendigen Kindern. Nur wenige Jahre nach dem mörderischen Krieg. Die Mädchen haben einen erbitterten Kampf hinter sich. Die weißen Blusen zipfeln aus den geblümten Trägerröcken. Das kleinere Mädchen ist sie, Barbara Christiane, das größere ihre Schwester Eva-Marie.

Auf einem anderen Bild sieht man einen kleinen Teich, auf dem weiße spiegelnde Enten schwimmen. Es ist der Dorfpool, der längst zugeschüttet ist. In den Vordergrund der Straße legt sich der Schatten des alten Pfarrhauses. Sie erinnert sich an einen heißen Sommer. Eva und sie beobachteten Frösche und Kröten im Teich. Irgendwann folgten sie den Fröschen ins grasgrüne Wasser.

Und dann das Familienbild: Auf der Wiese des Gartens sitzt sie im geblümten Sommerkleid neben dem lächelnden schönen Vater. Er trägt einen dunklen eleganten Anzug, der nicht ins Dorfbild passt. Daneben sitzt die jugendliche Mutter mit der Schwester im Gras. Das muss der letzte Sommer im Dorf gewesen sein.

Auf dem nächsten Bild ist ein anderer Garten zu sehen. Ein Stadtgarten an der Havel. Die Mutter sitzt auf einem Stuhl. Die beiden Mädchen stehen. Sie tragen karierte Sommerkleider mit weißen Kragen und lächeln nun geübter in die Kamera. Der Vater steht leicht nach vorn geneigt im Hintergrund. Am rechten Ärmel seines Mantels ist eine schwarze Armbinde befestigt. Sie erinnert sich, dass der Vater des Vaters kurz nach dem Umzug in die neue Stadt starb. Wenig Erinnerung blieb an den alten Mann mit dem schneeweißen Bart. Er war sehr schweigsam und ernst. Der Krieg hatte ihm zwei Söhne genommen. Der Vater, der vierte Sohn, war schwer verwundet heimgekommen.

Auf einem anderen Bild stehen die Schwestern auf einer verwunschenen Blumenwiese. Verloren aneinandergelehnt. Ein Besuchsfoto in Köln bei der mütterlichen Großmutter. Die beiden „Zonenkinder" wurden bei den Verwandten herumgereicht und mit Schokolade und Bananen gefüttert. Auf dem Foto sind sie beim Onkel Fritz, der in der Nähe von Köln einen Gutshof besaß. Als er erzählte, dass ihm der Wald, der See, das Schloss und die Wiese gehörten, nannten sie ihn König Drosselbart. Gutsbesitzer gab es in der DDR nicht mehr.

Lange hatte sie sich ein Tagebuch gewünscht.

Angermünde, den 10. 9. 1961

Heute bin ich dreizehn Jahre alt geworden. Vor einem Monat sind wir nach Angermünde gezogen. Hier wohnen wir in einem großen gelben Backsteinhaus. Das ist die Superintendentur. Auf der einen Seite des Hauses sind das Amtszimmer, das Sekretärinnenzimmer, das Gästezimmer, die Speisekammer, die Küche und das Gästeklo. Auf der anderen Seite unsere Wohnräume: Esszimmer, Wohnzimmer, Elternschlafzimmer, Gästezimmer, zwei Mädchenzimmer. Nun habe ich endlich ein eigenes Zimmer. Es ist ein Eckzimmer mit zwei großen Fenstern zum Garten. Vor einem Fenster steht eine Eiche, in deren Zweigen Wildtauben nisten. Ich glaube, ich habe das schönste Zimmer der Welt. Es hat einen grünen Spannteppichfußboden, der wie eine Wiese aussieht. Von Mutti und Vati bekamen Eva und ich zum Einzug neue Schreibtische und Kleiderschränke von Hellerau. Dann habe ich noch ein Bett, ein Bücherregal, ein Tischchen, einen Korbsessel und einen Hocker. Auch meine Schildkröte Gingo hat den Umzug gut überstanden. Im Garten unter meinem Fenster habe ich ihr ein Höfchen mit einer Hütte gebaut, in dem sie jetzt munter herumkrabbelt. Löwenzahn gibt es hier auf der Wiese in großer Menge. Mein Bücherregal hat sich nach dem Umzug sehr angefüllt.
Zu meinen Lieblingsbüchern, („Das Tagebuch der Anne Frank“, „Von Tag zu Tag – das große Mädchenbuch“ und Astrid Lindgrens „Bullerbü“) ist viel Neues hinzugekommen, denn die Eltern stellten fest, dass sie viele Bücher doppelt haben. So kamen die Novellen von Theodor Storm und Conrad Ferdinand Meyer und Schillers Werke in meinen Besitz. Heute zum Geburtstag schenkten mir die Eltern einen rot lackierten runden Spiegel, den ich über mein neues Kosmetiktischchen hängen werde. Und Rollschuhe, die ich gleich auf dem Betonweg am Haus ausprobierte.
Meine neue Schule liegt direkt am Kirchplatz. Eva hat es weiter. Sie geht schon zur Oberschule. Obwohl ich erst eine Woche in der neuen Klasse bin, habe ich schon drei Freundinnen. Monika, Karin und Martina. Monika ist die Schönste der Klasse. Alle Mädchen und Jungen möchten mit ihr gehen. Sie hat braune Haare und grüne Augen. Martina ist katholisch. Karin evangelisch. Sie geht mit mir zum Konfirmandenunterricht bei Vati. Heute waren alle drei Freundinnen zu meiner Geburts-

tagsfeier gekommen. Zuerst haben wir im Esszimmer mit der Familie Kaffee getrunken, danach in meinem Zimmer bis zum Abendbrot gespielt. Nun bin ich müde.

Im Tagebuch liegt ein kleiner Zettel:
Besorgungen für meinen Geburtstag:
Streichhölzer, Kerzen, Notizblock, zehn Preise.
Programm:
4 Uhr Kaffeetrinken, 5 Uhr Spiele, 8 Uhr Abendbrotessen.
Spiele: Päckchenpacken, Monopoly, Streichholzreihe,
Chemiequartett, Schreibspiele, Reimbilden, Geschichten
schreiben aus Substantiven,
Onkel Fritz …
Abendbrot, Abendgebet – Schluss

Angermünde, den 5. 5. 1963

Meine Konfirmationsfeier war großartig. Als Vati und ich aus der Kirche kamen, standen alle Gäste in unserem Esszimmer und warteten vor dem zugedeckten Gabentisch auf uns. Wir sangen gemeinsam „Lobet den Herren …“ Dann konnte ich endlich meine Geschenke bewundern. Du liebe Güte, so viel habe ich noch nie im Leben geschenkt bekommen. Aus der Gemeinde kamen ständig Besucher und brachten Blumen und Karten. Vor dem Mittagessen hielt Vati eine Tischrede. Danach musste ich mit allen Gästen anstoßen. Damit war mein Part zunächst zu Ende. Uff. Zum Abendbrot kamen noch Pfarrer Naumann mit Frau, meine Lehrerin Frau von Falckenstein und Frau Meixner mit Sohn. Mutti las aus unserem Kindertagebuch vor. Ich stellte fest, wie frech ich doch früher war …

Nun liege ich im Bett und lese meine Gratulationsbriefe. Von meiner Schwester Eva bekam ich ein neues Tagebuch: „Liebes Bärbelchen, zu Deiner Konfirmation gratuliere ich Dir herzlich. Mögest Du öfter in Dein Tagebuch schreiben als ich es tat. Du sollst aber auch wissen, dass es am besten ist, wenn Du alles unserer Mutter sagst. Sie kann Dir nämlich am besten helfen. Deine Eva“

Dieser kleine Brief bereitet ihr heute noch Unbehagen. Waren diese Ratschläge der sechzehnjährigen Schwester ehrlich gemeint? Oder war die Bravheit eine Maske? Auf jeden Fall schrieb sie viel ins Tagebuch und sagte nicht alles Mutti.

Nardevitz, den 11. 7. 1964

Seit dem 6. 7. bin ich mit den Eltern und Eva auf Rügen. Unser Haus steht direkt am Strand. Leider gibt es hier nur eine Steilküste. So muss man täglich viele Meter abwärts klettern. Der Strand ist steinig. Dafür ist er sehr einsam. Wir wohnen wieder bei Frau Schiffmann. Eva und ich in der Mansarde. Nachts, wenn alles still ist, kann man im Zimmer das Rauschen des Meeres hören. Jeden Tag liegen wir in unserer Steinburg und lassen uns braun brennen. Täglich können wir die Fähre nach Schweden sehen. Nun bin ich schon ein Jahr auf der Einsteinoberschule. Ohne FDJ-Mitgliedschaft und ohne Jugendweihe bin ich eine große Ausnahme in der Klasse. Mit meinem Zeugnis bin ich sehr zufrieden. Ich habe wieder viele Einsen. Nur in Staatsbürgerkunde eine Drei. In der letzten Zeit war ich viel mit Knut zusammen. Er ist in der 10 b. Ich in der 9 a. Oft gingen wir zusammen ins Kino, zum Baden oder Spazieren. Beim Baden ist Knut sehr waghalsig. Vom Fünfmeterturm, der noch nicht einmal fertig montiert ist, macht er immer einen Salto. Ich habe dann große Angst um ihn. Wenn er nach dem Sprung auftaucht, lacht er ganz frech. Mit dem Ruderboot sind wir schon oft auf der Welse bis zur Blumberger Mühle gefahren. Wenn ich rudere, fahren wir immer im Zickzack. Beim letzten Schülerfest tanzte ich beinahe nur mit Knut. Als ich mit Knut zur Bar ging, trafen wir Oleg, meinen Klassenlehrer. Bei der nächsten Lateinstunde wurde ich dann gleich von ihm angezählt. Am Sonnabend vor unserem Urlaub ging ich noch einmal mit Knut spazieren. Wir haben uns viel unterhalten. Über Schule und Sport. Diesmal war ich nicht mehr so schüchtern und habe drauflos geredet. Am Sonntag war Knut im Gottesdienst. Darüber habe ich mich sehr gefreut. So konnte ich ihn noch einmal sehen, denn am Nachmittag fuhr er zu den Turnmeisterschaften nach Dessau. Wir mussten uns für lange Zeit verabschieden, da ich vier Wochen an der Ostsee bleiben werde. Am Nachmittag war mir ganz traurig zumute. Ich habe mich gar nicht mehr auf den Urlaub freuen können.

Kloster Hiddensee, den 21. 7. 1964

Noch immer bin ich an der Ostsee. Die Eltern haben mich auf ihrer Heimreise von Rügen nach Hiddensee gebracht. Mit einer kleinen Fähre sind wir von Rügen nach Hiddensee übergesetzt. Meine Haut ist schon tief braun. Hier in Kloster nehme ich an einer Freizeit teil. Ich wohne mit 26 Mädchen in einer ausgebauten Scheune. Wir schlafen alle in einem Raum. Von den 26 Mädchen sind 15 Pfarrerstöchter. Wir wandern, besprechen Themen und machen Bibelarbeiten. Natürlich baden wir auch täglich. Am Strand mussten wir schon viele Kurschatten abwimmeln. Ich freue mich aber auch schon wieder sehr auf zu Hause. Besonders auf Knut. Von den Angermünder Mädchen hörte ich, dass er mit seiner Mannschaft bei den DDR-Turnmeisterschaften den dritten Platz belegte. Gestern musste ich mit Renate die Morgenandacht halten. Als ich den Bibeltext lesen wollte, war ich vor Aufregung ganz heiser. Renate las die Andacht. Da ich die Ausarbeitung geschrieben hatte, konnte sie mehrmals meine Schrift nicht lesen und ich musste vorsagen. Das war vielleicht eine Andacht! Nun werde ich bis zum Abendbrot noch Federball spielen.

Obwohl sie jetzt regelmäßig von Knut erzählt, beschreibt sie nie sein Äußeres. Was verwunderlich ist, denn er war ihr gerade durch seine äußere Erscheinung schon am ersten Tag in der neuen Schule aufgefallen. Er war größer, dunkler, ernster, geheimnisvoller, blauäugiger und aufrechter als die anderen Jungen der Schule. Er ging so kerzengerade, als hätte er einen Stock verschluckt. Das verlieh ihm Unnahbarkeit, die sich nur langsam ablebte.

Angermünde, den 8. 10. 1964

Seit gestern glaube ich, dass das, was ich für Knut empfinde, er nie für mich empfand. Ich habe ihn sehr lieb gehabt (was ich ihm aber nicht zeigte). Am Sonntag waren wir beide lange spazieren. Am Montag in der Jungen Gemeinde war er so komisch. (Ich dann natürlich auch.) Gestern war Fackelzug (Staatsfeiertag!). Knut erschien nur kurz und war gleich wieder verschwunden. Ich weiß nicht, was ich davon halten soll. Ich bin vollkommen aus dem Gleichgewicht. Ich habe große Angst, das nicht gut zu überstehen. Ich möchte Knut überhaupt nicht mehr begegnen. Vorhin in der Schule würdigte ich ihn keines Blickes. Aber das macht alles noch viel schlimmer. Ich kann auch mit niemandem darüber sprechen. Ich habe richtig Angst vor dem Leben mit seinen großen Enttäuschungen.

Angermünde, den 17. 10. 1964

Ich bin doch ein richtiger Dummkopf. Schon lange bin ich wieder mit Knut zusammen. Leider wusste ich nicht, dass er am 7. 10. bei mir war, um mich zum Spazierengehen abzuholen. Da war ich gerade mit Jutta zu einem Reitturnier in den Stadtpark gegangen. Leider sagte mir niemand etwas. Hätte ich das gewusst, so wären mir viele schlaflose Nächte erspart geblieben.

Im Augenblick ist viel Neues in der Welt passiert. Chruschtschow, der Parteisekretär der KPDSU, der einen westfreundlichen Kurs einschlug und den stalinistischen Personenkult anprangerte, wurde gestern abgesetzt. In England hat die Labourparty das erste Mal die Stimmenmehrheit und bildet die Regierung. China hat eine Atombombe. Und augenblicklich sind die Olympischen Spiele in Tokio, bei denen zurzeit die Amerikaner am erfolgreichsten sind. Gleich werde ich mir die weiteren Wettkämpfe im Fernsehen ansehen.

Gernrode, den 5. 6. 1965

Lieber Knut,
ganz herzlich grüße ich Dich von unserer Klassenfahrt. Es ist hier ganz toll. Die Jugendherberge liegt im Wald an einem See. Wir wohnen in Bungalows. Gestern Abend machten wir ein großes Lagerfeuer. Heute waren wir in dem kleinen Städtchen Gernrode und haben uns die schöne romanische St.-Cyriakus-Kirche angesehen. Ich fand es ganz komisch, dass mein Klassenlehrer und alle Klassenkameraden so andächtig auf den Kirchenbänken saßen. Hella H. hatte gestern einen schweren Sturz und

musste zum Arzt. Die Toiletten sind hier vielleicht süß. Die reinsten Donnerbalken! Heute Morgen hatte ich in meiner Waschschüssel drei Kaulquappen. Das Wasser war schneller wieder aus der Schüssel, als es hereingekommen war. Am Montag wollen wir eine Harzrundfahrt machen und ins Freilichttheater gehen. Im Augenblick regnet es in Strömen. Vom Zeltlager kommt gerade Musik herüber. Gitarrenspiel. Hört sich nicht schlecht an.

Heute kann ich erst weiter schreiben: Wir sind nämlich gestern noch ins Zeltlager hinüber gegangen und haben getanzt. Nun sind unsere Jungen sauer, weil wir mit den „Sachsenjungen“ flirteten. Damit Du es nicht von Anderen erfährst, werde ich es Dir schnell selbst sagen. Ich habe mit dem Gitarrenspieler getanzt. Er wurde aber sehr aufdringlich. Da habe ich ihm einen „Korb“ gegeben und bin schnell nach Hause gegangen. So, das ist schon alles. Im Augenblick regnet es wieder in Strömen. Alles sieht trostlos aus. Nun sind wir aber froh, dass wir nicht in Zelten schlafen müssen. Entschuldige bitte meine schlechte Schrift, aber ich kann hier nur auf den Knien an Dich schreiben. Es gibt keine Tische.

Es grüßt Dich ganz lieb
Deine Barbara

Güstrow, den 6. 2. 1966

Lieber Knut,
gleich am ersten Abend sollst Du schnell noch einen Brief von mir bekommen. Das Internat ist ganz hübsch. Es ist eine alte Villa in der Nähe des Bahnhofs. Hier wohnen nur die Lehrlinge der milchwirtschaftlichen Fachschule. Ich schlafe in einem Sechsbettzimmer. Zum Glück im Doppelbett oben. Bis jetzt sind wir aber erst vier Mädchen im Zimmer. Zwei kommen aus Kamenz, eine aus Parchim. Eben hatten wir ein Gespräch über den Glauben, das durch den „seltsamen“ Beruf meines Vaters ausgelöst wurde. Die beiden Kamenzer Mädchen gehören auch der Kirche an. Morgens müssen wir um sechs Uhr aufstehen. Um 6:20 Uhr ist Frühstück. Um sieben beginnt der Unterricht in der

Fachschule. Ich bin gespannt, in welche Klasse ich kommen werde. Sicher in eine andere als meine Zimmernachbarinnen, die ja schon seit zwei Jahren hier ihre Laborantinnenausbildung erhalten. Als ich vorhin durch die Stadt ging, hatte ich richtiges Heimweh. Ich hoffe, dass das bald vergeht. Für die Aufnahmeprüfung an der Ingenieurschule drücke ich Dir die Daumen. Sei in Lauba beim Skilaufen bitte vorsichtig. Ich freue mich schon auf unser Wiedersehen in Angermünde. Den Brief an Dich werde ich morgen auf dem Schulweg mitnehmen.

Liebe Grüße
Deine B.

Nach dem Abitur ging Knut zum Ingenieurstudium nach Berlin. Seit dieser Zeit schienen die Wochentage spurlos durch sie hindurch zu gehen. Es gibt keine Tagebucheinträge. In dieser Zeit zählten nur die Wochenenden mit Knut. Und die Briefe.

Angermünde, den 10. 1. 1967

Lieber Knut,
sicher kannst Du Dir nicht vorstellen, wie sehr ich mich über Deinen Brief gefreut habe. Ich habe ihn gleich ein paar Mal gelesen. An den beiden Tagen, als ich nichts von Dir hörte, war ich schrecklich traurig. Ich hatte Angst, dass Du mich nicht mehr liebst. So dachte ich, es wäre das Beste, wenn wir uns längere Zeit einmal nicht sehen würden. Immer und immer habe ich gegrübelt, was alles noch schlimmer machte. Als heute Dein Brief kam, war ich erleichtert. Ich glaube, dass Du Recht hast, wenn Du sagst, dass das, was ich für Dich empfinde, Liebe wäre. Weißt Du, eigentlich bin ich schrecklich dumm, wenn ich überhaupt darüber nachdenke und Dich und mich nur traurig mache. Ich sollte doch vielmehr nur glücklich sein, dass wir uns haben und lieben, denn das ist doch etwas sehr Schönes. Vielleicht das Schönste im Leben überhaupt?! Ich weiß es nicht so ganz genau, vielleicht kenne ich das Leben noch zu wenig.

Die Tage bis zum Sonnabend streiche ich immer ab. Obwohl ich durch die Abiturvorbereitung und die Laborarbeit in der Molkerei sehr beschäftigt bin, denke ich ständig an Dich. Ich bin so glücklich, dass ich mit Dir über alles sprechen kann. Wir wollen immer versuchen, einander zu verstehen. In der achten Klasse habe ich einmal in einem Aufsatz geschrieben, dass ich den Sinn des Lebens darin sehe, für Andere da zu sein. Lieben und geliebt werden. Damals habe ich wohl noch nicht begriffen, was ich da geschrieben habe. Heute verstehe ich das besser. Dabei hast Du mir geholfen.

Gleich werde ich den Brief zur Bahnpost bringen. Aber es ist draußen sehr kalt und dunkel. Wenn ich an Dich denke und mir vorstelle, wie Du Dich über meinen Brief freust, habe ich keine Angst vor der Dunkelheit.

Es grüßt Dich ganz herzlich und hat Dich sehr lieb
Deine B.

Angermünde, den 18. 1. 1967

Lieber Knut,
hab vielen Dank für Deinen Brief. Ich habe mich sehr darüber gefreut. Du hast das alles so schön geschrieben, dass ich vor Glück ein wenig weinen musste. Ich muss gestern in Berlin bei Evas Geburtstagsfeier wohl sehr ausgelassen gewesen sein? Ob es der Wein war? Oder ich mich einfach so gefreut habe, dass ich Dich auch in der Woche sehen konnte? Nachdem Du dann aus dem Auto gestiegen warst, war der Platz neben mir so leer und dunkel. Da habe ich schnell die Augen zu gemacht und an Dich gedacht. Heute bin ich schon etwas zuversichtlicher. Nun brauche ich nur noch dreimal zur Schule zu gehen. Und dann bist Du wieder bei mir. Ich hab Dich so schrecklich lieb. Wenn das doch nie aufhören würde. Ich finde es immer so traurig, dass viele junge Leute sich schon so schnell über sind. Was mag die Dauerhaftigkeit einer Liebe ausmachen? Ob es daher kommt, dass die Sexualität meistens das Entscheidende ist? Dass dann das Seelische keinen Platz mehr hat, obwohl es doch letztlich das Bindende ist? Aus diesem Grunde könnte ich auch niemals einen Atheisten lieben, denn dann würden die geistigen und seelischen Empfindungen, die sicher sehr durch die Weltanschauung bestimmt werden, ständig im Widerspruch stehen. Dann wäre die Sexualität vielleicht

doch letztlich das einzig Bindende. Kannst Du Dich entsinnen, dass ich am Fingernagel eine Druckstelle hatte? Ich hatte mich beim Praktikum in der Molkerei an einem Kessel geklemmt. Das ist eine Nagelbettvereiterung geworden und tut sehr weh. Meine Eltern wollten mich heute zum Arzt schicken, aber ich hatte keine Zeit. Nun muss ich morgen zur Poliklinik gehen.

Ganz liebe Grüße und es hat Dich sehr, sehr lieb
Deine B.

Angermünde, den 13. 2. 1967

Liebes,
eben bin ich erst aufgestanden. Du bist sicher schon seit Stunden fleißig. Hoffentlich hast Du gestern Deine Wohnung nicht allzu kalt und traurig angetroffen. Immer noch denke ich daran, wie schön die Ferienwoche mit Dir war. Wenn es doch immer so bleiben könnte. Weißt Du, wenn Du bei mir bist oder ich an Dich denke, fühle ich mich immer ganz geborgen.

Gestern Abend haben wir uns im Fernsehen den „Revisor“ angesehen. Es war eine lustige Aufführung. Eva will heute wieder nach Berlin fahren, aber sie hat noch immer keine Nachricht von Matthias. Darüber ist sie beunruhigt. Ich werde heute noch einige Briefe schreiben und die Darstellung meiner Entwicklung für die Studienbewerbung beenden. Dann muss ich noch zwei Bücher von Heinrich Böll lesen. Das erste (Billard um halb zehn) gefällt mir bisher nicht. Vielleicht wird es noch interessanter. Wir besprechen ja gerade westdeutsche Nachkriegsliteratur. Dafür hatte ich die beiden Bücher ausgewählt. Demnächst werde ich sie im Deutschunterricht vorstellen. Vom Christlichen Hospiz in Berlin haben wir noch keine Nachricht. Hoffentlich klappt es mit dem Zimmer ab September.

Sag mal, bist Du mir wirklich nicht böse wegen Alla? Ich habe Dich nur ganz allein lieb. Ich mochte ihn nur gut leiden. Vielleicht war ich auch etwas verliebt gewesen. Ich weiß es nicht. Aber das ist bei mir nicht so tragisch. Das ist mir schon öfter passiert und vergeht auch schnell. Geliebt habe ich noch nie einen Anderen als Dich.

So nun will ich Schluss machen, damit Du den Brief schnell bekommst. Fragst Du einmal in der Zoohandlung nach dem kleinen Goldhamster? Ich hätte gern so ein Tierchen.

Es grüßt Dich ganz lieb
Deine Barbara

PS: Gerade hat Eva noch einmal im Johanneum angerufen und von Friederike erfahren, dass Matthias im Krankenhaus arbeitet. Nun bleibt sie doch noch hier.

Angermünde, den 22. 3. 1967

Lieber Knut,
ich hoffe, dass Du trotz der Verzögerung meinen Brief am Mittwoch noch bekommen wirst. Der Vortragabend gestern in unserem Haus war sehr interessant. Es war so voll, dass ich mir den Hocker aus meinem Zimmer holen musste, da alle Stühle besetzt waren. Vierzig Personen drängten sich in unserem Esszimmer und Wohnzimmer. Paul Österreicher hielt einen Vortrag. Er ist Neuseeländer. Wohnt aber in London. Er wurde von der Anglikanischen Kirche als Sekretär für politische Fragen angestellt und hat beinahe die ganze Welt bereist. Paul Österreicher wurde in Deutschland geboren und musste in der NS-Zeit fliehen, da er Jude ist. So spricht er ausgezeichnet deutsch. Er studierte Theologie und Staatswissenschaften. Schade, dass Du nicht dabei sein konntest. Es hätte Dich sicher sehr interessiert. Wenn Du am Donnerstag kommst, muss ich Dir unbedingt davon erzählen. Paul Österreicher hat seine Dissertation über Wehrdienstverweigerung in unserer Gesellschaft geschrieben. Er sagte, dass die Wehrdienstverweigerung ein wichtiges Symbol wäre. Von den Christen müsste man in unserer Zeit unbedingt eine ablehnende Haltung zum Wehrdienst fordern, da sie ja in den vorhergehenden Jahrhunderten in dieser Beziehung sehr versagt hätten. Heute Morgen war ich sehr müde. Zu meinem Unglück haben wir auch noch eine zweistündige Russischklausur geschrieben. Ich hoffe, dass es für eine Zwei genügt.

Was macht Dein Studium, Liebes? Ich mag gar nicht daran denken, dass Du bald fünf Wochen zum Militär musst. Es ist so ärgerlich, dass ich an dem Tag, an dem Du zurückkommst, auch nicht feiern kann, weil dann gerade bei mir das schriftliche Abi beginnt. Hast Du Dir schon überlegt, wohin wir am Ostermontag fahren wollen? Hoffentlich haben wir dann schönes Wetter. Heinz war gerade bei mir. Er hat uns seine Begründung für die Wehrdienstverweigerung vorgelesen. Als Theologe in spe hat er es da viel leichter als Du. Aber es ist gut, dass Du die Verweigerung wenigstens versucht hast. So nun muss ich schnell Schluss machen und den Brief zur Bahnpost bringen.

Es hat Dich ganz doll lieb und freut sich schon auf Dich
Deine B.

Ihre Abiturfeier wurde ein Abschiedsfest von den Schulfreunden und der kleinen Stadt. Gleichzeitig mit ihrem Umzug nach Berlin zogen die Eltern nach Potsdam. Sie begann mit dem Chemiestudium. Vormittags sechs Stunden Vorlesungen in physikalischer Chemie, anorganischer Chemie, organischer Chemie, Mathematik, Physik, Botanik, Biochemie, Mikrobiologie, Lebensmittelrecht, Marxismus-Leninismus, Russisch und Englisch. Nachmittags Laborpraktika. Acht bis zehn Stunden saß sie täglich mit siebzig Chemiestudenten in Hörsälen, Seminarräumen und arbeitete bis zum Umfallen in uralten Laborsälen, in denen schon Otto Hahn und Liesel Meitner die Kernspaltung erforschten. Ein Gemisch chemischer Gerüche durchzog ihre Pullover und Blusen. Säuren zersetzten Strumpfhosen und Jeans. Aber die Herausforderung gefiel ihr. An den Wochenenden pendelte sie mit Knut zwischen den Elternstädten. Immer mit dicken Lehrbüchern im Gepäck.

Potsdam, den 11. 8. 1968

Liebes,
inzwischen bin ich nun schon drei Tage in Potsdam. Es ist schön, für einige Zeit alle Sorgen weit von sich zu schieben. Über die Entscheidung, ob ich bei der vormilitärischen Ausbildung im September schießen

werde oder nicht, mache ich mir augenblicklich keine Gedanken. Es sind ja noch vier Wochen Zeit. Jeden Tag arbeite ich etwa drei bis vier Stunden in der Bibliothek für physikalische Chemie. Kinetik habe ich jetzt durch. Nun beginne ich mit der Thermodynamik. Ich war übrigens bei einem Stadtbummel im Antiquitätenladen. Nun runzelst Du sicher wieder die Stirn, wenn ich Dir erzähle, dass ich etwas gekauft habe. Diesmal darfst Du aber nicht böse sein. Ich habe einen ovalen goldenen Bilderrahmen für mein Zimmer bekommen (nur 12 MDN.) Das war wirklich nicht zu teuer. Die Familie war begeistert. Dann habe ich mein Zimmer noch um zwei alte Stühle verschönert, die ich auf dem Boden entdeckte. Ich reparierte sie ein wenig und kaufte den gleichen roten Bezugsstoff, mit dem schon die Couch und der Ohrensessel bezogen sind. Das sieht jetzt alles jetzt sehr chic aus. Schade, dass Du nicht bei mir bist und alles sehen kannst. Immer, immer denke ich an Dich. Du, ich kann mir ein Leben ohne Dich überhaupt nicht mehr vorstellen. Obwohl ich am Dienstag Prüfungen habe, freue ich mich schon auf diesen Tag, weil wir uns abends wieder sehen werden. Ob Du nach Deinem Arbeitseinsatz auf dem Alex für ein paar Tage zu uns nach Potsdam kommen könntest? Hoffentlich klappt es mit unserer Ostseereise. Trotz des schönen Hauses hier am Grünen Gitter fühlen wir uns in der Stadt noch nicht heimatlich. Auf der Straße begegnet man wie in Berlin nur Fremden. Im Augenblick ist wieder Besuch bei uns. Die Eltern wollen alle Pfarrer und Mitarbeiter einmal ins Haus einladen. Gut, dass ich dann bald wieder nach Berlin entfliehen kann. Ständiger Besuch ist sehr nervig.

Es grüßt Dich herzlich und hat Dich sehr lieb
Deine Barbara

Das Studium hatte im freundlichen Prager Frühling begonnen. Texte von Herbert Marcuse, Ernst Bloch und Robert Havemann wurden herumgereicht und gelesen. Mit dem „Prinzip Hoffnung“ war eine Möglichkeit aufgedämmert, die das Noch-Nicht-Gewordene in der grauen sozialistischen Realität mitdenken ließ. Mit dem Einmarsch der Sowjetarmee in Prag im August 1968 war der Moskauer Winter in die Gegenwart hereingebrochen, als der Altweibersommer noch seine unsichtbaren Fäden spann.

Auf der westlichen Seite Berlins tobten die Studentenrevolten. Auf Benno Ohnesorg und Rudi Dutschke wurde geschossen. Oft kamen Studenten der Freien Universität in den Ostteil der Stadt und diskutierten mit ihnen. Sie erzählten von Sitzstreiks am Springer-Hochhaus: „No, no, Notstands – No". Interessiert hörten sie zu. Aber sie hatten andere Themen. Sehnten sich nach Meinungsfreiheit, Pressefreiheit, Reisefreiheit, Versammlungsfreiheit und freien Wahlen. In den Semesterferien reiste sie mit Knut in die wenigen Länder, die ihnen erlaubt waren. Nach Ungarn, Polen, Bulgarien. In die Tschechoslowakei und Rumänien.

Warschau, den 6. 7. 1969

Eine mehrwöchige Hitzewelle überflutet ganz Europa mit ihrem heißen Atem. In Berlin war es gestern so warm, dass meine Sandalen am Asphalt festklebten. So gingen unsere Reisevorbereitungen nur schleppend vorwärts. Aber dennoch standen gestern Abend Knuts Rucksack und meine Reisetasche bis an den Rand gefüllt vor dem Zimmer 76 des christlichen Hospizes in der Auguststraße. Vor Aufregung konnte ich die ganze Nacht nicht schlafen. Um sieben Uhr fuhren wir mit dem Express Paris-Berlin-Warschau-Moskau in Richtung Osten. Die Passabfertigung hatten wir schon nach einer Stunde in Frankfurt hinter uns. Dann waren wir in Polen. Neuland für uns beide. Aufgeregt hielten wir uns an den Händen. Knuts Eltern wohnten bis 1945 in Stettin. Knuts Vater wurde in der Neumark geboren. Der ehemals deutsche Teil, den wir in den ersten Stunden durchfuhren, sah trostlos aus. Die Hitze hatte die Wiesen versteppt. Die Dörfer erschienen ungepflegt und menschenleer. Nur ein paar scharrende Hühner. Ein sandfarbener schlafender Hund. Ein einsamer Traktor auf dem Feld. Hinter ihm eine graugelbe Staubwolke. Hinter Poznan wurde es besiedelter und freundlicher. Gegen 17 Uhr hatten wir Warschau erreicht. Am Bahnhof fragten wir nach einem Studentenhotel und erhielten die Adresse vom Hotel Riviera in der Ul. Polna. Nach einer kurzen Straßenbahnfahrt durch das Warschauer Zentrum waren wir am Ziel. Ein Polizist zeigte auf ein imposantes Hochhaus. Das Hotel Riviera. Viele europäische Fahnen waren am Eingang gehisst. Das erschien weltoffen. Wir kämpften uns durch

Beatmusik, slavische Sprachfetzen und viele Rucksäcke zur Rezeption durch. Aus Kostengründen mieteten wir uns für drei Nächte in zwei verschiedenen Dreibettzimmern ein, die nach Geschlechtern getrennt waren. In meinem Zimmer begrüßten mich zwei Russinnen. Sie knabberten Sonnenblumenkerne. Auf dem Fußboden lagen die ausgespuckten Spelzen. Auch mir hielten sie eine Tüte mit Kernen unter die Nase. Ich kaute und spuckte und räumte meine wenigen Kleidungsstücke in den Schrank. Die beiden Mädchen sind Technologiestudentinnen aus Leningrad. Warschau ist bisher ihr westlichster Ort. Sie gehören einer Reisegruppe mit 30 Studenten an. Nur wenig Zeit bliebe ihnen für persönliche Unternehmungen und Gespräche. Knut holte mich ab. Wir wanderten müde, aber fröhlich gespannt durch die noch immer heißen Straßen, die spät abends hell erleuchtet und voller Menschen waren. In den Restaurants und Cafes und auf den Bürgersteigen saßen die Warschauer essend, trinkend und schwatzend. Was wir von Berlin nicht kennen. Warschau erscheint uns überhaupt viel lebendiger und weltstädtischer als Ost-Berlin, das ein sehr verhaltenes, kaum sichtbares Nachtleben hat. (Mehr ein Fernsehabendleben.) Die stalinistischen Bauten sind hier durch interessante Glas- und Betonbauten abgemildert.

Am Morgen wurden wir vom Rivierafunk in vier Sprachen geweckt. Das Frühstück bereiteten wir uns selbst mit Milch und Brötchen. Dann schlenderten wir durch die Stadt. Ohne Ziel. Nur unserer Intuition folgend. Wir kauften Äpfel als Mittagessen. „Die schmecken prima!" sagte eine Marktfrau. Offensichtlich sehen wir sehr deutsch aus. Erstaunt waren wir über die vielen Menschen, die an einem gewöhnlichen Arbeitstag zum Beten und Beichten in die Kirchen kamen. Wir kehrten auch in eine Kirche ein. Das Halbdunkel des sakralen Raumes war nach dem starken Sonnenlicht eine Wohltat für die Augen. Immer wieder trafen wir in der Stadt Priester in langen schwarzen Soutanen, die selbstbewusst und würdevoll durch die Straßen gingen. Man begegnete ihnen sehr respektvoll. Sie schienen überhaupt die eigentliche Macht des polnischen Staates zu sein. Von der politischen Macht sahen wir wenig. Nur einige entnervte Polizisten, die das stinkende und qualmende Verkehrschaos zu regulieren suchten. Wir kehrten bei Chopin ein. Saßen an der Weichsel, die übel riechend und halb ausgetrocknet war. Wanderten begeistert durch die rekonstruierten Gässchen der Altstadt. Immer wieder fanden wir an den Wänden Schilder, die darauf verwiesen, dass hier deutsche Soldaten Polen erschossen haben. Davor standen meist Blumen.

Wir stürzten uns für kurze Zeit ins Einkaufsgetümmel. Knut kaufte mir weiße Schnürsandalen, die ich seither stolz trage. Ich kaufte ihm eine Zeitschrift „Schöner Wohnen“, die es hier zu unserem Erstaunen gibt. Mit Brot, Wein, Käse und Weintrauben zum Abendbrot kehrten wir heim. In Knuts Zimmer, das er allein bewohnen kann, setzten wir uns auf die breite Fensterbank und verspeisten unsere Schätze. Wir schauten auf die bunte Stadt unter uns, die uns nun schon ein wenig vertrauter erschien. Und genossen den Abstand von Prüfungen, Klausuren und Laborgerüchen. Unsere innere Welt ließen wir ein wenig nachwachsen. In Richtung Osten.

Berlin, den 27. 10. 1969

Mein lieber Knut,
seit unserem Abschied sind noch nicht einmal 24 Stunden vergangen und doch kommt es mir wie eine Ewigkeit vor. Ob Du gestern Abend gut in Dresden angekommen bist? Manchmal glaube ich, dass ich das ständige Abschiednehmen nicht überstehen werde. Und dann staune ich über mich selbst, wie viel ich doch aushalten kann. Ich glaube, dass Marie-Luise Kaschnitz recht hat, wenn sie sagt, dass die Summe der Leiden sich mit der Summe der Freuden deckt: $\Sigma L = \Sigma F, n = 1$.

Denn sieh einmal, je öfter Du zu mir kommst, desto öfter freue ich mich, und desto öfter bin ich traurig, wenn Du wieder fährst. Gestern Abend habe ich den Artikel über Blumen aus der Schöner Wohnen Zeitung abgeschrieben. Ich werde Mutter zu Weihnachten ein Büchlein über Blumen zusammenstellen. Langsam beginne ich mir schon zu überlegen, was ich allen meinen Lieben zu Weihnachten schenken werde. Das macht ungeheuren Spaß und steigert die Freude. Wenn ich nur mehr Zeit hätte und es mehr Auswahl in den Geschäften gäbe. Wir werden später auch ganz schöne Advents- und Weihnachtsfeste feiern? Wir müssen uns dabei einen eigenen Stil suchen, aber ein bisschen dürfen wir schon von den „Großen“ abgucken. Ich habe heute in der Bibliothek über meine Analyse gearbeitet. Die zweite Substanz habe ich nun endlich erforscht (L-Brompropionsäure). Die dritte Substanz ist schwieriger, aber ich hoffe, dass ich sie auch herausfinden werde. Nun sitze ich in meinem Zimmer und mache es mir gemütlich. So viel Zeit zum Lernen wie diesmal hatte ich noch nie. Hoffentlich wird es wieder eine Zwei. Eben bekomme ich Post von meiner Mutter. Sie schreibt, dass Vater von einer Tagung eine Einladung zu einem Fernstudium als Gemeindehelferin (zwei Jahre) mitbrachte. Die Ausbildung schließt mit einem Kolloquium ab. Sie müsste dafür täglich ca. zwei Stunden theologisch arbeiten und könnte einen Abschluss machen, mit dem sie als Gemeindehelferin arbeiten könnte. Am Mittwochabend nach der Botanikvorlesung werde ich vielleicht Eva und Hanns-Jürgen in der Dunkerstraße besuchen. Weißt Du, Liebes, es ist wunderschön, wenn man einen Menschen richtig lieb hat. Alle Probleme des täglichen Lebens können mich nicht mehr so erschüttern. Ich bekomme mehr Gelassenheit. Ich kann mich einfach nicht mehr so aus dem Gleichgewicht bringen lassen. Dass ich nun eine Frau bin (jedenfalls körperlich), habe ich ganz in mich aufgenommen und es beglückt mich mehr als dass es mich traurig macht. Um seelisch eine Frau zu werden, muss ich wohl noch viel, viel reifer werden. Nun werde ich mich wieder den „elektrophilen Additionsreaktionen bei Aromaten“ widmen.

Es küsst Dich ganz lieb und freut sich auf den Freitag
Deine Barbara

Nach sechs Semestern legte sie das Vordiplom ab und heiratete Knut. Nach zehn Semestern schloss sie das Studium mit dem Diplom ab. Sie bekamen ihr erstes Kind.

Potsdam, den 4. 5. 1972

Morgen ist Annegret schon vier Wochen alt. Der neue strenge Lebensrhythmus treibt die Zeit schnell voran. Annegret ist wunderschön. Sie hat große blaue Augen, lange schwarze Haare und eine knubbelige Nase.

Das Windeln und Baden habe ich schnell gelernt. Da im Krankenhaus eine Mastitisinfektion herrschte, mussten alle Mütter mit Antibabypillen abstillen. Alle Babys bekamen nur Fläschchen. Fünf mal. Aber das Fläschchentrinken nach Maß verunsichert eine Mutter. Nie weiß sie, ob es wirklich genug ist. Was soll man nachts machen, wenn Annegret schreit und schon fünf Flaschen vergeben sind? Und sie schreit jede Nacht. Das Fläschchen trinkt sie immer ganz gierig aus, so dass sie sich oft verschluckt. Dann habe ich große Angst. Nun habe ich fünf Jahre Chemie studiert. Kann die Elektronenbahnen im Heliumatom beschreiben. Und kenne die Heisenbergsche Unschärferelation. Aber als Mama fühle ich mich sehr, sehr unsicher. Am 13. 5. kommt Knut für vier Monate nach Potsdam, da er im Autobahnbaukombinat ein Ingenieurpraktikum absolvieren wird. Dann ziehen wir mit meinen Möbeln aus Berlin in das frühere Arbeitszimmer meines Vaters. Dort haben wir mehr Platz, einen separaten Eingang und können endlich eine Familie sein.

Sie kauften das Gartenhaus in Potsdam, in dem es verdächtig nach Schwamm roch. Und überhaupt nichts in Ordnung war. Ein Leben wie in einem Zeitraffer. Reich an alltäglichen kleinen Ereignissen, routinierten Abläufen, an Herausforderungen und Anstrengungen. Und doch auch glücklich. Und immer mit einem großen Vorrat an Zukunft.

Potsdam, den 13. 1. 1973

Annegret ist jetzt neun Monate alt. Nach der Literatur ist sie dem Babyalter schon entwachsen. Jetzt ist sie ein „Kleinkind". Gern würde ich die Zeit, die mit Brei kochen, Windeln waschen und spazieren fahren randvoll ausgefüllt ist, ein wenig anhalten, denn so süß und auf die Eltern bezogen wird Annegret wohl zu keinem Zeitpunkt mehr sein. Nun steht sie schon vergnügt in ihrem Laufgitter und schaut im Kinderwagen sitzend in die Runde. Wenn ich aus dem Zimmer gehe, protestiert sie lauthals. Meine einzige Ausschweifung ist augenblicklich das wöchentliche Singen im Oratorienchor. Wir üben zurzeit die Schöpfung von Haydn. Ein geeignetes Stück für den Anfang. Einfach und fröhlich. So erzähle ich den Himmeln die „Ehehere

Gottes", singend, wenn Annegret im Nachbarzimmer schläft und Knut in Dresden sein letztes Semester absolviert.
Nach vierzehn Monaten intensiven Bauens konnten sie Weihnachten 1973 endlich ins Gartenhaus ziehen. Da war sie schon mit dem zweiten Kind schwanger. Nun besaßen sie die ersten eigenen drei Zimmer, ein eigenes Bad und eine eigene Küche. Der riesige verwilderte Garten bekümmerte sie nicht. Noch türmte sich der Bauschutt des letzten Jahres bedrohlich vor dem Haus. Im April wurde Albrecht geboren. Acht Pfund schwer und sehr friedlich stand er täglich stundenlang im Garten. Und gedieh prächtig. Im Herbst 1975 zogen die Eltern von Potsdam nach Nordhausen.

Potsdam, den 4. 1. 1976

Liebe Eltern,
bevor unsere neue Arbeitswoche beginnt, sollt Ihr noch schnell einen Brief von mir haben. Zunächst möchten wir Euch ganz herzlich für die schönen Tage in Nordhausen danken. Der Ortswechsel und die Geborgenheit waren wunderbar. Hoffentlich war es für Euch nicht zu anstrengend. Eben haben wir die Kinder noch einmal angemummelt. Knut ist mit ihnen in den Garten zum Schneemannbauen gegangen. So habe ich etwas Ruhe am Schreibtisch. Die Fahrt verlief sehr gut. Wir waren schon um 17 Uhr daheim. Unser Haus war eiskalt und die Heizung hatte große Mühe, es wieder warm zu bekommen. Im Aquarium hatte leider nur ein Fisch die kalten Tage überlebt. Den setzten wir in ein kleines warmes Becken, wo er nun ganz munter umher schwimmt. Unser Freund Lothar will uns neue Fische bringen, damit der eine nicht mehr so einsam ist. Da unser Weihnachtsbaum sich in der Kälte gut gehalten hatte, zündeten wir ihn heute noch einmal zum Kaffeetrinken an. Wir hörten uns die Weihnachtshistorie von Schütz an und dachten viel an Euch. Der verschneite Garten sieht augenblicklich richtig verzaubert aus.

Mutter, bekümmere Dich nicht darüber, dass wir uns gestritten haben. Wir sind sehr verschieden. Ich habe durch meine Tätigkeit im Institut ein sehr anderes Leben als Du. Mach Dir keine Sorgen. Ich denke, dass ich trotz meiner Berufstätigkeit verantwortungsvoll mit meinen Kindern umgehe. Und sie dennoch gut gedeihen. Nun stürmen die Kinder ins Haus und ich werde schnell Abendbrot machen. Morgen müssen wir alle früh aus den Betten.

Seid ganz lieb gegrüßt von Euren vier Potsdamern
Eure B.

PS: Viel Freude in Weimar. Hoffentlich plagt Mutter nicht zu sehr der Pfarrfrauentag. Sie hat alles so gut vorbereitet. Das wird schon gut werden.

Nardevitz, den 12. 6. 1977

Endlich sind wir in unserem Urlaubsdomizil auf Rügen angekommen. Schon seit Wochen haben wir uns auf diesen Urlaub gefreut. Wir wohnen wieder in Frau Schiffmanns Fischerstübchen. Um uns herum blüht der Goldregen. Eine Lärche verdeckt unser Haus fast gänzlich. Aus allernächster Nähe können wir einem Schwalbenpaar bei der Aufzucht der Jungen zusehen. Immer wieder sind die Schnäbel der Eltern mit Insekten und Raupen gefüllt. Der Appetit der Jungen scheint unstillbar. Wie der Appetit unserer Kinder. Wir kochen in Frau Schiffmanns Waschküche. Das ist nicht gerade komfortabel. Aber urig. Eben Urlaub. Die Pflichten und Lasten unseres berufstätigen Alltags mit zwei kleinen Kindern, Haus und Garten fallen für eine kurze Zeitspanne von uns ab. Und das Gefühl, das mich beständig umgibt, an keinem Ort richtig zu genügen. Ein unglaubliches Gefühl: endlich wieder einmal ohne Wecker aufzuwachen. Das Meer gibt uns ein Gefühl von Freiheit. Mit den Augen verfolgen wir täglich die Fähren nach Schweden. Wie gern würden wir mit ihnen reisen. Das Strandgut bewährt sich als ideales Spielzeug. Wir schnitzen mit Knuts Taschenmesser aus dem weichen Schwemmholz Figuren. Die alles bedeuten können.

Nardevitz, den 13. 6. 1977

Heute hatten wir den ersten strahlenden Sonnentag, so dass es sich lohnte, zum Sandstrand an die Schabe zu fahren. Ich kann mich nicht satt sehen an dem blaugrünen Meer mit den weißen, immer wiederkehrenden

Schaumkämmen, der weißgelben Bucht und dem bergigen östlichen Teil Rügens, der wie eine unwirkliche Kulisse den Hintergrund der Bucht bildet. Annegret erobert sich unermüdlich neue Spielfreunde. Die „abgelegten“ werden von Albrecht „nachgenutzt“. Einige Schwierigkeiten bereitete uns das verlockende Wasser der Ostsee, das bisher nur 13 Grad hat. Denn die Kinder versuchten immer wieder ein heimliches Bad. Mit roten, etwas zu heiß gewordenen Bäckchen sind wir wieder in unserem Fischerhaus angekommen. Nach dem Abendbrot sanken die Kinder diesmal todmüde und ohne Protest in die Betten.

Nardevitz, den 16. 6. 1977

Am Morgen war der Himmel heute verhangen und dicke Nebelschwaden zogen über die Küste der Insel Rügen. So planten wir die versprochene Fahrt nach Saßnitz. Leider hatten offensichtlich alle Rügenurlauber die gleiche Idee. Die kleine Hafenstadt quoll von Besuchern über. So mussten wir lange für das ersehnte Eis anstehen. In den dicht beieinander liegenden Geschäften haben wir einige günstige Besorgungen machen können. Und zu unserer großen Freude in der Bücherstube drei gute Bücher bekommen. An der Hafenmole haben die Kinder die vielen Schiffe bestaunt. Es roch nach Fisch, Öl und Meer. Nach ausgiebiger Mittagsruhe in unserem Fischerhaus in Nardevitz machte ich einen langen Spaziergang allein über den Landweg. Am Wegrand wuchsen Kornblumen, Margeritten, Mohn, Klee, Wegwarte, Rainfarn, Johanniskraut und viele, viele Kräuter, deren Namen ich noch nicht kenne. An der höchsten Stelle, an der man einen weiten Blick über die Bucht hat, kam mir Knut im Auto mit den Kindern nachgefahren. Ich hätte ihnen so sehr gefehlt, sagte Knut. Annegret zeigte mir stolz ihren Wiesenblumenstrauß, den sie für unser Fischerhaus pflückte: Kornblumen, Margeriten, Mohn, Rainfarn, Wegwarte, Johanniskraut …

Potsdam, den 4. 12. 1977

Lange hatte ich keine Zeit, in mein Tagebuch zu schreiben. Die letzten Monate waren sehr ereignisreich. Am 10. Januar hatte ich eine Fehlgeburt.

Dann eine erneute, nicht erkannte Schwangerschaft. Im Juni machten wir vier Wochen Urlaub auf Rügen. Erst nach dem Urlaub wurde meine Schwangerschaft offiziell festgestellt. Da war ich schon im sechsten Monat!! Im August begannen wir mit dem Ausbau des Bodengeschosses unseres Hauses. Am 13. 11. waren die letzten Maurerarbeiten abgeschlossen und die Fenster eingesetzt. Am 27. 11. wurde Simon ganz leicht und schnell geboren. Mit einer doppelten Lippen-, Kiefer- und Gaumenspalte. Mit großen blauen Augen schaute er mich vertrauensvoll an. Bin ich nicht dennoch wunderschön? Das ist er! Augenblicklich ist er noch in Berlin in der Charité. Ich schaue traurig in das leere Körbchen.

Potsdam, den 6. 12. 1977

Liebe Mutter,
ganz herzlich möchten wir Fünf Dir zu Deinem Geburtstag gratulieren und Dir sagen, dass wir in Gedanken ganz nahe bei Dir sind und Dir ein gesegnetes neues Lebensjahr wünschen. Die letzten zehn Tage waren so ereignisreich, dass sie mir wie Jahre vorkommen. Am Donnerstag kam Simon in die Charité, wo ihm eine Platte zum Schließen des Gaumens eingesetzt wurde. Am gleichen Tag ist das Baby meiner Zimmernachbarin gestorben. Ich versuchte so gut es ging, sie zu trösten. Durch meinen eigenen Schmerz war das einfacher für mich. Der Kleine hat mich schon jetzt sehr verändert. Ich hoffe, dass ich ganz schnell all meine Kräfte zurückbekomme, um dem Kommenden gewachsen zu sein. Nachdem ich am Freitag nach der dritten Bluttransfusion wieder einen normalen Hb-Wert aufweisen konnte, wurde ich endlich nach Hause entlassen. Heute konnten wir Simon aus der Charité abholen. Das war eine Freude, ihn endlich in sein Körbchen zu legen. Und er fühlt sich darin sichtbar wohl. Er scheint zu wissen, dass er hierhin gehört. Jeden Dienstag müssen wir mit ihm in die Charité nach Berlin fahren, wo ihm immer eine neue Gaumenplatte angepasst wird. Zu meiner großen Freude trinkt er sehr gut. Da das Trinken bei ihm etwas länger dauert, bekommt er noch sechs Mahlzeiten. Er hat schon gut zugenommen. Der Anblick der offenen Lippenspalte macht uns noch immer sehr traurig. Und wir fragen uns besorgt, wie er alle medizinischen Eingriffe

überstehen wird? Aber jetzt wollen wir uns an ihm freuen und ihn ganz lieb haben. Es sieht so schön aus, wie er friedlich im weißblauen Körbchen liegt. Er hat einen gut gebauten kräftigen Körper, wunderschöne blaue Augen und ein hübsches Köpfchen mit langen schwarzen Haaren.

Nun seid ganz lieb von uns allen gegrüßt
Eure B.

Potsdam, den 20. 4. 1978

Am 6. 3. wurde Simon in der Charité zur Lippenoperation aufgenommen. Am 7. 3. stürzte er vom Wickeltisch: Schädelfraktur, die man uns zunächst verheimlichte. Am 14. 3. musste eine Schädeloperation vorgenommen werden, um ein Hämatom auf der Hirnhaut zu entfernen. Simon überstand alles, obwohl er damals erst zwölf Wochen alt war. Neun Tage nach der Schädeloperation bekamen wir ihn bereits nach Hause, wo er sich schnell erholte. Nun müssen wir das alles erst einmal verkraften. Viele Ängste. Starke Schlafstörungen.

Potsdam, den 12. 5. 1978

Liebe Eltern,
für Mutters Brief habt vielen Dank. Ob Tante Mali inzwischen glücklich bei Euch angekommen ist? Wir wünschen Euch ein frohes und gesegnetes Pfingstfest mit hoffentlich nicht zu vielen dienstlichen Aufgaben. Auf Vaters Bericht von der Polenreise sind wir schon sehr gespannt. Am Pfingstsonntag wollen wir einmal wieder zum Gottesdienst in die Friedenskirche gehen. Wir werden alle Kinder mitnehmen und hoffen, dass Tante Renate die Kinder betreuen wird. In unserem Garten duftet es jetzt nach Flieder und Obstblüte. Simon steht den ganzen Tag im Garten unter dem Birnbaum. Oft fallen die Blütenblätter auf seinen Wagen. Am Donnerstag haben wir ein großes Programm. Wir haben einen Termin mit Simon beim Neurochirurgen und bei der Kieferorthopädie. Um 14:30 Uhr tagt die Konfliktkommission über Simons Unfall. Dann habe ich noch einen Termin bei Dr. Horn und abends Chorprobe. Die

Konfliktkommission möchten wir uns gern ersparen, da wir nun endlich nach dem Unfall unser inneres Gleichgewicht wieder gewonnen haben und nicht erneut alles aufwühlen möchten. Gestern brachten die Schwiegereltern Annegret zurück. Wir freuen uns immer sehr, wenn wir wieder alle beisammen sind. Am Mittwoch haben nun auch die Maler mit der Arbeit in der neuen oberen Etage begonnen. Sie kommen täglich von 16 bis 20:30 Uhr. Nun wird es von Tag zu Tag schöner bei uns. Für das Schlafzimmer habe ich orange-weißen Markisenstoff gekauft und die Gardinen schon alle genäht. Für Albrecht und Annegret kauften wir zwei weiße Betten. Aber es ist noch immer eine Menge zu besorgen. Ob Vater wohl Anfang Juli Simon taufen könnte? Wir freuen uns auf Euch. Und nun haben wir ja auch endlich ein richtiges Gästezimmer. Ich hoffe, dass wir Euch heute Abend nach den Handwerkern anrufen können, um zu erfahren, wann Du mit Tante Mali kommen wirst. Nun meldet sich Simon. Gleich bekommt er sein Breichen.

Seid alle ganz lieb gegrüßt von
Eurer B.

Potsdam, den 21. 6. 1978

Liebe Eltern,
heute kam Mutters Brief, der mich auf Umwegen endlich in Potsdam erreichte. Vielen Dank. Nun sind wir nach dem einwöchigen Krankenhausaufenthalt endlich wieder zuhause. Am Donnerstag wurden Simon die Fäden gezogen und danach holte Knut uns ab. Nun kann Simon wieder im Garten stehen. Dann werden die Lippennarben und der Husten hoffentlich schnell abheilen. Der Stationsarzt sagte, dass sie mit Simons Operation sehr zufrieden wären. Seit dem Krankenhausaufenthalt hat Simon einen Bärenhunger. Er ist nie mit einer Breiportion zufrieden. Er hatte nach der Operation auch keinen Gewichtsverlust. Auch sein Blutbild ist in Ordnung. Annegret und Albrecht habe ich gesund und fröhlich angetroffen. Die Schwiegermutter hat sie während unseres Krankenhausaufenthaltes lieb versorgt. Die Junisonne bräunte ihre Bäckchen schon tüchtig. Im Haus erwartete mich viel Arbeit. Alle Handwerker sind nun

fertig. Die Klempner haben unten alle Gasleitungen erneuert und oben die Gasheizung angeschlossen. Einen Tag vor unserer Rückkehr wurden sie fertig. Nun haben sie einen riesigen Dreck hinterlassen. Am letzten Wochenende hat Knut die Treppe zum Obergeschoß montiert. Sie sieht sehr gut aus. Auch die Holzfußböden sind in der oberen Etage versiegelt worden, was einen furchtbaren Gestank machte. Zum Glück konnten die Kinder den ganzen Tag im Garten bleiben. Wir hoffen, bis zum Freitag mit dem Streichen der Scheuerleisten fertig zu werden. Dann könnten wir am Wochenende endlich die obere Etage einräumen. Darauf freuen wir uns schon seit Wochen. Gestern Abend war ich zum Mütterkreis. Frau Demke hielt den Abend. Es ging um Konfliktbewältigung in der Familie. Ein bestimmter Konflikt wurde mit fünf verschiedenen Gruppen durchgespielt. Sie hatte zur Anleitung das Buch „Familienkonferenz“ mit, aus dem sie uns vorlas. (Leider ist es nicht bei uns erschienen.) Am Freitag ist der Gemeindekirchenrat mit Frauen bei Viebegs eingeladen. Ich hoffe, dass wir einen Babysitter bekommen. Dass Ihr die Möglichkeit habt, in Rumänien eine Kur zu machen, finde ich großartig. Es wäre ja fein, wenn Mutters Rheuma dadurch geheilt werden würde und sie ihren Reizhusten verlieren könnte. Vater wird sicher schon wieder über Landkarten sitzen und die Vorfreude genießen. Mutter wird die Garderobefrage Kopfschmerzen bereiten. Vielleicht bekommst Du noch einmal so ein chices Safarikleid? Hoffentlich klappt die Reise. Dann sind wir im August alle unterwegs. Wir freuen uns schon sehr auf unseren Urlaub an der Ostsee. Nach all den anstrengenden Wochen können wir ihn gut gebrauchen. So, nun muss ich mich wieder meinen häuslichen Pflichten widmen.

Bis bald seid ganz lieb gegrüßt von
Eurer B.

Potsdam, den 12. 1. 1979

Liebe Eltern,
für Mutters Brief habt ganz herzlichen Dank. Der hübsche Schneemann auf der Karte hat Annegret und Albrecht als Vorlage für den echten Schneemann gedient, den sie im Garten bauten. Trotz der Kälte und des

vielen Schnees sind wir alle gesund und guter Dinge. Dass Ihr es in den kalten Tagen kaum warm bekommen habt, hatten wir befürchtet. Der Gasdruck war auch bei uns so schlecht, dass ich nicht mehr kochen konnte. Auch das Schlafzimmer blieb kalt, da die Gasheizung eingefroren war. Knut trieb von irgendwoher einen Propangaskocher auf. Erst nach einer Woche war die Leitung wieder ganz frei. Mit Stromabschaltungen hatten wir nur am Neujahrstag Probleme, obwohl andere Potsdamer Stadtteile wesentlich übler davon betroffen waren. Dank unserer kleinen Forsterheizung hatten wir es unten immer ausreichend warm. Die Schulen beginnen aus Energiegründen erst um 8:30 Uhr. Bei Annegret findet der Unterricht zurzeit im Hortraum statt. Im Chor üben wir jetzt eifrig an der h-Moll-Messe. Ich könnte zurzeit ein Klavier gebrauchen, um mir einige Tonfolgen des ersten Soprans vorzuspielen. Einige Passagen sind sehr schwer. Viele Halbtonschritte. Na, hoffentlich schaffe ich es. Wenn ich vormittags etwas Freizeit habe, übe ich auf meiner Schreibmaschine das zweihändige Schreiben. Ich bin schon bei Lektion 7. Ich hoffe, dass ich bald wieder Gelegenheit bekomme, etwas für das Institut zu übersetzen. Am 1. März ist von der Humboldtuniversität wieder ein Absolvententreffen geplant. Vormittags und nachmittags sind verschiedene Vorlesungen aus unterschiedlichen lebensmittelchemischen Bereichen. Abends gibt es ein kleines Fest. Ich hoffe, dass alle Kinder gesund sind und ich teilnehmen kann. Der strenge Winter macht die Sehnsucht nach dem Frühling, nach Wärme und neuem Leben groß. Auch wenn der Winter noch lange nicht überstanden ist, so empfindet man doch, dass wir seit Weihnachten wieder dem Licht entgegen gehen. Das stimmt mich hoffnungsvoll. So hat das Weihnachtsfest auf der nördlichen Halbkugel seine ganz besondere Symbolkraft.

Nun seid ganz lieb gegrüßt von
Eurer B.

Potsdam, den 27. 2. 1979

Liebe Eltern,
habt vielen Dank für Mutters Brief. Knut geht es wieder besser. Kreislauf, Lungen, Bronchien und Kieferhöhle sind wieder in Ordnung. Nun genießt er die letzten Tage seines Krankenstandes. Er ist seit langem nicht so fröhlich und ausgelassen gewesen. Die Ruhepause hat ihm gut getan. Annegret begann gestern mit nicht allzu großer Begeisterung wieder mit der Schule. Ich glaube, wir hatten auch kein positiveres Verhältnis zur Schule als sie. Ich bestimmt nicht. Unser Schulsystem ist veraltet und hoffnungslos autoritär. Obwohl überall in der Welt über demokratischere Erziehungsmethoden nachgedacht wird. Das werden unsere teuren Genossen wohl niemals begreifen. Heute entdeckten wir ein Bild von Vater in der Neuen Zeit. Das war eine Sensation für die Enkelkinder! Annegret will das Bild ausschneiden und es unbedingt der Lehrerin zeigen. Gestern war ich im Institut zur feierlichen Übergabe der Jahresendprämie: 230 Mark. Na immerhin. Die Freundlichkeit, mit der ich von meinen Kollegen begrüßt wurde, war schön. Dr. G. lud mich zu einem Gespräch über die augenblicklichen Forschungsthemen und meine Perspektiven ein. Ich versprach ihm, dass ich käme, sobald die Straßenverhältnisse besser wären. Aber ich bin auch froh, zurzeit ein relativ freier Mensch zu sein. Frei von Leistungsdruck und Hektik und der ewigen Wertung durch die Kollegen. Das empfindet man erst, wenn man Abstand hat. Gestern waren wir bei Frau Girardet zum Geburtstag. Die beiden großen Kinder wurden mit Bastelbögen und Buntstiften beschäftigt. Simon trippelte in alle Ecken ihrer Wohnung und fand genügend „Stoff", der sein Interesse erregte.

Nun seid alle ganz lieb von uns allen gegrüßt
Eure B.

Potsdam, den 21. 3. 1979

Liebe Eltern,
für Mutters Brief habt vielen Dank. Mein Schnupfen blühte am Sonntag so richtig auf, so dass ich mich nachmittags doch einmal ausgiebig hinlegte. Annegret und Albrecht bewunderten gestern bei unserer Fahrt um den Schwielowsee aus dem Heckfenster die glutrote untergehende Sonne, die wie ein Feuerball ausschaute. Annegret erklärte ihrem Bruder, dass es auf der Sonne ganz, ganz heiß wäre, und dass er schmelzen würde, wenn er dorthin flöge. Da sagte Albrecht, „dann pust ick eben."

Knut brachte eben in der Mittagspause einen Swimmingpool mit, den er mit Hilfe einer Geldspende von Karl für die Kinder zum Geburtstag kaufte. Da werden sie aber Augen machen! Der augenblickliche Kampf zwischen Frühling und Winter ging gerade zugunsten des Frühlings aus. Der Schnee ist im Garten geschmolzen und es ist warm und sonnig. Die Rede von Astrid Lindgren, die wir beim Gemeindeseminar erhielten, schicke ich Euch demnächst zu. Wir wollen sie auch für unsere Freunde vervielfältigen lassen. Das Fazit: „Wenn wir nicht in der Familie friedlich und ohne Gewalt miteinander umgehen, wie soll dann in der Welt Friede werden."

Nun seid bis bald ganz herzlich von uns allen gegrüßt
Eure B.

Potsdam, den 2. 4. 1979

Liebe Eltern,
über Mutters Brief haben wir uns sehr gefreut. Hab vielen Dank dafür. Nun bist Du wieder mit vielen neuen Anregungen und Gedanken von der Tagung heimgekehrt. Am Mittwoch war ich im Institut zu einer Besprechung mit meinem Abteilungsleiter über die Weiterführung unseres Themas. Ich freute mich zu hören, dass das Thema „Enzymatische Modifizierung" voraussichtlich bis 1985 laufen wird. So kann ich mir mit meinem Arbeitsbeginn noch unbesorgt Zeit lassen, bis Simon in den Kindergarten kommt. Mein Unterthema (Promotionsthema), wird

zurzeit nicht bearbeitet. So kann ich beim Arbeitsbeginn an der gleichen Stelle fortfahren, wo ich vor zwei Jahren aufhörte. Unsere Patente sind schon gedruckt.

Alle Fenster und Gardinen sind inzwischen blitzeblank. Im Garten wird es trotz des kühlen Wetters täglich grüner und die ersten Gartenarbeiten habe ich schon mit den Kindern gemeinsam vollbracht. Simon stiefelte selig in einem alten Overall von Johannes durch den Garten und fand ständig interessante Betätigung (Ich danach auch!). Gestern bewunderten wir in Rehbrücke mein Patenkind Mirjam. Das Wochenende bei Eva und Hanns-Jürgen in Vipperow war sehr schön. Die Kinder spielten toll miteinander. So hatten wir „Alten" auch genügend Zeit zum Erzählen. Am Sonntag war ich mit Eva zum Gottesdienst in Priborn und Buchholz. Der Gottesdienstbesuch (einmal zwei, einmal einer) deprimierte mich sehr. Aber das ist wohl eine Situation, mit der viele Landpfarrer hier leben müssen. Das Haus in Röbel machte auf uns einen viel besseren Eindruck, als wir nach der Beschreibung angenommen hatten. Wenn neue Fenster, eine gut funktionierende Heizung und viele, viele helle Farben hineinkommen, wird es bestimmt sehr schön werden. Das Grundstück ist abgeschlossen und sicher gut in den Griff zu bekommen. Und übrigens hat der Garten eine schöne alte Mauer aus Natursteinen.

Die beiden Kindergeburtstage liegen noch wie ein großer Berg vor mir. Gestern habe ich mit den Kindern die Einladungen gebastelt. Die Vorfreude ist für sie immer schon das halbe Fest. Wir machen diesmal zwei separate Feiern. Jedes Kind durfte nur drei Gäste einladen. Das reicht mit den eigenen dann auch. Die Schwiegereltern werden am Sonnabend zur Geburtstagsfeier kommen. Auf die Ostertage in Nordhausen freuen wir uns schon sehr. Wir werden in der kommenden Woche noch anrufen, um das Einkaufen abzusprechen. Sag uns bitte, was wir mitbringen sollen. Kleinigkeiten für die Kinder zum Verstecken, Süßigkeiten, Eierfarben und Eier bringen wir natürlich mit.

Bis bald seid ganz lieb gegrüßt von Euren fünf Potsdamern
Eure B.

Potsdam, den 23. 4. 1979

Liebe Eltern,
hoffentlich erreicht Euch mein Brief noch in Nordhausen. Ob Mutter wieder glücklich in Magdeburg gelandet ist? Sehr haben wir uns über ihren Kurzbesuch gefreut! Mit Hilfe der Antibiotika habe ich seit Sonntag keine Halsschmerzen und Kopfschmerzen mehr. Nur mein niedriger Blutdruck macht mir noch zu schaffen. Mit großer Freude lese ich zurzeit Eva Strittmatters Buch „Briefe aus Schulzenhof". Die Briefe strahlen so viel Lebenskraft aus. Ich denke, dass erst dann, wenn man so entfernt von den Menschen lebt, die sich als „Nabel der Welt" wähnen, die echten menschlichen Werte sich bewähren. Alles Unwahre und Gekünstelte wird belanglos. Das empfinde ich auch in meiner Gartenhauswelt so. Es ist erstaunlich, wie viele Schwierigkeiten Eva Strittmatter hatte, um ihre Gedichte in der DDR zu veröffentlichen. Begründung: nicht positiv genug. Das ist unsere Kulturpolitik! Eine Schande ist es für die DDR, dass ihre Gedichte vorher in anderen Ländern gedruckt wurden. Augenblicklich sitzen Kirstin, Simone und Annegret neben mir und hören „König Midas". So begeistert wie Annegret sind die beiden Freundinnen nicht. Sie sind auch nicht so temperamentvoll wie sie. Vielleicht schauen sie viel fern und können nicht mehr so gut zuhören. Kirstin verkündete gerade glücklich, dass sie in der nächsten Woche gleich nach der Schule zu uns kommen darf, da der Vater Nachtschicht hätte. Dann habe ich gleich drei Mädchen hier. Hoffentlich regnet es dann nicht, so dass die Kinder im Garten spielen können. Simon spielt gerade mit meinen Wäscheklammern. Am Montag und Dienstag wird Eva mit den Kindern kommen. Knut hat sich von Euch überzeugen lassen und wird sich in diesem Jahr weniger Arbeit in Haus und Garten vornehmen. Das Wichtigste ist, dass wir gesund sind und genügend Zeit füreinander haben. Durch Knuts Armeezeit werden wir in diesem Jahr vielleicht doch nur einen Kurzurlaub machen können.

Nun seid ganz lieb gegrüßt
Eure B.

Potsdam, den 13. 6. 1979

Liebe Eltern,
eigentlich sollte mein Brief schon in Nordhausen sein. Ich habe es aber doch nicht so schnell geschafft. Von der Armee haben wir noch keine Nachricht. So können wir den Sommer noch immer nicht richtig planen. Heute waren wir mit Simon in der Charité, wo ein EEG gemacht werden musste. In vierzehn Tagen bekommen wir das Ergebnis. Simon ist ganz allein zu den Schwestern in den Untersuchungsraum gegangen. Er war auch während der dreißigminütigen Untersuchung ganz tapfer. Die Reaktion der Schwestern: „Der Kleine ist aber zutraulich, der ist sicher in der Krippe." Eben nicht!!! Wie können normal aussehende Menschen nur so blöd sein!!! Ich glaube, dass das immer schlimmer wird. Die Menschen denken nicht nach. Verpulvern ihre Intelligenz zum Beschaffen exquisiter Kleider und Fressalien. Reine Konsumentenideologie! Über die wirklich wichtigen Dinge des Lebens wird nicht nachgedacht.

Gestern besuchte mich Käthe Pl. Sie machte mit ihrer LPG einen Betriebsausflug nach Potsdam. Da nutzte sie die Möglichkeit, um uns zu besuchen. Sie erzählte viel von ihrem Leben in Biesenbrow. Morgens von 4 bis 12 Uhr fährt sie mit dem Traktor Futter für die Kälbermast. Dann kommt sie nach Hause, schläft zwei Stunden und widmet sich den Kindern, Haus, Vieh und Garten. Am späten Nachmittag kommt Rudolph aus der MTS heim, der auch noch tüchtig zupackt. Käthe ist so bodenständig und lebensfroh. Ich könnte ihr stundenlang zuhören.

Die Feier zum 65. Geburtstag von Prof. Tietze war sehr schön. Es war ganz sicher das gelungenste Chorfest aller Zeiten. Der Professor strahlte. Er wurde mit Blumen, Versen und Geschenken überhäuft. Inzwischen sind die Plakate für die h-Moll-Messe gedruckt und ausgehängt: Sopran: Susanne Suske, Tenor: Eckard Wagner, Bass: Christian Polster, Trompete: Ludwig Güttler, erste Violine: Karl Suske. Das ist wirklich ein einmaliges Ensemble. Das verpflichtet den Chor nun auch ganz besonders gut zu singen. Die Doppelproben sind augenblicklich eine große Belastung, aber sie zeigen schon ihre Wirkung. Langsam bleibt auch bei mir etwas hängen und ich kann schon einige Passagen sicher und mühelos mitsingen. Bei einigen bin ich noch immer sehr leise! Ich freue mich schon auf Euer Kommen. Auch für Eva bekomme ich noch eine Karte. Ich habe wie gewöhnlich fünf Kinder im Garten. Da sie aber alle sehr friedlich miteinander spielen, kann ich dabei sogar noch Briefe schreiben. Und manchmal Gedichte.

Nun seid ganz lieb gegrüßt
Eure B.

Potsdam, den 2. 7. 1979

Liebe Eltern,
ganz herzlich danke ich für Mutters Brief. Ich hoffe, dass Ihr Euch von den anstrengenden Tagen in Potsdam erholt habt. Habt Dank für Eure Hilfe. So konnte ich trotz Knuts Einberufung an der Aufführung der h-Moll-Messe teilnehmen. Nun habe ich die erste Woche ohne Knut schon überstanden. Wir haben gestern tüchtig Kirschen geerntet und eingeweckt. In der nächsten Woche kommt Schwiegermutter für einige Tage, um mir zu helfen. Der Schwiegervater ist wieder ganz gesund. Am Donnerstag hatten wir einen Unfall. Albrecht klemmte Simons linken Mittelfinger im Liegestuhl ein. Da ich das Scharnier nicht auseinander brechen konnte, musste ich den Finger aus dem Spalt herausziehen. Dabei riss der Nagel ab. Simon schrie mörderisch. Mir wurde ganz schwarz vor Augen. Ich lief gleich mit ihm zum St.-Josef-Krankenhaus. Sie verbanden das Fingerchen nur. Da er den Finger gut bewegen kann, wurde ein Bruch ausgeschlossen. Simon ist ein tapferer kleiner Patient. Wenn wir ihn nach seinem Finger fragen, hebt er ihn bedeutungsvoll und sagt: Oh, aua, aua! Langsam erholen wir uns beide von diesem Schrecken. Am Sonnabend hatten wir eine wunderbare Überraschung. Wir saßen im Kinderzimmer und spielten Memory. Plötzlich ging die Haustür auf und Knut kam fröhlich hereinspaziert. Das war eine Freude!!! Er konnte bis zum Sonntagabend bleiben. So hatten wir ein ganzes Wochenende miteinander. Er wird wahr-

scheinlich jedes Wochenende kommen können. Dann werden die sechs Armeewochen doch viel schneller vorüber gehen.

Ganz liebe Grüße von
Eurer B.

Potsdam, den 25. 10. 1979

Liebe Mutter,
ich sitze hier in der Mittagssonne an meinem Schreibtisch, neben mir steht ein duftender Kaffee und heute Abend erwarten wir Vater, der Dir hoffentlich meinen Brief gleich mitbringen wird. Diese Woche verlief ruhig. Wenig Besuche. Die Kinder sind wieder ausgeglichener. Annegret macht mit Simone, die dem Schulhort entflohen ist, Schularbeiten. Die beiden Mädchen ergänzen sich gut. Albrecht spielt im Garten. Er hat gestern seine Aufnahmeprüfung in der Musikschule mit „gut geeignet“ bestanden. Er konnte sich selbst ein Lied auswählen, dass er dann ohne Lampenfieber sauber vorsang. Das „Dankelied“. Seine gute nervliche Verpackung hat dem Musiklehrer mehr imponiert als seine Musikalität. Dass ich Annegret zu Deinem Geburtstag mitnehmen werde, freute sie sehr. So ist sie nicht so traurig, dass Albrecht in diesem Jahr zum Martinsfest zu Euch kommen darf. Knut ist inzwischen nach Hause gekommen. Strahlend. Mit Schokolade für die Kinder, Pralinen und einer Flasche Wein für mich. Er bekam für seinen Neuerervorschlag 3200 Mark Prämie ausgezahlt. Nun können wir unsere Handwerkerkosten bezahlen. Hurra!!! Knut soll noch ein Paar schwarze Schuhe und eine graue Hose bekommen. Die Kinder und ich Winterstiefel. Und, und, und. Viel zu schnell wird das Geld ausgegeben sein. Aber wir sind glücklich über diese außerplanmäßige Gabe. Hoffentlich kommt Vater heute nicht zu spät. Knut will ihn mit dem Auto von der Bahn abholen.

Nun sei bis bald ganz lieb gegrüßt
Deine B.

Potsdam, den 30. 11. 1979

Liebe Eltern,
wir wünschen Euch eine frohe und gesegnete Advents- und Weihnachtszeit. Zeit für stille gemeinsame Stunden trotz der vielen Arbeit. Das Martinsfest hat Albrecht gut gefallen und irgendwie ist er wieder ein wenig erwachsener geworden. Bis eben haben die Kinder im Garten gespielt, jetzt sind sie hereingekommen, da es regnet. Nun malen sie. Simon hat in den letzten Tagen seine neuen Geburtstagsschätze in Besitz genommen. Das Dreiradfahren übt er eifrig. Ganz klappt es noch nicht, aber das Klingeln umso besser. Heute bin ich mit allen Fenstern und Gardinen fertig geworden. Nun macht es mir mehr Spaß, das Haus adventlich zu schmücken. Mit Annegret habe ich Gemüse und Obst in der neuen Markthalle gekauft, das wir am Wochenende mit nach Röbel nehmen wollen. Die Menschen in der Markhalle sahen so abgehetzt und traurig aus. Sie rennen und jagen nach allen möglichen Dingen. Der Konsumzwang hat sich so tief in die Herzen eingenistet. Als wären es immer die Dinge, die zum Lebensglück notwendig wären. Die sozialistische Gesellschaft oktroyiert den Menschen viele Verhaltensnormen auf, die unkritisch übernommen werden. Sie hat auch keine wirklichen Gegenwerte zum materiellen Wohlstand anzubieten. Da empfinde ich es als befreiend, dass ich mich durch mein augenblickliches Hausfrauendasein diesen Zwängen und Normen für einige Zeit entziehen kann. Eigene Maßstäbe und Werte suchen kann, den politischen und gesellschaftlichen Maßregelungen entgehe. In der kommenden Woche habe ich sehr viele Termine. Montags und donnerstags proben wir für das Weihnachtsoratorium. Mittwoch ist Chorvertretersitzung. Am Freitag Bibelkreis. Und am Sonnabend bin ich mit den Kindern bei Carola zum Adventsbasteln eingeladen. Ich hoffe, dass ich das alles bewältigen werde.

Nun seid ganz lieb gegrüßt von uns allen
Eure B.

Potsdam, den 22. 1. 1980

Liebe Eltern,
für Euren lieben Brief habt vielen Dank. Wenn ich auch lange nicht geschrieben habe, so war ich doch in Gedanken viel bei Euch. Eure niedrigen Raumtemperaturen machen uns Sorgen. Wir sind alle gesund und munter. Ich bin so dankbar, dass Simon diesen Winter bisher so gut überstanden hat. Er war ein Jahr lang nicht mehr krank. Vom Orthopäden bekam Annegret zwölf Schwimmstunden zur Kräftigung ihrer Rückenmuskulatur verordnet. Der Arzt fand aber, dass sie für ein achtjähriges Mädchen ganz normal entwickelt sei. Mutters Befürchtungen sind daher ganz unbegründet. In der Schule ist sie zurzeit sehr erfolgreich. Endlich ist ihre Klassenlehrerin wieder da und alles läuft in geordneten Bahnen. Albrecht liest nach und nach alle Kinderbücher durch. Da er im Kindergarten nicht genügend gefordert wird, fordert er sich selbst. Ich bin sehr froh, dass es etwas milder geworden ist. Das viele Heizen verbraucht viel Zeit und macht viel Schmutz. Auf die Tage mit Dir freue ich mich schon sehr. Dein Tagebuch wird sicher durch Deine Reise ins Rheinland viele, viele neue Seiten hinzubekommen haben. Schreibend kann man alles besser verarbeiten, denke ich. Ich bin gespannt. Als Du im Rheinland warst, habe ich so intensiv an Dich gedacht, dass ich nachts träumte, ich wäre in einem Laden, in dem ich alles kaufen konnte. Da stellte ich fest, dass ich im Westen war. Irgendwie ist durch Deine Reise die Grenze auch für uns durchlässiger geworden. Für Vater wird Deine Reise sicher auch eine große Freude sein. Es war bei seinen Auslandsreisen für ihn immer ein Wermutstropfen, dass Du nicht mitkommen konntest. Wir waren in der vorigen Woche bei Frau Girardet und erzählten von Deiner Reise. Vor Freude hatte sie Tränen in den Augen. In ihrer Wohnung waren es trotz ausreichender Kohlen nur 14 Grad. Knut brachte ihr abends noch einen elektrischen Heizofen. Nun wärmt sie sich damit die Füße. Knut versuchte, ihren alten Fernsehapparat zu reparieren. Was ihm leider nicht gelang. Vielleicht kann sie sich durch den Verkauf der kleinen Bronzeplastik (für die Herr Ebner von Eschenbach einen Käufer hätte) einen neuen kaufen. Ich bot ihr an, mit meiner Waschmaschine für

sie zu waschen. Sie wäscht noch alles mit der Hand. Ohne Schleudern trocknet die Wäsche in der kalten Wohnung nicht. Sie versprach mir, Wäsche zu bringen. Mit Eva telefonierte ich an ihrem Geburtstag. Das erste halbe Jahr in der neuen Stadt hat sie sehr angestrengt. In der ersten Ferienwoche wollen alle vier Wunderlichs zu uns kommen. Wir haben uns ja seit Dezember nicht mehr gesehen. An diesem Wochenende fahren wir nach Angermünde zur Geburtstagsfeier von Schwiegermutter.

Nun seid ganz herzlich gegrüßt von
Eurer B.

Potsdam, den 14. 4. 1980

Liebe Eltern,
bald wird Vater auf weite Fahrt gehen. Albrecht hat schon längst seine Italienreise auf dem Atlas und dem Globus verfolgt. Das geografische Interesse hat er bestimmt nicht von seiner Mutter, ich habe jetzt schon Mühe mitzuhalten. Heute haben wir wunderschönes Frühlingswetter. Primeln, Osterglocken, Cilla und Veilchen blühen schon. Die Kinder sind den ganzen Tag im Garten. Simons Röteln sind abgeheilt. Im Garten ist Simon am glücklichsten. Hier hat er ein umfangreiches Betätigungsfeld. Er sieht wohl aus und ist immer vergnügt. Meine Grippe habe ich auch halbwegs überstanden. Arme und Kopf kann ich wieder schmerzfrei bewegen. Die letzten Wochen waren durch den vielen Westbesuch sehr bewegt. Es gab kaum Zeit zum Atemholen. Aber es war auch schön, dass wir so viele Menschen bei uns hatten. Jetzt halte ich „Nachlese". Denke über so vieles nach. Was für eine unbekannte fremde Welt bringt jeder Westbesuch mit. Für uns ist das immer eine große Bereicherung. Viele rieten mir, im Herbst noch nicht mit der Arbeit zu beginnen. Ich wünsche mir augenblicklich auch, dass alles so bliebe, wie es ist. Zurzeit komme ich, wenn es keine Katastrophen gibt, mit allem gut zurecht. Aber mein Institut hebt mir meinen Arbeitsplatz nur drei Jahre auf. Und die sind im November abgelaufen.

Was machen Deine Krankenbesuche? Ob Du noch ein brauchbares Gesprächsprotokoll für die Tagung in Blankenburg gefunden hast? Wie sehr freuen wir uns auf Euer Kommen im Mai.

Nun seid ganz herzlich gegrüßt von Euren fünf Potsdamern
Eure B.

Potsdam, den 28. 5. 1980

Liebe Eltern,
noch gern denken wir an die schönen Tage mit Euch zurück. Viel zu schnell sind sie vorbeigegangen. Habt vielen Dank. Albrecht zählt jetzt one, two, three … und erklärt geduldig seiner Schwester die Geografie Europas. Manchmal seufzt er und sagt, dass er ihr das doch schon einmal erklärt hätte. Aber er ist geduldig wie bei seiner Großmutter, bei der es in geografischer Hinsicht auch noch einiges für ihn zu tun gibt. Ich habe schon viel in dem Band der ungarischen Lyrik gelesen. Er enthält viele surrealistische Texte, die mir nicht so liegen. Ich lebe wohl augenblicklich so stark in der Realität, dass mir diese Art zu denken und zu schreiben sehr fremd ist. Eben habe ich Knut und Lothar Kaffee gekocht. Jetzt bauen beide an der Elektroinstallation unserer Garage. Wenn Ihr doch auch so gute und hilfreiche Freunde in Eurer Nähe hättet!

Bei Jean Cocteau fand ich ein wunderbares Gedicht.

Taub sind meine Ohren
Für die leichte Welt
Über den schweren Wassern zu schwimmen
Mir gefällt

Dieses Meer verwehrt mir
Netzwurf und Gewinn
Meinen Fang zu heben und
Zu leben wo ich bin

Tauch ich auf, weiß ich, wohin
Ich zurückgebracht
Träume, Träume, Träume,
Ihr Fische meiner Nacht.

Solch ein Gedicht möchte ich schreiben können! Meine naturwissenschaftliche Vorbelastung lässt mich nur Sätze schreiben, die nach den kausalen Prinzipien des SPO funktionieren. Was scheinbar unlogisch ist und sich zu einer ganz eigenen nicht logischen Sinnhaftigkeit zusammenfindet, gelingt mir einfach nicht. Nun ist Simon aufgewacht.

Es umarmt Euch ganz lieb und ist in Gedanken viel bei Euch
Eure B.

Potsdam, den 8. 6. 1980

Liebe Eltern,
Annegret und Albrecht sind heute zum Kindergeburtstag zu Mirjam gegangen. So haben wir einen ruhigen Sonntagnachmittag. In unserem Garten ist es jetzt sommerlich geworden. Die Blätter an den Bäumen haben sich voll entfaltet. Die Frühlingsblumen sind abgeblüht. Mohn, Lupinen, Iris und Rosen blühen jetzt violett, blau und rot. Gestern Nachmittag haben wir tüchtig im Haus gearbeitet. Alle Kinderschränke eingeräumt. Spiele sortiert und Möbel lackiert. Nun hat jedes Kind sein eigenes Zimmer. Albrecht genießt das besonders. Jedes Kind ist jetzt aber auch für die Unordnung im eigenen Zimmer verantwortlich. Das ist sehr günstig beim Aufräumen. Am kommenden Wochenende haben wir eine Nachfeier der Kindergeburtstage. Sozusagen gleichzeitig als Einweihungsfeier der drei neuen Zimmer. Da muss ich mit den Kindern noch einiges vorbereiten. Mit neun Kindern wird es schon recht turbulent werden. Am 18. 6. wird Annegrets Schulklasse bei uns ein Klassenfest feiern. Das Geld zum Sommerrock für die Choraufführung (Schöpfung) habe ich schon „angelegt". Vielen Dank. Ich habe einen hübschen geblümten Sommerstoff gekauft und mir einen Wickelrock genäht, der bei meinen Chorschwestern viel Lob erntete. Die gesamte Breite (zwei

Meter) habe ich im oberen Teil in Falten gelegt. Im Gedichtband „Zwiegespräche“ von Eva Strittmatter habe ich schon viel gelesen. Es sind wieder viele gute Gedichte darin. Ich selbst bin traurig, dass ich lange nichts geschrieben habe. Eigentlich bin ich zurzeit sehr glücklich, aber es fehlen vielleicht die starken Höhen und Tiefen, die zum Schreiben inspirieren. Aber solche gleichförmigen Zeiten benötigen die Seele und die Familie. Am Freitag werde ich den kleinen Philipp von Ulrike betreuen, da sie mit ihrer Frauenbrigade einen Betriebsausflug nach Budapest machen wird. Da helfe ich ihr gern. Philipp ist ja ein sehr liebes Baby. Das werde ich mit Simons Hilfe schon schaffen.

Nun seid ganz lieb gegrüßt von
Eurer B.

Potsdam, den 27. 7. 1980

Liebe Eltern,
nun endlich ein Brief an Euch nach so vielen anderen Briefen (Tante Gunda, Tante Erika, Tante Hanna, Tante Christine), die immer mühsamer zu schreiben sind. Bei Briefen an Euch und Eva hüpft der Kugelschreiber viel schneller über das Papier. Du kannst immer so schöne warme Briefe schreiben. Die Kinder sind sehr vergnügt. Annegret genießt ihre Schulferien. Viele Stunden am Tag sitzt sie auf dem alten Birnbaum und lässt ab und zu ein Eimerchen an einer Schnur herunter, in das Albrecht Äpfel und irgendetwas hineinlegt. Sie hat es jetzt ganz gut gelernt, sich zu entspannen. Augenblicklich sind Annegret und Albrecht bei Simone zum Geburtstag eingeladen. Eine Kutschfahrt in Nedlitz stand auf dem Programm. Na, das ist doch was. Beide Kinder konnten kaum den Nachmittag erwarten. Es hat sich bei uns etwas verändert, was wir Euch eigentlich noch vorenthalten wollten. Wir bekommen im nächsten Jahr Ende März ein Baby. Irgendwie bringt uns diese Neuigkeit noch durcheinander. Es kommt in diesem Jahr noch so viel Neues auf uns zu: Albrechts Schulbeginn, Simons Kindergartenanfang, mein Arbeitsbeginn. Alles im kommenden Herbst. Und nun das! Da wir uns bisher zu keiner

sicheren Verhütungsmethode entschließen konnten, war das schon zu erwarten. Andererseits bin ich auch glücklich, dass ich noch einmal das alles erleben kann: Schwangerschaft, Geburt, Baby… Eventuell können wir vom 5. 8. für 14 Tage nach Wustrow fahren, wo wir in einem Bungalow Urlaub machen können. Unseren Plan vom Zelturlaub an der polnischen Ostseeküste werden wir nun der Schwangerschaft wegen aufgeben. So gehen wir kein Risiko ein. Eva und Hanns-Jürgen haben es mit dem Wetter gut getroffen. Heute haben sie uns angerufen. Wie geht es Euch? Wie immer habe ich zuerst seitenlang von uns gequasselt. Ob Dein Kopf nach dem Treppensturz gut verheilt ist? Du machst ja Sachen. Schön wäre es, wenn es im nächsten Sommer für Euch mit der Kurpredigerstelle in Österreich klappen würde. Mit so einer Vorfreude wäre man dem alltäglichen Kleinkram gegenüber doch besser gewappnet. Oben im Bodenraum brummt nun unsere Tiefkühltruhe, für die wir Euch herzlich danken. Sie ist schon mit Erdbeeren, Himbeeren und Johannisbeeren gefüllt. Aber noch längst nicht voll. Das ist ein praktisches Konservieren! Und es besteht kein Risiko, dass ein Glas aufgeht. So, nun soll der Brief noch schnell zur Post.

Ganz liebe Grüße
Eure B.

Potsdam, den 21. 12. 1980

Eigentlich kein Tag zum Schreiben. Mitten in der vorweihnachtlichen Hektik. Aber dennoch will ich einige Minuten innehalten. Die Stille im Haus genießen. Seit heute habe ich Urlaub. Die Kinder sind im Kindergarten und in der Schule. Knut im Büro. Der Garten schläft unter einer handbreiten Schneedecke. Fußspuren erinnern an den gestrigen Nachmittag. Ich genieße meinen Kaffee. Das Baby strampelt munter in meinem Bauch. Es freut sich offensichtlich auch, dass wir nach zwei stressigen Arbeitsmonaten jetzt endlich Urlaub haben. Und etwas Ruhe vor dem Ansturm der Familien in der Weihnachtszeit. Während der beiden Arbeitsmonate kam ich nicht zum Schreiben. Jede Minute des Tages war fest verplant. Um 5 Uhr aufstehen. Kurzes Frühstück. Um

6 Uhr Abfahrt mit der Straßenbahn vom Platz der Nationen nach Rehbrücke. Um 7 Uhr Arbeitsbeginn im Institut. Bis 16:45 Uhr. Leider kann ich zurzeit nicht in der Forschung arbeiten. Für die kurze Zeitspanne hätte sich das Einarbeiten in ein Forschungsthema nicht gelohnt. So arbeite ich für die Abteilung Standardisierung. Statistische Berechnungen verschiedener Analyseverfahren für Getreide- und Backwarenprodukte. Keine spannende Arbeit. Aber man kann sie jederzeit weglegen und vergessen. Das ist in meiner Situation gut. Im Januar werde ich noch einmal vier Wochen arbeiten. Und alles abschließen. Dann beginnt mein Schwangerenurlaub. Alle Weihnachtspäckchen für die Kinder, Knut und die Eltern liegen im Kleiderschrank. Längst habe ich nicht alles bekommen können, was die Kinder sich wünschten. Der sozialistische Einzelhandel hat seine Launen. Das wissen die Kinder. Manchmal hilft der Intershop aus. Und Unbekanntes schlummert noch in den Westpaketen, die sich im Vorratsraum türmen. Nun werde ich mich um die Ernährungsfrage der Familie für die Feiertage kümmern.

Potsdam, den 6. 3. 1981

Ihr Lieben,
seit meinem Arbeitsbeginn im letzten Herbst mussten wir uns beinahe ganz auf die Telefonnachrichten beschränken, was ich immer sehr schade finde. Auch für das Tagebuch fand ich keine Zeit. Nun bin ich schon seit vier Wochen im Schwangerenurlaub. Froh sind wir, dass Simon die Gaumenoperation und den Krankenhausaufenthalt so gut überstanden hat. Langsam kehrt Ruhe ein. Mutters Gedicht gefällt mir gut. Den Wunsch, Gedanken, Stimmungen und Gefühle aufzuschreiben, habe ich auch noch nicht aufgegeben. Aber mein Tag ist augenblicklich so „erdenschwer“, dass keine Gedichte entstehen. Zur Lyrik benötigt man leichte Füße. Das bekümmert mich aber nicht. Alles hat eben seine Zeit. Nun, da es Simon nach dem Krankenhausaufenthalt täglich besser geht, kann ich mich auch langsam auf meine nächste „Aufgabe“ (Geburt) einstellen. Ich bin sehr ruhig und gelassen. Dankbar, dass ich trotz meines beachtlichen Umfanges meinen Alltag gut bewältige. Die ersten Schneeglöckchen blühen schon im Garten. Heute war es mild und roch schon

sehr nach Frühling. Die Kinder spielen jetzt den ganzen Nachmittag im Garten, was für das Haus und mich eine große Erleichterung ist. Knut hat sich von seiner Angina erholt. Der ausgiebige Nachmittagsschlaf wirkte Wunder. Annegret und Albrecht gehen nach den Winterferien wieder vergnügter zur Schule. Nun ist es morgens beim Aufstehen schon wieder hell. Das erleichtert alles. Ab Montag beginnt Albrecht mit einem Judotraining. Ein wenig Körperbeherrschung kann ihm nicht schaden. Unsere beiden Großen werden immer selbstständiger. Sie haben immer mehr Bereiche außerhalb des Elternhauses und kommen in der „neuen Welt" schon gut zurecht. Das macht wehmütig und freudig zugleich.

Nun seid ganz lieb gegrüßt
Eure B.

Potsdam, den 24. 3. 1981

Es ist Nachmittag, 15:30 Uhr. Gestern um 16 Uhr ist Hanna-Lisette geboren. Um 15:30 Uhr brachte mich Knut mit den Kindern bis zur Kliniktür, wo der Machtbereich der „Damen in Weiß" beginnt. Kein Vater hat hier Zutritt. So musste ich der Hebamme allein in die „sakralen" Gemächer des Kreißsaales folgen, aus denen alles Private und Familiäre ausgesperrt ist. Zum Glück nahm mich eine freundliche junge Hebamme in Empfang. Die Stärke der Wehen steigerte sich schnell, was aber lange gut auszuhalten war. Dann kamen die Presswehen ohne Pause. Und im Nu war das Mädchen (4000 Gramm) auf der Welt. Rosig und gesund. Ich konnte gleich aus dem Kreißsaal Knut anrufen und allein in mein Zimmer gehen. Abends, als die Kinder schliefen, kam Knut zu mir ins Krankenhaus. Wir haben uns glücklich an den Händen gehalten. Gelacht und geweint. Heute bekam ich Hanna schon mittags zum Stillen. Davon war sie aber nicht begeistert. Sie schrie mörderisch und trank nur wenig. Mein Blutbild ist diesmal in Ordnung. So bin ich rundherum dankbar und glücklich und warte auf Knut.

Potsdam, den 20. 4. 1981

Inzwischen sind wir schon drei Wochen zu Hause. Hanna wird heute vier Wochen alt. Als wir zu Hause angekommen waren, schlugen die Wogen der neuen und alten Pflichten über mir zusammen. Im Garten umfing mich der Frühling, mild und allmählich, wie ich ihn mir schon immer gewünscht habe, und wie er in meiner Erinnerung in der Kindheit gewesen ist. Hanna gedeiht gut. Sie nimmt „planmäßig" zu und ist ein liebes Baby. Sie schreit wenig. Heute ist es still im Haus. Knut ist mit Simon nach Berlin zur Nachuntersuchung gefahren. Annegret und Albrecht haben Nachmittagsveranstaltungen. So habe ich einmal Muße, über die so schnell dahinjagende Zeit nachzudenken. Über den schnellen Wechsel von Traurigsein und Glücklichsein, wie es in den ersten Wochen nach einer Entbindung so häufig ist. Der Wechsel der Hormone und die starken Belastungen von Geburt und Kinderpflege machen labil. Ich bin oft einfach zu müde, um alles zu fassen. Aber ich habe mich von der Schwangerschaft und der Geburt schnell erholt und bin guter Dinge. Seit vorgestern ist allerdings unsere Waschmaschine kaputt. Das ist bei der augenblicklichen Wäschemenge eine Katastrophe. Und so wasche ich nun wie zu Uromas Zeiten mit Windeltopf. Ich hoffe, dass die Maschine morgen repariert werden kann und die leidige Ersatzteilfrage nicht zum Problem wird. Solche Dinge bringen mich schnell aus dem Gleichgewicht. Und dabei gibt es doch sicher Schlimmeres. Auch empfinde ich, dass die drei großen Kinder wieder mehr meine Zuwendung benötigen. Ich hatte in den letzten Wochen wenig Zeit für sie. Ich bin froh, dass Knut mir viel Arbeit abnimmt. Aber er ist bis 16:45 Uhr im Büro. Gegen 17 Uhr erst zu Hause. Bis dahin muss ich mit allen vier Kindern irgendwie allein zu recht kommen. Simon macht zurzeit viel Mühe. Er fühlt sich im Kindergarten nicht wohl. Vielleicht wird er wegen seiner Lippenspalte gehänselt? Vor einigen Tagen hatte er sich die Oberlippe mit Penatencreme weiß gemalt. Da waren die Narben ganz verschwunden. Am glücklichsten ist er immer zu Hause, wo er im Garten allein oder mit Freunden und Geschwistern spielen kann. Am besten mit Hammer und Zange. Auch liebt er seine winzige Schwester sehr. Gestern beobachtete ich, wie er Hanna etwas in den Kinderwagen legte. Besorgt schaute ich nach und entdeckte eine Schnecke auf Hannas Kopfkissen: „Wie kannst du die schmutzige Schnecke in Hannas Kinderwagen legen!" schimpfte ich mit Simon. „Die is nich schmutzig, die hab ik abgeleckt."

Potsdam, den 30. 4. 1981

Es ist still im Haus. 12 Uhr. Hanna schläft ihrer Mahlzeit entgegen. In meiner Brust spannt die Milch. Annegret und Albrecht sitzen in ihren letzten Schulstunden. Simon wird im Kindergarten hoffentlich Mittagsruhe halten. Eine kurze Ruhepause für mich vor dem kinderreichen Nachmittag, den ich langsam zu bewältigen beginne. Aber nur dann, wenn Hanna ruhig im Garten schläft, die beiden Schulkinder ihre Hausaufgaben allein erledigen und Simon einigermaßen ausgeglichen ist. Erst wenn Knut gegen 17 Uhr nach Hause kommt, wird alles leichter für mich. Dann kann ich die Verantwortung teilen. Langsam lerne ich es auch, nicht mehr jeden Schritt von Simon zu beaufsichtigen. Vertrauen zu haben. Noch immer steckt der Schock seines Unfalls in der Kinderklinik tief in meiner Seele. Hanna gibt die ersten Töne von sich. Noch leise, abwartend, ob sich schon eine Wirkung zeigt. Es ist schön, ein Kind zu stillen. So richtig kann ich das erst jetzt beim vierten Kind genießen. Das Gefühl des Gebrauchtwerdens. Hanna ist noch einmal ruhig geworden. Ich überlege, ob ich sie trotz des feuchten Wetters nachher in den Garten stellen kann? Augenblicklich haben wir richtiges Aprilwetter. Morgen kommt Eva mit Familie und Hund zu uns und nachmittags kommen noch die Eltern, die bis zum 2. 5. bleiben wollen. Nach langer Zeit ist unsere Familie einmal wieder komplett. Wir wollen den Essenaufwand so gering wie möglich halten, um genügend Zeit füreinander zu haben. Ich werde eine Suppe kochen. Eva bringt Kuchen mit. So nun muss ich doch zu Hanna, sonst komme ich mit den übrigen Tagespunkten durcheinander.

Potsdam, den 7. 5. 1981

Unsere Wiese blüht goldgelb. Der Löwenzahn. Für mich ist das in jedem Jahr eine große Freude. Unzählige Sonnengesichter leuchten. Ich stehe und schaue und schaue, damit sich dieses Bild so dauerhaft wie möglich in mein Gedächtnis einprägt. Für einen grauen Novembertag einmal reicht. Mit Sorge denke ich an das kommende Wochenende, wenn die gelbe Wiese Knuts Rasenmäher zum Opfer fällt.

Potsdam, den 9. 6. 1981

Liebe Eltern,
schon lange war ein Brief an Euch geplant, schon oft in Gedanken geschrieben. So viele gute Gedichte sind inzwischen von Mutter angekommen. Ich habe vor einiger Zeit ein Essay eines sowjetischen Dichters (Nikolai Sabolozki) über das Gedichteschreiben gefunden, das mir gut gefiel. Ich will Euch einige Gedanken daraus aufschreiben:

„Das Herz der Dichtung ist der Gehalt. Er hängt vom seelischen Hinterland des Dichters, von seinem poetischen Weltverständnis und Weltgefühl ab. Der Dichter muss von den Dingen und Erscheinungen die Maske alltäglicher Gewöhnung entfernen, die Jungfräulichkeit der Welt und deren geheimnisvolle Bedeutung zeigen. Oft benutzte Worte, übernommene Floskeln, Rhetorik und Schulmeisterei erweisen der Dichtung einen schlechten Dienst. Wer die Dinge und Erscheinungen in ihrer lebendigen Gestalt sieht, wird auch lebendige unverbrauchte Worte finden. Alle Wörter sind gut und geeignet für einen Dichter. Kein einzelnes Wort ist ein künstlerisches Wort. Es erhält seinen Kunstcharakter erst in seiner spezifischen Verbindung mit anderen Wörtern, Verbindungen der Sinninhalte verfließen ineinander, bilden neu gebildete Bedeutungen, verknüpfen sich zu Bildern. Die Bilder schließlich werden einander durch die poetische Idee eingeordnet. Nicht allein die Bedeutung macht das Wort aus, das Wort klingt. Der Klang ist dessen zweite unverzichtbare Eigenschaft. Der Klang eines einzelnen Wortes ist wiederum von keinerlei künstlerischer Wertigkeit, diese entsteht auch erst in Wortverbindungen. Um die Idee hervorzuheben, setzt sie der Dichter in Bilder um. Um die Sprache zur Geltung zu bringen, lässt er ihren ganzen musikalischen Glanz aufscheinen. Idee-Bild-Musik, dies ist die ideale Dreieinigkeit, die der Dichter anstrebt.“

Wenn es auch kein Rezept für das Schreiben eines Gedichtes gibt, so finde ich diese theoretische Abhandlung doch sehr bemerkenswert. Unser erlebnisreiches Pfingstwochenende liegt hinter uns. Die Fahrt durch die frühsommerliche Uckermarck nach Biesenbrow zur Konfirmation meines Patenkindes war wunderschön. Wenn sie auch unter großer Zeitnot stand, da wir unbedingt am Konfirmationsgottesdienst teilnehmen wollten. Mit großer Anstrengung haben wir es geschafft. Udo war der einzige Konfirmand. Er zog mit Pfarrer Fichtmüller allein in die geschmückte Biesenbrower Kirche ein, die gut besucht war. Die Hälfte der Gemeinde waren die Gäste der Familie Vöse-Plischke. Ich bin beeindruckt von Käthes Mut. Alle drei Kinder gehen nicht zur Jugendweihe. Ich habe Käthe sehr bewundert, wie sie ihre große Gästeschar mit so viel Mütterlichkeit und einem vorzüglichen Essen bewirtete. Auch Mutter Vöse war fröhlich dabei. Stolz überwachte sie das Festgeschehen. Sie lässt Euch herzlich grüßen. Die Kinder waren den ganzen Tag versorgt. Es gab genug Spielgefährten. Simon war im Stall beschäftigt, wo er den kleinen und großen Bullen, den Ziegen, Schweinen und Katzen zusah. Am Abend hätte er am liebsten so manches Tierchen mitgenommen. Aber unser Auto war mit sechs Personen und Hannas Kinderwagen randvoll. Das sah er ein. Seit dem Wochenende schläft Hanna in einem richtigen Kinderbett. Für das Körbchen ist sie inzwischen zu groß. Die Kinderärztin war mit ihrem Gedeihen zufrieden. Sie sieht auch sehr gut aus und kann schon richtig lachen. Auch mit den großen Kindern läuft es zurzeit gut. Nur den täglichen Ansturm der vielen Spielfreunde auf unseren Garten muss ich etwas abbremsen. Das wird mir in dieser geballten Ladung einfach zu viel. Ich kann noch immer stillen. Darüber bin ich sehr froh. Eben bekam ich Euren Brief mit dem Gedicht von Mutter. Schreibend erlebt man seine Umwelt viel intensiver. Aber man wird auch empfindlicher, was nicht ganz ungefährlich ist. Alles hat seinen Preis. Gerade meldet sich Hanna. Es wird Zeit für ihre Mahlzeit. Auf ein Wiedersehen mit Euch freuen wir uns schon sehr.

Seid ganz lieb gegrüßt von uns allen
Eure B.

Potsdam, den 12. 6. 1981

Das Körbchen ist abgebaut und ein Kinderbett aufgestellt. Die ersten Strampelhosen sind Hanna längst zu klein. Wehmütig schaue ich auf die so schnell vergangenen letzten Wochen. Etwas ist unwiderbringlich vorbei. Beim ersten Kind erlebt man das nicht so intensiv. Man ist neugierig auf jede neue Entwicklungsphase. Bei den weiteren Kindern weiß man, wie schnell Kinder groß werden. Ich möchte die Zeit anhalten, um die Entwicklungsphasen intensiver zu genießen, als mir das durch den Sechs-Personen-Haushalt möglich ist. Inzwischen ist auch der Sommer endgültig geworden. Jasmin, Akazien und Holunder blühen im Garten und im Park. Es gab schon viele heiße Tage. Die Stadt ist dann immer schnell staubig und voller Touristen. Dann bleibe ich mit den Kindern im Garten. Nur um Simon vom Kindergarten abzuholen, spaziere ich mit Hanna durch den Park Sanssouci. Am 19. 7. soll Hanna getauft werden. Wir hoffen, dass wir dann gutes Wetter haben und im Garten feiern können. Gardinen und Fenster sehen mich noch gräulich an. Im Gästezimmer muss noch ein Schrank aufgestellt werden, der die aussortierten Kindersachen aufnimmt. Der Korb mit Plättwäsche ist übervoll. Ich habe es jetzt ganz gut gelernt, mich von der Arbeit nicht mehr erdrücken zu lassen. Dann wird das Leben viel leichter. Wichtig ist es, dass wir gesund und fröhlich sind und es nicht verlernen, einander Freude zu bereiten. Das hat ein wenig gedauert, bis ich das für mich lernen konnte. Auch mit vielen, vielen Schmerzen. Simons Geschichte hat mich sehr verändert.

Ein kleines Erlebnis bei einem Abendspaziergang mit Knut im Park: In allen Betten war es endlich still geworden. Ein kleiner Rundgang durch die Kinderzimmer. Alles schlief, schniefte ganz, halb oder nicht zugedeckt. Auf Zehenspitzen verließen wir das Haus, um durch den abendlichen Park zu spazieren. Auch im Park war der Schlaf der Tiere und Pflanzen zu spüren. Verschlafene Vogellaute. Noch hing der schwere Jasminduft des warmen Nachmittags in der Abendluft. Im Schlossgraben sahen wir eine Bisamratte, die wie ein U-Boot dicht unter der Oberfläche durch das Wasser pflügte. Sie war offensichtlich auf Nahrungssuche. Auf der Brücke am Teehaus entdeckten wir eine Entenmutter mit zwölf kleinen Entenküken. Schwarz-gelbe Wattebälle. Es fieperte und schnatterte. Und die Entenmutter trieb die kleine Schar mit erstaunlicher Schnelligkeit vorwärts. Und wie uns mit Schrecken bewusst wurde: in Richtung Bisamratte. Dieser Gedanke beunruhigte mich so sehr, dass wir unseren geplanten Weg aufgaben und zurück zum Schlossgraben gingen. So konnten wir die Entenfamilie in einiger Entfernung begleiten und möglicherweise beschützen. Da tauchte auch schon der Rücken der Bisamratte auf. Der Graben wurde an dieser Stelle breiter. Die Entenfamilie entschwand unseren Blicken und wir konnten das Drama in der Ferne nur ahnen. Knut beruhigte mich, dass das nun mal in der Natur so üblich sei. Biologisches Gleichgewicht und so weiter. Das sind alles richtige und vernünftige Gründe. Und doch konnte ich die arglos und fröhlich schnatternde Entenfamilie einfach nicht vergessen, die nicht wusste, welchem Leid sie entgegen schwamm. Inzwischen waren wir an der zweiten Brücke, die direkt unter dem Schloss Sanssouci liegt, angekommen. Es war beinahe ganz dunkel geworden. Ein wenig erhellte der Mond Graben und Brücke. Leise, schnatternde, fiepende Laute. Die Entenfamilie! Mit erhobenem Kopf schwamm die Entenmutter unter uns. Sie hatte allen Grund stolz zu sein. Soeben hatte sie ihre zwölf Entenkinder an einer großen Gefahr vorbeigesteuert. Für diesmal waren sie alle wohlbehalten. Mehr konnte man für diesen Abend nicht erwarten.

Potsdam, den 10. 10. 1981

Bei der Feier zum 20-jährigen Bestehen meines Institutes gewann ich vor einem Jahr eine einwöchige Flugreise nach Budapest für zwei Personen. Da war ich schon mit Hanna schwanger und konnte die Reise zunächst nicht antreten. Das sah man ein. Nun ist Hanna ein halbes Jahr alt. Knut hat für eine Woche Urlaub genommen. Jetzt soll ich den Reisegutschein endlich einlösen. Es fällt mir schwer, meine vertraute Welt zu verlassen. Eva wird mich begleiten. Eben habe ich Annegret und Albrecht zum Auto gebracht. Die Großmutter nimmt die beiden Schulkinder mit nach Nordhausen. Simon und Hanna werden von Knut und der Angermünder Großmutter betreut. Nun beginnen meine eigenen Reisevorbereitungen. Es sind noch zwei Tage bis zum Abflug nach Budapest. In mir ist schon jetzt großer Aufruhr. Im Schlafzimmer kräht Hanna. Eigentlich sollte sie schon schlafen. Sie schaut mich mit wachen fröhlichen Augen an. Sie weiß nichts von meinem Abschied. Vor mir steht ein kleiner brauner Koffer. Noch ist er ganz leer. So richtig weiß ich nicht, was ich einpacken soll. Das erste Mal nach elf Ehejahren werde ich für mich allein einen Koffer packen. Immer wieder probiere ich neue Kombinationen und Variationen. Komme aber immer wieder auf meine wenigen Lieblingsstücke zurück. Ein schwarzer Samtrock mit aufgesteppten Taschen. Leicht ausgestellt. Zwei weiße Lieblingsblusen. Eine kleine gestreifte Strickweste. Weinrote Cordjeans (Intershop). Ein weinroter Samtpullover. Eine kleine dunkelblaue Wildlederjacke. Abgelegte Sachen von freundlichen Westcousinen, denn das Haushaltsgeld enthält keinen Kleiderposten für die Mama. Sanft bescheint die Oktobersonne den nebelfeuchten Garten. Ihre Strahlen haben nur noch einen Hauch von Wärme. Hin und wieder fällt ein gelb-braunes Blatt.

Schönefeld, den 12. 10. 1981

In einer Stunde fliegt unsere Maschine. Wir warten geduldig und gespannt im Transitraum. Unser Abflug verspätet sich. Um uns herum bewegt sich ein bunt gemischtes Völkchen. Überwiegend östlicher Chic. Das internationale Parkett, das wir erwartungsvoll betreten, erweist sich als wenig mondän. Etwas staubig, schmutzig, zerknittert. Ich schaue auf die Startbahn. Flugzeuge der Interflug, Lot, Tarom und Malev – unsere Fluggesellschaft. Endlich wird unser Flug aufgerufen. Im Flugzeug wird noch einmal Verspätung angesagt. Nun gut. Wir haben jetzt Zeit. Ich habe mein minutiöses Familientiming für sieben Tage verlassen. Übe mich nun in Gelassenheit. Endlich heben wir ab. Schweben in einem wolkengrauen Berliner Himmel. So gibt es keine Abschied nehmenden Blicke. Jetzt beginne ich, mir das Neue vorzustellen. Alles ist mir hier fremd. Aber auch meine vertraute Welt rückt mit jedem Meter Entfernung von mir ab. Der Abschied von Knut und den Kindern heute Morgen, den ich so oft in Gedanken durchspielte, lief ganz unsentimental und planvoll ab. Kaum haben wir unser Bordmenu verspeist, da setzen wir schon zur Landung an. Etwas holprig kommen wir in Budapest zu Boden. Nun müssen wir an der Elisabethbrücke nur noch das Reisebüro finden, wo wir unsere Quartieradresse und das Reisegeld erhalten …

Budapest, den 16. 10. 1981

Die Stadt hat uns schnell in ihren Bann gezogen. Budapest hat sich seit unserer Hochzeitreise vor elf Jahren sehr verändert. Nicht architektonisch. Eher atmosphärisch, was sich schwer beschreiben lässt. Vielleicht westlicher? Schneller. Auch angespannter. Unser Quartier in den Bergen von Buda hatten wir schnell gefunden. Eine alte Dame betreut unsere Wohnung. Sie spricht nicht deutsch. Und wir nicht ungarisch. So unterhalten wir uns mit Händen und Füßen. Unser Zimmer ist hell und freundlich. Von unseren Fenstern aus haben wir einen weiten Blick über Pest. Unsere Quartiersmutter schläft in der Küche. Ihre Kinder wohnen augenblicklich im Garten, um vermieten zu können. Sie brauchen das Geld zum Leben! Obwohl beide Arbeit haben! Als abends die Lichter in Pest angezündet sind, treibt es uns noch einmal hinunter in die Stadt. Mit List und Tücke können wir zwei Männer abschütteln, die sich an unsere Fersen heften. Die nächsten haben mehr Erfolg. Remo und Mario aus Italien setzten sich im Kaffee an unseren Tisch. Remo ist Röntgenarzt und Mario Röntgentechniker im Krankenhaus von Brescia. Beide wollen wie wir eine Woche Urlaub in Budapest machen. Sie wollen uns in den nächsten Tagen unbedingt „ihr“ Budapest zeigen. Für welchen Preis denke ich? Wir fahren mit ihnen im weißen Alpha-Romeo durch die Stadt. Das beeindruckt. Beschämt stellen wir fest, wie schnell die westliche Währung auch hier in Budapest alle Türen öffnet. Jeden Abend laden uns Remo und Mario in ein anderes Restaurant zum Abendbrotessen ein. Wir speisen vorzüglich. Trinken Rotwein. Tanzen. Ich schaue in Remos schwarze, immer leidenschaftlicher werdende Augen. Beteure, dass ich am Sonnabend meinem Mann unbeschwert in die blaugrünen Augen schauen möchte. Aber ich bemerke auch, dass es mir gut gefällt, von einem fremden Mann begehrt und bewundert zu werden. Die Tage vergehen mit Riesenschritten. Ungewohnt leichtfüßig laufe ich durch diese fremde große Stadt. Alle täglichen Familiensorgen und -pflichten sind wie weggeblasen. Aber tief in meiner Seele ist eine große immer stärker werdende Sehnsucht nach Knut und den Kindern. Ich kaufe fünf Mitbringsel. Noch einmal trinken wir mit Remo und Mario Chianti. Dann verabschieden wir uns mit vielen Küssen von einer Welt, die nicht meine ist. Die mich aber sehr in ihren Bann gezogen hat.

Potsdam, den 5. 11. 1981

Liebe Eltern,
nach vielen Telefonaten und Stenogrammgesprächen irgendwo auf der Durchreise sollt Ihr nun aber endlich wieder einen Brief von mir haben. Wir sind alle gesund und guter Dinge. Die Schule bewältigen die Kinder zurzeit spielend. Mit Simon ist es wechselhaft. Häufig ist er vergnügt, erzählt mir vom Kindergarten und spielt neben Hanna mit Autos und Bausteinen. Manchmal ist Simon unausgeglichen und findet keinen „Faden". Im Chor proben wir jetzt wieder das Weihnachtsoratorium (Kantaten 1 bis 3). Herr Gontard schrieb uns einen Brief, in dem er sich für die Gastfreundschaft im September bedankte und uns seinen Bericht über die Andreaes und Gontards ankündigte. Im Frühjahr (Leipziger Messe) wird er wieder in die DDR und nach Potsdam kommen. Noch immer beschwingt mich die Erinnerung an Budapest. Die lebendige, pulsierende Stadt, ein Leben ohne Verpflichtungen. Alle Bindungen und das Bindende konnte ich aus der Distanz überprüfen. Gut war es, dass ich viel mit Eva reden konnte. Morgen hat Knut einen Termin in Berlin. Da fahre ich mit Hanna mit. Wir wollen einige Besorgungen für das Haus und die Kinder machen. Habe ich Euch schon erzählt, dass sich in unserer Gemeinde nun endlich ein Kindergottesdiensthelferkreis gründete, der in der letzten Woche (bei uns) tagte. Wir sind sechs Frauen. Das erste Mal werde ich am dritten Advent mit dem Kindergottesdienst dran sein.

Nun seid ganz lieb gegrüßt von
Eurer B.

Potsdam, den 8. 11. 1981

Weder die Außentemperatur noch die Stimmung in meinem Haus und in meinem Herzen sind dazu geeignet, Budapester Erinnerungen wachzurufen. Draußen ist es novemberlich kalt und nebelig. Alle Kinder sind erkältet, blass, unfroh und zänkisch. Wir haben eine durchwachte Nacht hinter uns, da Hannas Ohren schmerzten. So fühle auch ich mich matt und traurig. Mit dem Herzen bin ich weit weg. Das beschämt mich. Aber das plötzliche Herausgelöstsein aus meiner alltäglichen Welt, das Bewundertwerden haben mir gut gefallen. Es fällt mir augenblicklich schwer, täglich die vielen unspektakulären Handgriffe zu verrichten. Vor riesigen Wäschebergen und zerstreutem Spielzeug zu stehen. Die jeden Tag von neuem zu ordnen sind. Obwohl ich meine Familie so sehr liebe, sehne ich mich schon einmal wieder nach einem luxuriösen Abendbrot zu zweit. Heute kam ein Brief aus Italien von Remo. Ich schrieb auch. Ein Dankeschön für die Zeit, für die Freundlichkeit und Zärtlichkeit. Ist das Schreiben nicht doch eine Brücke, um den Verlust aufzuhalten? Mein Gewissen plagt mich. Nie möchte ich wirklich in dieser geborgten Glamourwelt leben. Sie mit meiner Welt eintauschen. Ich habe ja auch alles, was ich mir wünsche: einen zärtlichen, klugen und schönen Mann, vier gesunde fröhliche Kinder, ein Haus mit Garten, viele Freunde, einen interessanten Beruf. Dieses Glück darf man nicht leichtfertig gefährden. Ich habe Knut von Remo erzählt. Ein wenig besorgt war er schon. Und eifersüchtig auch. Aber ich denke, dass es bei mir weniger eine erotische Sehnsucht nach einem fremden Mann war, als vielmehr die Sehnsucht nach einer anderen freiheitlichen Welt, die in mir aufgebrochen ist. Die wir uns hier hinter der Mauer sorgsam versagen, um nicht unglücklich und unzufrieden zu werden. Wir verdrängen ja auch täglich die hautnahe Nähe zu Westberlin und zur Grenze. Mit Erfolg, obwohl wir jeden Tag am Potsdamer Abendhimmel den hellen Schein von Westberlin sehen können. Alles erscheint mir hier augenblicklich so unverrückbar einbetoniert. Ich will versuchen, meine neuen Erfahrungen in meinem Leben sinnvoll einzubringen. Jetzt verunsichert mich das alles. Macht mich traurig und nachdenklich.

Potsdam, den 19. 11. 1981

Heute ist es der Sonne nicht gelungen, die dicke Wolkendecke zu durchdringen. Es bleibt feucht und dunkel. Die Quecksilbersäule des Thermometers klettert mühsam auf einige Grade über Null. Aber die Kinder sind wieder gesund. Und so bin ich auch wieder fröhlich. Hanna schläft noch in ihrem Bettchen in unserem Schlafzimmer. Annegret und Albrecht sind in der Schule. Simon im Kindergarten. Mein Vormittagsprogramm ist bis zu Hannas Mittagsbrei geschafft. So bleiben mir einige Minuten zum Schreiben. Gern würde ich die vielen Gedanken, die mir bei meinen täglichen Handhabungen durch den Kopf gehen, aufschreiben. So bleiben sie Fragmente, die sich ins Unterbewusste drängen. Irgendwann tauchen sie in einem Brief oder einem Gespräch wieder auf. Oder ich finde Ähnliches in Büchern. Jetzt beginnt es sich im Schlafzimmer zu regen. Ich eile mit meinem Apfel-Möhren-Brei zu Hanna.

Simon erlebt nun im Kindergarten, dass andere Kinder seine Lippenspalte wahrnehmen. Ihn hänseln. Dann ist er zu Hause unausgeglichen und zänkisch. Er kann das aber noch nicht sagen. Ich ahne und beobachte es nur. Ich möchte ihn vor all den Verletzungen schützen. Und kann es nicht. Gerade lese ich bei Valentin Rasputin „Abschied von Matjora" über die Verluste an Menschlichkeit in unserer Gesellschaft durch den angeblichen Fortschritt. Oft denke ich darüber nach, ob ich nach den drei Babyjahren wirklich wieder im Institut mit der Arbeit beginnen sollte. Ich würde gern vom häuslichen Schreibtisch aus arbeiten. Schreiben. Chemisches und Menschliches. Irgendwie bin ich so voller Gedanken. Und doch kommt nur Plattes auf das Papier. Nichts ist zu Ende gedacht. Ich brauchte mehr Zeit.

Potsdam, den 23. 11. 1981

Der Tag ist gerade erst aufgewacht. Im Garten wird es nur langsam hell. Bizarre schwarze Äste heben sich vom grauen Novemberhimmel ab. Ich habe noch ein wenig Lesezeit. Lese von Atanas Daltschew „Fragmente". „Die Rolle, die das Kopieren des Werkes eines Meisters für einen Maler spielt, bedeutet vielleicht das Nachübersetzen für einen Schriftsteller.

Beim Übersetzen studiert man einen Autor unwillkürlich am besten, denn man ist genötigt, sozusagen in seine Fußstapfen zu treten. Man muss in jedes seiner Werke eindringen, jede seiner Andeutungen erraten, muss die Bewegungen seines Satzbaus in allen ihren Windungen und Aufschwüngen verfolgen. Übersetzen ist die langsamste und tiefgründigste Lektüre." Um die Tiefgründigkeit geht es mir. Mein Leben ist von vielen alltäglichen fröhlichen und langweiligen Handgriffen ausgefüllt, erscheint mir oft so flach und oberflächlich. Wie gewinne ich Tiefgründigkeit, wie lässt sie sich beschreibend festhalten? Warm und tief erlebte Augenblicke habe ich die Fülle. Und doch erscheinen sie mir banal und nicht fassbar, sobald ich sie aufschreibe. Nach Simons Geburt habe ich mit dem Institut einen Honorarvertrag abgeschlossen. So kann ich in den Erziehungsjahren durch die Übersetzung von Fachtexten aus englischen, amerikanischen und russischen Zeitschriften noch zusätzlich arbeiten und Geld verdienen. Tiefgründigkeit erlangt man durch Fachtexte natürlich nicht. Aber ich bleibe im Fach. Und das ist auch gut. Vor meiner Budapestreise hatte ich ein Lehrbuch der ungarischen Sprache gekauft. Bis zum Alphabet kam ich damals. Es ist eine sehr schwere Sprache. Kein Wort hat einen Bezug zu unserem indogermanischen Wortschatz. Aber das ist auch das Reizvolle. Wenn ich jetzt nur mehr Zeit hätte. Ich würde gern eine so andere Sprache lernen.

Oft denke ich darüber nach, ob ich Knut wirklich liebe. Dieses überstrapazierte Wort. Was meint es nicht alles. So sprechen wir es nach elf Ehejahren kaum aus. Brauchen es vielleicht auch nicht zu benennen, was wir füreinander empfinden. Wenn ich an Knut denke, habe ich ein warmes Gefühl von Geborgensein, Angenommensein und Vertrauen. Und ich lese es in seinen Augen, in Gesten und Zärtlichkeiten, dass es ihm ebenso geht. Immer suchen wir die Nähe, den Körper des Anderen. Dieses Gefühl hat sich in den elf Ehejahren oft gewandelt. Aber nicht verbraucht.

Potsdam, den 24. 11. 1981

Ich mag diese grau dämmrigen Novembertage nicht leiden. Die Kinder stehen blass und unfroh auf. Die Heizung erwärmt nur die verbrauchte Nachtluft. Im künstlichen Licht sieht alles grau und verbraucht aus. Die Kinder trödeln. Wollen nicht in die Schule und in den Kindergarten. Ich helfe beim Anziehen. Denke, dass viele Kleidungsstücke schon reichlich abgetragen sind. Stecke Schulbrote in die Ranzen. Fahnde nach verlorenen Mützen, Handschuhen und Turnbeuteln. Streichle ermunternd über winterraue Bäckchen. Dann trotten die Kinder zum Auto des Vaters, der schon ungeduldig wartet. Noch eine kurze Verschnaufpause habe ich zum Kaffeetrinken. Ganz für mich allein. Hanna spielt noch ein wenig im Bettchen. Manchmal quietscht ein Gummientchen, in das Hanna genussvoll beißt. Wenigstens sie ist vom morgendlichen Stress unberührt. Eine kleine fröhliche Insel im hektischen Getriebe. Ich schaue in den Garten. Und denke nichts. Oder doch irgendetwas? Meine Augen schauen auf die Umrisse der Bäume. Sie sind meine täglichen stummen Gefährten, die sich langsam von der Dunkelheit absetzen. Es dämmert. Auch in mir. Nach irgendetwas. Diese Stunde liebe ich. Wie die abendliche Stunde mit Knut, wenn es im Haus langsam still wird. Wir gemeinsam in den Abend hineinhören. Und auf die fernen Geräusche der Stadt. Vom letzten Tag reden. Oder auch schweigen. Ein Glas Wein trinken.

Oft ärgere ich mich, dass ich nicht gelassener bin. Mich über die Unordnung der Kinder aufrege. Sie viel zu sehr mit meinen Maßstäben messe. Sie verändern will. In einem Monat ist Weihnachten. Sofort fallen mir so viele Dinge ein, die ich bis dahin noch unbedingt erledigen muss. Warum belasten wir dieses Fest mit so vielen Pflichten und verderben es uns. Wir erziehen schon die Kinder mit den alljährlichen Wunschzetteln, die ich getreulich nach den Möglichkeiten des sozialistischen Einzelhandels (und des Intershops) planmäßig zu erfüllen suche. Diesmal werde ich alles ganz anders machen, denke ich. Und doch wird alles wieder so wie im letzten Jahr werden.

Potsdam, den 2. Advent 1981

Liebe Mutter,
herzlich gratuliere ich Dir zu Deinem Geburtstag. Möge es ein gesegnetes neues Lebensjahr für Dich, für Euch beide werden. Viel Schönes und viel Schweres habt Ihr beide im letzten Jahr erlebt. Du hast mit dem Schreiben begonnen. So war es auch ein reiches und intensives Jahr. Seit Simons Unfall 1978 und den Monaten danach, als ich begann, das alles zu verarbeiten und anzunehmen, habe ich gelernt, dass auch die Tränen zu unserem Leben gehören wie die Freude. Aber man muss das Traurige auch als das Dazugehörige wirklich annehmen. Sonst verbittert man. Ich bin stärker geworden. Gern wären wir auch am Geburtstag bei Euch. Aber so freuen wir uns auf die Nachweihnachtstage miteinander. Heute haben wir Gemeindeadventsfeier, zu der wir am Nachmittag alle hingehen werden. Gestern Abend standen vier kleine Paar Schuhe im Flur. Ein winziges aus weißem Ziegenleder für Hanna. Die gefüllten Schuhe wurden am Morgen mit großem Hallo begrüßt. Das kleine Korallenarmband, das ich Dir mitschicke, passt vielleicht zu Deinem neuen Korallenring.

Nun seid ganz lieb gegrüßt von
Eurer B.

Potsdam, den 9. 12. 1981

Heute hat es das erste Mal geschneit. Und der Schnee blieb tatsächlich liegen. Das war eine Freude beim Aufwachen! Die Kinder stürmten sofort in den weißen Garten. Schnell holten wir das Vogelhäuschen aus dem Schuppen. Denn nun ist es wirklich nötig, die eifrigen Sänger und Käfersammler zu unterstützen. Ich fürchte, dass Knut und die Kinder heute zu spät zur Schule und ins Büro kamen. Aber beim ersten Schnee bricht das Verkehrnetz in Potsdam (und im kleinen Land) ohnehin sofort zusammen. Ich habe mir eben beim Morgenkaffee meine ersten Gedichte angesehen. Lange habe ich nichts geschrieben. Noch immer kann ich mich von Reim und festem Versmaß nicht lösen. Es hat zunächst, im

Gegensatz zum Blankvers, meine Geschwätzigkeit, die ich so gar nicht an mir mag, diszipliniert. Es ist eine Übungsform. Ein Korsett. Vielleicht wird es bei diesem Anfang bleiben. Es hat aber auch ein Gutes. Seit ich selbst schreibe, beginne ich andere Gedichte viel aufmerksamer zu lesen. Mit und ohne Blankvers.

Potsdam, den 21. 12. 1981

Liebe Eltern,
im Haus ist es still. Hanna schläft. Knut ist mit den Kindern zum letzten Arbeits-, Schul- und Kindergartentag in diesem Jahr aufgebrochen. Bis zum Weihnachtsfest gibt es noch viel zu tun. Ich versuche die Stille im Haus in mich hineinzulassen und habe mir die vier Adventskerzen noch einmal angezündet. Im verschneiten Garten wird es langsam hell. Die vielen kleinen Fußspuren im Garten erinnern mich an den gestrigen Tag. Es ist augenblicklich recht schwierig, allen Kindern gerecht zu werden. Alle haben sehr verschiedene Tagesrhythmen. Die letzte Woche stand ganz unter dem Einfluss der Kirchenmusik. Wir haben am 14. 12. und am 15. 12. das Weihnachtsoratorium gesungen. Gestern nahm Knut mit der Kantorei an einem Weihnachtsliedersingen aller Potsdamer Chöre in der Nikolaikirche teil. Wir umgeben uns mit so viel weihnachtlicher Musik, Lichtern, Glanz, Gerüchen. Und doch bleiben wir immer auf der Suche. Wonach? Oder wohin? Auch belasten wir das Weihnachtsfest mit so vielen Erwartungen. Dann sind wir schnell leer und enttäuscht. So können wir auch nicht mehr richtig staunen. Gerade in dieser Zeit erinnere ich mich besonders an meine Kindheit. Ich versuche etwas davon einzufangen. Die Kinder können mir dabei ganz gut helfen. Frei und vorurteilslos ohne jede Besserwisserei zu schauen. Und zu staunen. Über die Wunder des Lebens.

Das wünsche ich Euch sehr
Eure B.

Potsdam, den 14. 2. 1982

Es ist ein Uhr nachts. Ich liege schlaflos im Bett. Knut atmet gleichmäßig. Er schläft. Unglaublich. Ich horche in mich hinein. Kein Ziehen im Bauch. Und es ist der 28. Tag. Ich lege mich auf den Rücken. Versuche, Arme, Beine und den Bauch zu entspannen. Atme tief. Versuche an etwas anderes zu denken. An etwas Schönes. Woran? Ich stehe vorsichtig auf, um Knut nicht zu wecken. Gehe in die Küche. Schalte das Licht ein. Das Abendbrotgeschirr steht noch im Spülbecken. Sechs Becher, Teller, Messer. Ich nehme Papier und Bleistift. Graue nachtschwere Alltagssätze schieben sich auf das Blatt …

Am Morgen drückt der fehlende Schlaf in den Schläfen. Die Schulkinder sind heute zänkisch. Simon will nicht in den Kindergarten. Er mümmelt lange an seinem Frühstücksbrötchen. Nur noch diesen Tag, verspreche ich. Dann ist wieder Wochenende. Hannas schlafwarme Bäckchen wärmen mein Gesicht. Die kleinen festen Hände greifen in meine Haare. Hanna lacht, als ich protestiere. Vorsichtig öffne ich ihre Hände. Ziehe Hanna Hemd, Pullover, Windelhose, Strumpfhose und Latzhose an. Dann setze ich sie ins Kinderzimmer, wo sie gleich ihren Spielkoffer auspackt. Knuts fragender Blick umkreist mich. Nichts. Knut legt seinen Arm um meine Schultern. Vom Büro ruft er mich an. Noch immer nichts, sage ich. Und heute ist schon der 29. Tag. Wie wollen wir uns entscheiden? Wie soll ich das wissen? Ich habe große Angst, die sich in Hannas Mittagsbrei und in die Wäscheberge mischt. Ich trage Hanna ins Badezimmer, um die Breispuren zu beseitigen. Hanna greift in ihr Spiegelbild. Wir lachen.

Potsdam, den 15. 2. 1982

Nach einer schlaflosen Nacht erster Gang zum Bad. Nichts. Dreimal kommt Knut heute aus dem Büro zu mir. Es ist der 30. Tag. Nun haben wir die Hoffnung ganz aufgegeben. Ich rufe den Frauenarzt an. Es sei sehr dringend, sage ich. Die Schwester gibt mir einen Termin für den 1. 3. Für kurze Zeit ist das ungewisse angstvolle Warten im Arzttermin aufgehoben.

Potsdam, den 18. 2. 1982

Nun ist es feste Gewissheit. Ich bin wieder schwanger. Das Baby wird im Oktober geboren werden. Wenn wir es denn wollen. Viele schlaflose Nächte liegen hinter mir. Wenn ich nach kurzem Schlaf aufgewacht bin, überfallen mich wieder alle Ängste und Sorgen. Es erscheint mir völlig unmöglich, eine Interruption vorzunehmen. Andererseits halte ich es auch für unmöglich, dieses Kind zu bekommen. Ich kann mir nicht vorstellen, dass mir das wirklich passiert ist, dass ich wirklich einmal in die Situation komme, eine Interruption ernsthaft in Betracht zu ziehen. Alles kommt mir wie ein böser Traum vor. Als handelte es sich um das Leben einer fremden Frau. Nachts befallen mich die Sorgen am schlimmsten. Wie werde ich mit fünf Kindern das Leben bewältigen? Für jedes Kind bleibt jetzt schon ohnehin wenig Zeit. Dann werde ich kaum eine einzige Stunde für mich allein haben. Um ein Buch zu lesen. Oder einen Brief zu schreiben. Oder für das Tagebuch. Irgendetwas tun, was nur mich betrifft. Ich fühle mich jetzt schon oft ganz aufgesogen von Kindern, Mann und Haushalt. Und meine Arbeit im Institut? Noch nie habe ich mich so sehr gegen eine Schwangerschaft gewehrt wie dieses Mal. Kein Kind war wirklich geplant. Aber bei allen anderen Kindern habe ich mich schnell auf das Kommende eingestellt. Und umgestellt. Bald schon vom Baby geträumt. Es hat sich schnell den neuen Platz in mir erobert. Diesmal passiert keine Annahme. Es ist, als seien Körper und Seele voneinander getrennt. Nichts gehört richtig zueinander. Und doch bin das alles auch ich.

Potsdam, den 23. 2. 1982

Nun weiß ich schon seit einer Woche, dass ich schwanger bin. Langsam beginne ich, ruhiger zu werden. Dieses fünfte Kind anzunehmen. Nachts kann ich wieder schlafen. Die Angst vor der Zukunft ist nicht mehr so groß. Ich beginne mit Knut zu planen, wo wir das Baby unterbringen. Ob sich vielleicht eine Stundenhilfe auftreiben ließe? Der Gedanke, nicht ganz im Haushalt „aufzugehen“, macht mich hoffnungsvoller. Andererseits liebe ich das Leben mit den Kindern ja auch sehr. Wie auch immer der

Tag ist, so kann man mit Sicherheit sagen, dass er nicht umsonst war. Immer hat man das gute sichere Gefühl, gebraucht zu werden. Aber es ist auch wichtig, dass ich in meinem Beruf, auf welche Art auch immer, noch etwas tun kann. Irgendwie möchte ich mir einen persönlichen Bereich im Getriebe der Familie erhalten. Aber wie? Andererseits denke ich, dass es auch für die Kinder nicht gut wäre, wenn sie das Gefühl hätten, dass ich uneingeschränkt verfügbar wäre. Im Garten scheint die Vorfrühlingssonne über die gefrorene Gartenerde. Zum Mittag erlangt sie schon so viel Kraft, dass sie an geschützten Stellen oberflächlich auftaut. Dort glänzt es feucht. An anderen Stellen, wo noch der Frost vorherrscht, ist die Erde staubig und ausgedörrt. Lange hat es nicht geschneit oder geregnet. Hoffentlich vertrocknen die Rosen- und Weinstöcke nicht. In meinem Besenschrank verwahre ich einen Kasten mit Blumen- und Grassamen. Wenn alles aufgeht, werden wir in diesem Jahr einen blühenden Sommergarten haben. Es ist schön, vom Sommer zu träumen, auch wenn der Sommer mich in diesem Jahr wieder schwanger erleben wird. Noch eine Woche bis zum Arzttermin. Unser Entschluss steht fest: keine Interruption!

Potsdam, den 1. 3. 1982

Liebe Eltern,
der erste Brief nach langer Zeit an Euch. Heute Morgen hatte ich einen Termin bei Dr. H. Zuverlässig lässt sich eine Schwangerschaft noch nicht feststellen. In der nächsten Woche wird noch ein Labortest Sicherheit geben. Natürlich zürnte der Doktor mit mir, da ich seine Pillen verschmähte. Aber was nützt das jetzt. Ich habe sie einfach nicht vertragen. Er meinte, dass ich eine Aversion gegen seine Pillen hätte. Daher hätte ich sie auch nicht vertragen. Was sicher nicht ganz falsch ist. Wir waren schon etwas leichtsinnig. Das hat nun seine Konsequenzen. Oft sind Knut und ich sehr verzweifelt. Doch dann denken wir, dass wir das alles schon irgendwie schaffen werden. Etwas anderes bleibt uns nun auch nicht übrig. Zu einer Interruption werden wir uns ganz sicher nicht entschließen.

Dass die beiden großen Kinder nun wieder zu Hause sind, ist für mich sehr wichtig. Ihr fröhliches geschäftiges Treiben belebt unser Haus. Auch Simon spielt wieder zufriedener in Haus und Garten. Nun, da die Familie wieder komplett ist, hat alles wieder seine Ordnung. Die Kinder hängen doch sehr aneinander, auch wenn sie sich gelegentlich streiten. Wir können Simon nun auch schon unbeaufsichtigt auf dem Hof spielen lassen. Er läuft nicht mehr fort. Das ist eine große Erleichterung für mich. Die Einreiseanträge für Ruth, Jürgen und beide Töchter habe ich bei der Polizei abgegeben. Ich hoffe, dass es mit den Visa für April klappen wird. Sie werden vom 8. 4. bis 11. 4. zu uns kommen. Vielleicht können Eva und Hanns-Jürgen mich am 11. 4. zu Vaters 60. Geburtstag mit nach Nordhausen nehmen. Knut wird mich dann hier bei den Kindern vertreten. Es ist schade, dass er nicht auch mitkommen kann. Aber eine andere Möglichkeit gibt es augenblicklich für uns nicht. Annegret und Albrecht hatten heute ihre erste Klavierstunde. Sie waren begeistert. Hoffentlich hält die Freude an. Am Wochenende wollen wir eine Familienkonferenz einberufen. Dann werden wir mit den Stundenplänen der Kinder einen kleinen Pflichtenplan für zu Hause aufstellen. Ein wenig werden auch die Kinder in Zukunft bei unseren häuslichen Pflichten mithelfen müssen. So werden wir das Gegenwärtige und das Kommende hoffentlich bewältigen können. Annegret übt gerade am Klavier. Hanna krabbelt um mich herum und versucht erste Schrittchen. Dabei ist sie sehr vorsichtig und bedächtig. Sie fällt selten hin. Oft denke ich mit Knut darüber nach, wie ich wenigstens für einige Stunden in meinem Beruf weiter arbeiten könnte. Für die Forschung sicher nicht mehr. Aber für die Dokumentation und Information. Nun wird es Zeit, das Abendbrot zu beginnen.

Es grüßen Euch herzlich
Eure Knut und Barbara

Potsdam, den 4. 3. 1982

Langsam kehrt Frieden in mir ein. Der Gedanke, noch ein Baby zu bekommen, wird mir langsam vertraut. Auch dieses Baby beginnt nun zu mir zu gehören. Die ersten Auswirkungen der Schwangerschaft machen sich schon bemerkbar. Morgens ist es mir oft schwindlig und schlecht. Auch beim fünften Kind muss sich der Körper umstellen. Annegret und Albrecht gehen nach den drei Wochen Winterferien wieder zur Schule. Simon kam heute mit heißen Fieberbäckchen aus dem Kindergarten. Er war jetzt so lange gesund gewesen. Er ist ein sehr ungeduldiger kleiner Patient und hält mich ständig auf Trab. Das Fieberzäpfchen hat gerade seine Wirkung getan, er ist etwas kühler und munterer geworden.

Potsdam, den 5. 4. 1982

Heute ist Albrechts achter Geburtstag. Gestern Abend und vorgestern Abend sangen wir die Matthäuspassion in der Erlöserkirche. Ich freue mich, dass ich trotz meines labilen Blutdrucks gut durchhalten konnte. Das lange Stehen ist schon unter normalen Umständen eine Anstrengung. Nun, da meine Schwangerschaft amtlich ist, werde ich mich bis Anfang 1983 vom Chor abmelden. Was mir nicht leicht fällt. Die wöchentlichen Proben beim Oratorienchor gehören augenblicklich zu meinen wichtigsten Ausflügen aus meiner häuslichen Welt und bringen immer Glanz in meinen Alltag. Da das Brahmsrequiem als nächstes Chorwerk im Oktober aufgeführt wird, macht es für mich wenig Sinn weiterzumachen. Am 23. Oktober wird das Baby geboren werden. Noch immer ist meine Gemütsverfassung sehr wechselnd zwischen Depression, Zorn und Annahme … Inzwischen habe ich meinen Schreibplatz ins Freie verlegt, die Wohnung in Ordnung gebracht und für Hanna und mich Mittagessen bereitet. Nun schläft Hanna und ich habe etwas Zeit. Die Forsythien blühen. Das heißt: in diesem Jahr nur ein Strauch. Der andere ist im Winter erfroren. Den toten Strauch hat Knut gestern schon kurzerhand abgesägt. Die Krokusse sind gerade verblüht. Besonders üppig blühten in diesem Jahr Cillas, Primeln und Leberblümchen. Die Leberblümchen habe ich im letzten Jahr bei einem Spaziergang im Harz ausgegraben.

Wenn das warme Frühlingswetter anhält, werden bald die Bäume blühen. Die Natur besänftigt meine aufgewühlte Seele. In einer Woche ist der 60. Geburtstag meines Vaters, zu dem ich leider nur allein fahren kann. Knut wird bei den Kindern bleiben. Es werden so viele „dienstliche Gäste" erwartet, dass es mit den Kindern schwierig wäre. Das finde ich schade, da die Enkelkinder doch auch zu seiner reichen „Lebensernte" gehören. So werde ich nur das „Fünfte" mitnehmen. Ganz heimlich.

Potsdam, den 18. 4. 1982

Eben sind wir vom Sonntagsausflug aus dem Wald nach Haus gekommen. Hanna ist schon im Auto auf meinem Schoss eingeschlafen. Sie schläft noch immer. So habe ich eine kurze Atempause vor dem Abendansturm mit Baden, Haarwaschen, Nägelschneiden und und und. Knut und Simon sind im Garten. Annegret und Albrecht packen ihre Schulmappen. Heute waren wir am Linowitzsee. Diesmal wollten die Kinder unbedingt angeln. Im Komposthaufen suchten sie nach Regenwürmern, die in eine Blechbüchse kamen. Ein Plastikeimer wurde für die Fische mitgenommen. Stock, Strippe und ein gebogener Nagel sollten die Angel sein. Am See stürmten Annegret, Albrecht und Simon aus dem Auto zum Ufer. Nur Hanna blieb bei mir und dem Picknickkorb. Als die Kinder dann am Ufer die Profiangler sahen, stoppte ihre Begeisterung. Sie suchten etwas abseits eine geeignete Angelstelle, um ihren Nagel in das Wasser zu halten. Plötzlich ein Freudenschrei. Sollte tatsächlich ein Fisch angebissen haben? Simon hatte einen richtigen Angelhaken mit Blinker gefunden. Nun war das Angeln etwas ganz anderes. Knut spießte einen Wurm auf den Haken. (Eine Prozedur, die alle meine mutigen Angler und mich weich werden lässt.) Jeder durfte einmal die Angel halten. Auch wenn der Eimer (zum Glück) leer blieb, besprachen die Kinder nun, wie sie sich demnächst eine richtige Angel bauen würden, um noch erfolgreicher zu sein. (Obwohl sie alle keinen Fisch essen.) Aber das Fischen scheint wie das Jagen zu den archaischen männlichen Tätigkeiten zu gehören, dessen instinktive Erinnerung noch in uns ist. Nur für Hanna waren Fische und Jagdinstinkte ausgesprochen uninteressant. Sie hielt sich mehr an die Geheimnisse des Picknickkorbes, um den es heute erstaunlich still war.

Potsdam, den 30. 6. 1982

Seit zwei Wochen haben wir es nun schwarz auf weiß: wir bekommen Zwillinge. Deutlich konnte ich auf dem Ultraschallbild zwei kleine Körper sehen, die dicht aneinandergeschmiegt in meinem Bauch liegen. Ganz deutlich waren auf dem Bildschirm zwei kleine Köpfe, zwei Herzen, zwei Wirbelsäulen zu sehen. Ein rührender Anblick. Aller Groll und alle innere Abwehr gegen meine fünfte Schwangerschaft waren verflogen. Nun sind das ungewöhnlich schnelle Wachstum und die rasche Gewichtszunahme erklärt. Im Oktober werden wir sechs Kinder haben. Wie das zu schaffen sein wird, mag ich mir jetzt noch nicht vorstellen. Auf jeden Fall müssen nun ein zweites Bettchen und eine neue Waschmaschine gekauft werden. Viele, viele Baumwollwindeln müssen aufgetrieben werden, die zurzeit wieder einmal Mangelware sind. Aber nun muss ich erst einmal drei beschwerliche Schwangerschaftsmonate mit vier quicklebendigen Kindern überstehen. Da 80 Prozent aller Zwillingsgeburten Frühgeburten sind, muss ich schon sechs Wochen vor dem Termin in die Klinik. Auch der Ostseeurlaub im August steht in Frage. Oft kann ich nachts nicht schlafen. Ein riesiger Arbeitsberg verbaut meine Zukunft, dem ich nicht mehr entrinnen kann. Knut steht heute, wie an so vielen Abenden in der Küche und versorgt die Kirschernte. Ich habe mich schon hingelegt. Nach dem Zubettbringen der Kinder ist meine Kraft erschöpft. Meine Beine geschwollen. So hilft nur Hinlegen. Knut sieht blass und müde aus. Ab 2. 7. sind Schulferien. Dann werden Schulbücher und Klaviernoten für acht Wochen ruhen. Die Kinder können ausschlafen. Mit Hilfe der großen Kinder hoffe ich bis zu unserem Familienurlaub am 1. 8. durchzuhalten.

Niehagen, den 5. 8. 1982

Entgegen allen Warnungen der Ärzte und Freunde haben wir das Auto doch gepackt und sind an die Ostsee gefahren. Wir denken, dass wir bald noch angebundener sein werden. So haben wir es einfach versucht. Und ein Krankenhaus ist auch an der Ostsee auffindbar. So verstauten wir Babybadewanne, Kinderwagen, Laufgitter und vier Kinder in unserem

Wartburg. Badeanzüge werden am FKK-Strand eingespart. Mein Zwillingsbauch passt ohnehin in keinen Badeanzug. Da ist der FKK-Strand ideal. Nach ausgiebigen Strandtagen streifen die Schulkinder täglich in der Nachbarschaft umher. Bringen Salat und Pflaumen mit. Simon spielt im Garten neben Hannas Ställchen. Versorgt sie mit Spielzeug. Schnitzte gerade ein kleines Borkenboot, das Hanna zerbrach. Hanna bekam einen sanften Puff, den sie gelassen hinnahm. Auch den Babys in meinem Bauch scheint es hier gut zu gehen. Mein abgesunkener Hb-Wert hat sich gebessert. Die Babys strampeln munter gegen die Bauchdecke. Mit vier Füßen. Wie sie sich in dieser Enge einigen können? staune ich oft. Am 24. 8. wird die Lage der Zwillinge wieder mit Ultraschall festgestellt werden. Hoffentlich liegen sie dann in gebärfähiger Position. Beim letzten Mal lag das erste Baby quer. Zum Drehen haben sie ja kaum noch Platz. Eben kommen Annegret und Albrecht vom Spielen von den Nachbarhöfen zurück und bringen Blumenkohl, Möhren und Kohlrabi mit. Nun werde ich die Abendsuppe kochen.

Potsdam, den 15. 9. 1982

Seit zwei Tagen bin ich auf der Entbindungsstation. Beide Kinder liegen jetzt in gebärfähiger Position. Der Muttermund ist schon vier Zentimeter geöffnet. So steht die Geburt unmittelbar bevor, wenn sie nicht durch festes Liegen und Medikamente aufgehalten werden kann. Jedes Baby wiegt jetzt etwa vier Pfund. Seufzend habe ich mich in mein Schicksal gefügt und werde hier nun geduldig liegen. Ich lasse mir die alt vertrauten Düfte der Entbindungsstation – Babyöl und Desinfektionsmittel – um die Nase wehen. Und warte. Zunächst bis zum 22. 9. Dann bin ich im neunten Monat. Ständig kreisen meine Gedanken um die Familie. Knut ist von der Arbeit frei gestellt worden, um Hanna zu versorgen. So will er auch die Zeit nutzen, um die neue Gasheizung einzubauen. Die Gasheizung ist ein Privileg, das uns als kinderreiche Familie genehmigt wurde. In meinem Zimmer liegen noch eine weitere schwangere Frau und zwei Wöchnerinnen. Auf ihren Fieberkurven stehen die Geburtsdaten 1962, 1963, 1964. Da bin ich hier mit 34 Jahren eine echte Großmutter. Zwei der Mütter sind noch Studentinnen, eine ist Lehrling. Sie wollen nicht einmal die fünf Monate ihres Wochenurlaubes zu Hause bleiben, obwohl sich alle das Baby wünschten. Eben war Besuchszeit. Die Väter kamen. Ebenso jung wie die Mütter. Etwas linkisch und unsicher. Irgendwann wollen die Mütter ihre Männer schon heiraten. Aber jetzt erst einmal nicht. Das ist schon eine ganz andere Generation, denke ich, und fühle mich wie ein bürgerliches altes Urgestein.

Potsdam, den 17. 9. 1982

Noch immer liege ich brav im Bett. Habe versucht, mich auf den knappen Lebensraum von zwei Quadratmetern einzustellen. Das ist für mich sehr gewöhnungsbedürftig. Heute bin ich in der 36. Schwangerschaftswoche. Nun sind es genau noch fünf Wochen bis zum Geburtstermin. Bis zur 38. Schwangerschaftswoche soll ich noch fest liegen. In meinem Bauch ist es sehr ruhig geworden. Für große ausladende Bewegungen haben die Zwillinge auch keinen Platz mehr. Alle drei Stunden bekomme ich ein Medikament, das die Durchblutung der Plazenta fördert und ein Medikament, das die Wehen zurückhält. Es fällt mir nicht leicht, die Tabletten einzunehmen. In allen Schwangerschaften habe ich keine einzige Tablette gebraucht. Nun werde ich mit Tabletten voll gepumpt. Als ich mich zunächst weigern wollte, drohte man mir mit Entlassung auf eigene Gefahr. Da habe ich mich gefügt. Zähneknirschend. Nun bringt mir die Oberschwester mit saurer Mine die Tabletten persönlich. Sie wartet, bis ich sie eingenommen habe. Heute soll die zweite Zimmernachbarin entlassen werden. Wie bei allen Entlassungen gibt es Komplikationen und Fragezeichen. Die frische Naht ist aufgeplatzt. Nun muss erst die Visite abgewartet werden. Meine Bettnachbarin weint. Der junge Papa im Jeansanzug versucht sie zu trösten. Der Arzt kommt und erlaubt die Entlassung mit dem Versprechen, dass drei Tage strenge Bettruhe eingehalten werden. Großer Jubel! Großes Versprechen. Dann werden Baby und Kleider schnell verpackt. Wir umarmen uns zum Abschied. Dann ist das Bett neben mir leer. Aber sicher nicht lange, denn der Kreißsaal ist übervoll.

Etwas später: Es dämmert. Gleich wird Knut kommen. Eben ist das Bett neben mir wieder belegt worden. Meine neue Bettnachbarin hat heute Nacht eine Tochter geboren. Jetzt hat sie Besuch von ihrer Familie. Das Kommen und Gehen neben mir stimmt mich traurig. Wie viele Mütter und Babys werde ich hier noch verabschieden? Nun ist es schon 19:45 Uhr. Noch immer ist Knut nicht gekommen.

Potsdam, den 19. 9. 1982

Es ist Sonntag. Die Glocken von St. Peter und Paul läuten zum Krankenhaus hinüber. Heute ist es stiller auf der Station. Weniger Personal und weniger Patienten. Die Reinigungsarbeiten verzögern sich. Frau W. im übernächsten Bett hofft heute entlassen zu werden. Da der Vater ihres Kindes vor kurzer Zeit eine Geschlechtskrankheit hatte, bekommt das Baby sieben Tage Penicillin gespritzt. So ist der Aufenthalt von Frau W. länger als üblich. Gestern Abend erzählte sie mir, dass sie ihr erstes Kind mit 15 Jahren bekam. Ein Junge. Da ihre Mutter schon fünf Kinder allein großziehen musste, weigerte sie sich, das Kind der Tochter auch noch zu übernehmen. So gab sie das Kind zur Adoption frei. Sie sah es nur einmal nach der Geburt beim Messen und Wiegen. Dann kam es für immer weg. Oft muss sie an das Baby denken. Immer hat sie sich nach einem Baby gesehnt. Nun hat sie endlich wieder eins.

Potsdam, den 22. 9. 1982

Gestern wurde Frau W. endlich mit ihrem Sohn entlassen. Sie hofft, dass sie von ihrem Freund zu Hause erwartet wird. All die aufgesparte Mutterliebe will sie nun dem zweiten Kind schenken. Obwohl sie erst 19 Jahre alt ist, hat sie schon sehr herbe frauliche Züge. Immer stärker wachse ich in die Krankenhauswelt hinein. Hier dreht sich alles um Schwangerschaft, Geburt, Väter und Kinder. Heute wird auch Frau K. mit der winzigen Eva entlassen. Sie sieht wie ihre Tochter aus: niedlich und appetitlich. Das freie Bett von Frau W. ist von Frau B. belegt worden. Sie ist erst in der 25. Schwangerschaftswoche. Da sie einen zu niedrigen Hb-Wert hat, bekommt sie eine Bluttransfusion. Wenn der Hb-Wert morgen über 10 liegt, darf sie wieder nach Hause gehen. Ich denke, dass ich bald Diagnosen und Therapien selbst verordnen kann. Als kinderreiche Mutter und in meinem hohen Alter genieße ich hier Respekt und Anerkennung. Das Bett von Frau K. wurde heute von Frau O. belegt, die einen stämmigen Sohn geboren hat. Eben ist Frau L., die schon seit drei Wochen hier liegt, in den Kreißsaal gekommen. Sie ist schon in der 42. Schwangerschaftswoche. Nun wird die Geburt eingeleitet. Für eine Erstgebärende ist das besonders aufregend. Jetzt vergehen die Tage schon schneller. Seit heute bin ich in der 37. Schwangerschaftswoche. Also im neunten Monat. Nun haben die Zwillinge etwa ein Gewicht von fünf Pfund. Ich wiege mit beiden Babys 73 Kilogramm, genau wie bei Hanna im neunten Monat. Und ich werde noch immer mit eiweißreicher Kost gefüttert.

Potsdam, den 24. 9. 1982

Gestern ist Frau B. entlassen worden. Der Hb-Wert hatte sich normalisiert. Nun kann sie die Geburt zu Hause erwarten. Frau L. kam gestern mit rot verweinten Augen aus dem Kreißsaal zurück. Ihr Baby liegt in einer Beckenendlage. Mit den Füßchen nach unten. Bei dieser Lage kann nur mit Kaiserschnitt entbunden werden. Nun will man noch ein wenig warten, ob das Baby sich vielleicht noch dreht. Heute morgen große Überraschung. Das Baby hatte sich tatsächlich in der Nacht ganz heimlich gedreht. Das schlaue Kerlchen. Eben wurde das Kind mit einem festen Verband in der Schädellage fixiert. Nun muss sie abwarten, ob der Chefarzt heute Nachmittag die Geburt einleiten wird. Wir warten alle voller Spannung mit.

Potsdam, den 25. 9. 1982

Gestern Nachmittag wurde Frau L. noch in den Kreißsaal gefahren. Die gebärfähige Lage sollte schnell zur Entbindung genutzt werden. Seit gestern um 16 Uhr ist sie im Kreißsaal. Jetzt ist es schon 14 Uhr. Vor Aufregung kommt heute keine Mutter zur Ruhe. Alle bangen mit ihr. Da kommt eine Schwester und erzählt uns, dass sie soeben einen winzigen Sohn geboren hat.

Gerade hat mich Angelika besucht. Sie arbeitet hier auf der Kinderstation als Kinderärztin. Es war schön, Besuch von „Außen“ zu bekommen. Über andere Dinge als Geburt und Schwangerschaft zu reden. Nun ist Frau L. blass, erschöpft und glücklich aus dem Kreißsaal aufgetaucht. Noch ist es nicht sicher, ob der Kleine hier bleiben kann, da er untergewichtig ist.

Potsdam, den 26. 9. 1982

Jetzt bin ich schon den zweiten Sonntag hier. Die sind besonders langweilig und still. Frau L. schaut schon etwas fröhlicher aus dem Bett und erzählt von den Kreißsaalerlebnissen. Gut, dass ich schon vier Kinder geboren habe. Die Erlebnisse hören sich an, wie die Berichte aus den übelsten Folterkammern der Inquisition. So habe ich das nie erfahren. Aber die Entbindungen wurden bei mir auch von Mal zu Mal leichter. Ich habe überhaupt mehr ein Positivgedächtnis. Das verbreite ich auch hier. Zum Trost für die Erstgebärenden. Heute kam das Baby von Frau L. zweimal zum Anschauen. Ein Winzling. Zum Trinken ist es noch zu schwach. Vielleicht kann es aber doch hier bleiben.

Potsdam, den 1. 10. 1982

Inzwischen hat sich die Besatzung unseres Zimmers wieder verändert. Frau L. ist noch immer hier und hofft, dass das Baby endlich 2450 Gramm wiegt. Vorher kann sie nicht entlassen werden. Sie hat viel Milch. Aber das Baby mag nicht trinken. Es schläft und lässt sich von niemandem auf der Welt stören. Frau K. und Frau W. sind bei uns eingezogen. Frau W. hat vier Kinder von vier verschiedenen Männern. Der Vater des fünften Kindes ist zurzeit bei der Armee und schickt seiner Freundin täglich Briefe. Frau W. ist Putzfrau und von erfrischender Munterkeit. Wir lachen den ganzen Tag. Das wird auch unseren Babys gut tun. Frau O. ist Bauingenieurin. Sehr groß. Ein wenig männlich. Sie ist Genossin. Vielleicht finden wir ein wenig Zeit zum Reden. Einmal nicht über Babys und Männer. Ihr Mann trägt Uniform. Die anderen Frauen im Zimmer gehen auf Distanz zu ihr. Sie sprechen erst frei, wenn sie nicht im Zimmer ist. Frau O. hat ihr erstes Kind geboren. Nun liest sie „Fachliteratur".

„Mein erstes Kind“ oder so ähnlich. Das könnte sie eigentlich leichter haben, wenn sie uns erprobten Müttern zuhörte!!!

Potsdam, den 4. 10. 1982

Gestern um 15:12 Uhr und um 15:25 Uhr sind Constantin und Cornelius geboren. Ich hatte am 2. 10. nachmittags die Tabletteneinnahme (die Oberschwester war nicht im Dienst!) verschlafen. Sogleich setzten die Wehen ein. Am nächsten Morgen um 9 Uhr kam ich in den Kreißsaal. Aber die beiden ließen sich noch etwas Zeit. Mit Unterstützung eines Wehentropfes kamen sie im Abstand von zwölf Minuten sehr schnell und leicht auf die Welt. Beide Söhne sind gesund und sehr hübsch. Mit langen schwarzen Haaren. Aber der Sauerstoffmangel in meinem Bauch zeigte seine Spuren. Beide waren etwas bläulich. Alle Lebensäußerungen sind aber ganz gesund. Eben bekam ich beide Söhne zum Stillen. Cornelius hat schon ein wenig getrunken. Mit Sorge stelle ich fest, dass die Zwillinge eine leicht gelbliche Hautfarbe haben. Hoffentlich vergeht das so harmlos wie bei Hanna. Ich mache mir Sorgen, ob die vielen Medikamente ihnen nicht doch geschadet haben. In mir toben noch die Nachwehen. Nun will ich erst einmal ausruhen und glücklich sein. Mir vorstellen, dass wir jetzt eine achtköpfige Familie sind. Als Knut mich mit den beiden Söhnen aus dem Kreißsaal kommen sah, weinte er vor Freude und Rührung. Das muss ein lustiges Bild gewesen sein. In jedem Arm lag ein Baby. Auch die Kinder daheim freuten sich über die beiden Neulinge. Es ist schön, wie die ganze Station Anteil an der glücklichen Geburt unserer Zwillinge nimmt. Heute Morgen beglückwünschten mich alle Ärzte bei der Chefvisite. Gleich kommt die Standesbeamtin. Das ganze Programm für den Neuanfang auf der Erde beginnt. Für mich zum fünften Mal. Jetzt werde ich ein wenig schlafen.

Potsdam, den 5. 10. 1982

Ihr Lieben,
der erste Brief nach der Entbindung geht an Euch. Zunächst möchte ich Euch herzlich für Brief, Päckchen und Telegramm danken. Nun habe ich

nach der langen Liege- und Wartezeit meine Schwangerschaft so schnell beenden können. Zur Verstärkung der Wehen bekam ich um 11:30 Uhr einen Wehentropf. Um 15:12 und um 15:25 Uhr waren beide Söhne ganz leicht und komplikationslos entbunden. Constantin, der Erstgeborene, wog 2850 Gramm, Cornelius 3050 Gramm. Beide sind 50 cm groß. Den Untersuchungen nach sind sie reife, gut entwickelte Babys. Ihr könnt Euch vorstellen, wie glücklich wir sind, dass nach den mühsamen letzten Wochen alles so gut verlaufen ist. Voraussichtlich werde ich am 11. 10. entlassen. Die ersten Trinkversuche liegen hinter uns. Die Zwillinge haben einen guten Saugreflex. Sorge macht mir nur ihre gelbliche Gesichtsfarbe. Besonders stark ist sie bei Cornelius. Sie deutet auf eine Neugeborenenhepatitis, wie sie auch Hanna hatte. Sie ist zwar fast immer harmlos und verschwindet nach Blaulichtbehandlung und mit irgendwelchen Tröpfchen nach wenigen Tagen. Aber es könnte auch geschehen, dass Cornelius noch in die Kinderklinik verlegt werden muss. Im Augenblick warte ich noch auf die Untersuchungsergebnisse … Gerade erfahre ich, dass Cornelius doch in die Kinderklinik kommt, wo ein Blutaustausch vorgenommen werden muss. Eben brachten sie mir Cornelius noch einmal zum Abschiednehmen. Das war schlimm. Jetzt werde ich schnell Knut anrufen, um mit ihm zu sprechen.

Es grüßt Euch herzlich
Eure B.

Potsdam, den 5. 10. 1982

Der zweite Lebenstag der Zwillinge begann für uns mit einer traurigen Nachricht. Der Bili-Wert von Cornelius stieg auf 17, was immer das heißen mag. Nichts Gutes. So musste er in die Kinderklinik verlegt werden, um eine Austauschtransfusion zu erhalten. Wenn alles gut verläuft, bekommen wir Cornelius in acht Tagen nach Hause. Das war eine Trauer!! Mein Trost ist der kleine Constantin, der tapfer trinkt. Aber erst fünf Gramm Milch bei mir bekam. Die Milchproduktion kommt nur langsam in Gang. Wenn bei ihm alles normal verläuft, kommen wir beide in fünf Tagen nach Hause. Nun warte ich auf Knut, um zu erfahren, wie es Cornelius geht. Im übernächsten Bett weint Frau B. Sie ist in der 32. Schwangerschaftswoche. Da sie schon zwei Frühgeburten hatte, muss auch sie fest liegen. Heute Morgen war der Ehemann hier. Ein bärtiger Tangojüngling, der grußlos und verbissen das Zimmer betrat, und seiner Frau mitteilte, dass sie nach Hause kommen müsste, um sich um Haushalt und Kinder zu kümmern. Grußlos verließ er wieder das Krankenzimmer, begleitet von fünf bösen Augenpaaren der seienden und werdenden Mütter. Nun weint Frau B. unaufhörlich. Ich versuche sie zu trösten. Frage, ob es nicht eine Großmutter, Schwester oder Schwägerin gäbe, die helfen könnte?

Inzwischen hat mir Knut erzählt, dass Cornelius den Blutaustausch gut überstanden hat. Dass es ihm schon sehr viel besser geht. Morgen wird ein zweiter Bili-Wert ermittelt. Dann bekommt er nur noch Blaulicht. Wie gut mir Knuts Nähe tut!!! Seine Zärtlichkeit. Seine Wärme. Wie froh bin ich, dass ich meine Sorgen mit ihm teilen kann. Constantin hat sein Abendfläschchen gut getrunken. Aber besorgt stelle ich fest, dass auch er verdächtig gelb ausschaut. Ein wenig zieht es schon in meiner Brust. Ich hoffe, dass die Milchproduktion endlich in Gang kommt. Die beiden Kleinen können die Muttermilch gut gebrauchen. Wir bekommen von überall Hilfsangebote. Auf einige werden wir vielleicht zurückgreifen. Noch kann ich mir das Leben mit sechs Kindern nicht so richtig vorstellen. Aber nun denke ich erst einmal nur an den nächsten Tag und nutze noch die Ruhe. Soweit man hier zwischen fünf Wöchnerinnen und Schwangeren davon sprechen kann. Alles hat sich bei mir bisher planmäßig zurückgebildet. Nur Cornelius fehlt mir sehr. So will ich auf den nächsten Tag und auf gute Nachricht von ihm hoffen. Auch meine Bettnachbarin ist inzwischen getröstet. Eben war die Großmutter hier und versprach, sich um die beiden Kinder zu kümmern, so dass sie hier in Ruhe auf das dritte Kind warten kann. Wie schwer das ist, hier ruhig zu liegen, wenn man zu Hause dringend gebraucht wird, kann ich ihr so gut nachempfinden.

Potsdam, den 7. 10. 1982

Heute ist Staatsfeiertag. Auf der Station ist es totenstill. Viele Mütter sind wieder mit ihren Bündeln entlassen worden. Draußen ist es grau und regnerisch. Frau L. liest und Frau K. schläft. Ich kann weder schlafen noch lesen. Meine Brust schmerzt. Obwohl Constantin tapfer trinkt, bekommt er nur 10 bis 20 Gramm. Heute könnte er nach Tabelle schon 40 Gramm trinken. Das Trinken macht ihm noch große Mühe. So schläft der kleine Kerl oft ein. Etwas Sorge macht mir auch seine Gelbfärbung, die gestern noch im normalen Bereich war. Vielleicht ist er daher so müde. So warte ich heute auf beide Gelbwerte der Zwillinge. Ich fühle mich wieder so allein mit all meinen Kindersorgen. Knut fehlt mir sehr. Der Oberarzt empfahl mir abzustillen. Da habe ich erst einmal eine Stunde in mein Kissen geweint. Eben bekam ich die Nachricht aus der Kinderklinik, dass die Gelbwerte von Cornelius jetzt ganz normal seien. Nun bin ich wieder froher. Das mit der Milch wird schon klappen, sobald ich zu Hause bin. Hier fühle ich mich immer so unter Druck gesetzt und ausgeliefert.

Potsdam, den 1. 11. 1982

Seit dem 10. 10. bin ich mit beiden Kindern zu Hause, In zwei Tagen sind die Zwillinge vier Wochen alt. Cornelius wiegt jetzt 3500 Gramm und Constantin 3200 Gramm. Es ist unglaublich, wie viel Wäsche zwei so kleine Menschen täglich verbrauchen. Noch ist Knut zu Hause und kümmert sich um die Wäsche und die vier übrigen Kinder. Besonders um Hanna, die ja erst 18 Monate alt ist. Meine Milchproduktion hat sich gut entwickelt. Wenn sie auch nicht ganz für beide Kinder reicht und ich noch etwas mit dem Fläschchen nachfüttern muss. Für eine Zwillingsmahlzeit benötige ich etwa zwei Stunden. Und das sechs Mal pro Tag. Constantin und Cornelius sind zwei ganz süße Babys. Sie schreien wenig. Etwa 15 bis 30 Minuten vor der Mahlzeit meldet sich Constantin, der immer weniger Milch trinkt. Manchmal wird davon auch Cornelius wach und meldet sich dann im Nachbarkörbchen. Dann komme ich schon etwas ins

Schleudern. Manchmal hilft Knut und füttert das gestillte Baby mit dem Fläschchen nach. Nachts melden sich beide Babys noch, da sie auf sechs Mahlzeiten eingestellt sind. Richtig ausgeschlafen haben wir seit Wochen nicht. Aber, was macht das schon. Es ist so schön, wenn die Babys ihre Bäckchen an meine Brust anlehnen und die Hände fromm gefaltet halten. Wenn ich in einer kurzen Ruhepause etwas aufschreiben will, bin ich traurig, dass meine Worte so alltäglich daher kommen. Dass es mir nicht gelingt, das ganz Besondere meiner Welt einzufangen. Vielleicht reduziere ich alles, auch im Leben, viel zu sehr auf das angeblich Wesentliche. So erscheint das Geschriebene eigentlich nur wie ein Aufgabenbericht. Die Kinder haben sich den Blick für die wunderbaren Dinge noch bewahrt. Oft sind sie meine Lehrmeister und machen mich auf Dinge aufmerksam, die ich im täglichen Getriebe übersehe.

Weihnachtsbrief, Potsdam im Advent 1982

Ihr Lieben!
Eisiger Dezemberwind trocknet die letzten Rosen des Jahres vor unseren Fenstern. Während wir nur mühsam unter den Bergen alter und neuer Pflichten hervorsehen, ist es Advent geworden. Zeit, um allen Verwandten, Freunden und Bekannten Grüße zum Weihnachtsfest und zum neuen Jahr zu schicken. Unsere Zwillinge Constantin und Cornelius sind inzwischen zwei Monate alt geworden und haben jeder ein Gewicht von neun Pfund. Sie beginnen ihre Umwelt mit den Augen zu erkunden und lernen es, Geräusche zu unterscheiden. Ob ihnen ihre Doppelexistenz bewusst ist, lässt sich von uns noch nicht mit Gewissheit sagen. Sicher ist es, dass der eine sogleich zu weinen beginnt, sobald der Zwillingsbruder weint. Das bringt der Mutter oft unüberwindbare Probleme. Oft muss der Vater zu Hilfe eilen. Hanna-Lisette sieht diesem Treiben mit gemischten Gefühlen zu. Gern streichelt sie die sich rundenden Bäckchen der Zwillinge. Oft zeigt sie aber auch ihren Unmut darüber, dass sie ihre privilegierte Stellung als Familienjüngste abtreten musste. Wie gut, dass hier auch Vater und Geschwister tröstenden Ausgleich schaffen können. Und so stapft sie die meiste Zeit des Tages fröhlich und unverdrossen auf sehr kräftigen Beinen durch ihre Kinderwelt, in der eine verweigerte

Süßigkeit, das leidige Zubettgehen und ein Puff von Simon noch die schlimmsten Ereignisse sind. Simon ist gerade fünf Jahre alt geworden. Im Geschwisterkreis gilt er jetzt als Großer. Neben vielen Gedichten und Liedern bringt er häufig Beulen aus dem Kindergarten mit. Bei seinem Temperament ist allerdings zu befürchten, dass auch der Gegenspieler an diesem Tag etwas lädiert nach Hause zog. Seine Sprachheilausbildung macht gute Fortschritte. Und so hoffen wir, dass Simon in zwei Jahren in eine ganz normale Schule gehen kann. Albrecht geht seit September in die Russischschule, in der er neben dem normalen Lehrplan Russischunterricht erhält. Die Umschulung hat er mühelos verkraftet. Augenblicklich erklingt aus seinem Zimmer das Lied „Schneeflöckchen, Weißröckchen …“ Die ersten Erfolge des Klavierunterrichtes. Annegret wächst langsam zu einem jungen Mädchen heran. Knut erhielt vom Autobahnbaukombinat die Genehmigung, das Tunnelprojekt für die Greifswalder Straße in Berlin zu Hause zu bearbeiten. Seine Nähe ist für mich eine große Erleichterung. So werden wir irgendwie auch die nächsten Wochen bewältigen. Aber zunächst die Weihnachtstage …
PS: Soweit der Weihnachtsbrief. Ein wenig holprig ist er noch. Aber es ist mein erster Versuch. Auf diese Weise werden wir es in den kommenden Jahren fortführen und Familienbilder hinzufügen. So können wir vielleicht der ohnehin turbulenten Weihnachtszeit ein wenig Hektik nehmen. Was der Familie sicher wohl tut. Leider ist eine Reise zu Euch in der Nachweihnachtszeit mit den Zwillingen noch nicht möglich. So freuen wir uns auf Euren Besuch. Am 18. 12. hat sich der Hausbibelkreis bei uns getroffen. Diesmal war es ein advendliches Beisammensein ohne Programm. Es sind ja auch alles Familien mit vielen Kindern und ähnlichen Problemen, Freuden, Sorgen und Nöten, wie wir sie haben. Diese Gemeinschaft gibt uns eine große Geborgenheit. Ihr habt nun auch die arbeitsreichen Wochen überstanden und findet hoffentlich Zeit zum Ausruhen.

Mit guten Wünschen für ein gesegnetes
Weihnachtsfest grüßen Euch herzlich
Eure Knut und Barbara

Potsdam, den 27. 4. 1983

Liebe Eltern,
nun sollt Ihr doch das versprochene „Pressefoto“ der Familie haben, das am vergangenen Sonnabend in den Potsdamer Zeitungen veröffentlicht wurde. Auch den Text, der zur Ehrenpatenschaft des Staatsratsvorsitzenden der Zwillinge erschien. In meinen eitelsten Träumen habe ich bisher immer an akademischen Ruhm gedacht, nun kommt er von ganz anderer Seite. Nun ja, Ehre wem Ehre gebühret! Wir haben das ja nicht als ein politisches Zugeständnis, sondern als eine Landessitte, mit etwas Humor, betrachtet. Aber mein Institut hat die ganze Veranstaltung mit großem Eifer betrieben. Gestern Abend waren Ulrike und Christian, die christlichen Paten, bei uns. Es war sehr nett mit ihnen. Wir sind überhaupt mit den Familien, mit denen wir uns beim Bibelkreis treffen, in den letzten Monaten sehr zusammengewachsen. Wir sind dankbar, dass wir so viele verlässliche Freunde haben, mit denen wir auch viele Probleme besprechen können. Am 7. 5. führen wir in der Friedenskirche zwei Bachkantaten auf. Es ist mein erstes Konzert nach der Geburt der Zwillinge. Augenblicklich sind die Zwillinge sehr einfach. Bei dem frühlingshaften Wetter fühlen sie sich im Garten sehr wohl und müssen nicht mehr so viel spazieren gefahren werden. Ulrike bot mir an, uns eine Haushaltshilfe aus der Nachbarschaft zu besorgen. Na, wir werden sehen, wie ich alles schaffen werde. Wie kommst Du mit Deiner Hilfe zurecht? Wenn wir uns doch einmal wieder sehen könnten. Simons Zimmer ist sehr schön geworden und auch als Gästezimmer jederzeit verwendbar. Auch bei Hanna und den Zwillingen stehen ja noch zusätzliche Betten.

Nun seid ganz lieb gegrüßt von
Eurer B.

Potsdam, den 18. 5. 1983

Seit einigen Tagen haben wir hochsommerliche Temperaturen. Über Nacht hat sich die dottergelbe Löwenzahnwiese in silbrig-weißen Flaum verwandelt. Der Flieder blüht üppig lila und weiß. Das Feldbett neben mir im Garten, das ich für Hanna aufbaute, ist leer. Sie hatte einen schlimmen Magen-Darm-Infekt. Behielt zwei Tage nichts bei sich. Nachdem sie gerade viele Stunden neben mir schlief, macht sie nun ihre ersten Spaziergänge durch den Garten. Die Krankheit, die uns 48 Stunden in Atem hielt, scheint überstanden. Nun beginnt sie wieder Anteil an der Umwelt zu nehmen. Vorhin trank sie mit großem Appetit Wasserkakao mit Keks. Wir können aufatmen. Eben hat Knut mit den drei großen Kindern eine Hasenmutter mit fünf Jungen geholt. Bekannte schenkten sie uns. Jetzt wird der Stall aufgestellt. Nun steht die ganze Familie davor und bewundert das Ereignis. Auch die Zwillinge, die auf dem Bauch im Kinderwagen liegen, schauen interessiert über die Reling des Wagens und staunen über den Familienzuwachs. Es ist ein hübscher Anblick, wenn die Hasen langsam ein Löwenzahnblatt im Maul verschwinden lassen. Zwei Kaninchenkinder sind braun, drei weiß mit braunen Ohren.

Inzwischen ist es 21:30 Uhr. Alle Kinder sind im Bett. Knut und ich sitzen müde und glücklich auf der Terrasse. Wir halten uns an den Händen. Schweigen in den abendlichen Garten. Das ist für uns beide die schönste Stunde des Tages, die wir oft viel zu lange ausdehnen. In den oberen Kinderzimmern murmelt es noch. Hasennamen werden gesucht. Knut hat Rotwein eingegossen. Wir trinken auf den neuen Familienzuwachs. Und auf unser reiches und anstrengendes Leben.

Potsdam, den 7. 6. 1983

Heute ist Hanna das erste Mal in den Kindergarten gegangen. Simon ist sehr stolz, dass er jetzt seine kleine Schwester in den Kindergarten mitnehmen kann. Nun mag er den Kindergarten auch besser leiden. Knut bringt Hanna täglich nach dem Essen nach Hause, wo sie zum Schlafen ins eigene Bettchen gelegt wird. In der Schlafenszeit der Zwillinge (8 bis 10 Uhr) kann ich schnell die Hausarbeiten (Wäsche, Bettenmachen,

Abwaschen, Aufräumen, Blumen gießen, Badezimmer putzen, Kaninchen füttern) erledigen. Zwischen 10 und 11 Uhr haben die Zwillinge ihre Mittagsmahlzeit und kommen dann im Wagen in den Garten. Dann esse ich selbst irgendetwas. Während Hanna im Kinderzimmer schläft, kommen die Schulkinder aus der Schule und ich hole schnell Simon vom Kindergarten ab. Zwischendurch bleiben manchmal 15 Minuten für ein Sonnenbad im Liegestuhl. Dann kommt der Nachmittag mit Kaffeetrinken, Schulaufgaben, Klavierspielen und Spielen. Immer muss ich schauen, dass alle Kinder gut versorgt sind. Niemand zu Schaden kommt. Bis Knut gegen 17 Uhr aus dem Büro nach Hause kommt. Uff.

Potsdam, den 10. 6. 1983

Liebe Eltern,
ehe die Zwillinge vom Mittagsschlaf aufwachen, soll noch schnell ein Brief an Euch geschrieben werden. Es ist eine wunderbare Stille im Haus. Ich sitze an meinem Schreibtisch und genieße es für kurze Zeit, einmal wieder ganz ich zu sein. Ein schon beinahe unbekanntes Vergnügen. Für Mutters Karte mit dem schönen Text „Heuimpressionen" hab vielen Dank. Das ist ein sehr guter Text zum Thema Frieden. Ob Ihr Euch schon etwas erholt habt? Hoffentlich habt Ihr kein zu umfangreiches Kurprogramm. Dass Vater Ende des Monats nach Genf reisen wird, freut uns sehr. Das Wochenende mit Christa und Paul war sehr schön. Wir waren uns so vertraut, als lebten wir in ständiger Nähe zueinander. Nach der Abreise empfanden wir die Härte der Grenze wieder besonders stark. Zum Glück flacht der Zorn darüber bald wieder ab, da wir damit nicht gut leben können. So gewöhnen wir uns wieder brav daran, unser Leben hinter der Mauer anzunehmen und in Brief- und Telefonkontakt zu bleiben. In unserer großen Kinderfamilie ist alles wohlauf. Annegret und Albrecht haben zum Endspurt in der Schule angesetzt. Sie versuchen noch einige Einsen zu bekommen. Es ist schon sehr beruhigend zu erleben, mit welcher Leichtigkeit die Kinder die Schule bewältigen. Hanna ist seit Montag im Kindergarten. Nun hat sie auch für einige Stunden ihren Platz außerhalb des Elternhauses gefunden, was ich mit Wehmut und Erleichterung erlebe. Hanna hat den Kindergarten bisher akzeptiert und

Simon ist sehr stolz, nun mit seiner kleinen Schwester in den Kindergarten zu gehen. Er berichtet uns von Hannas Spielen und umsorgt sie auf dem Kindergartenhof. Auch die großen Kinder nehmen lebhaften Anteil an dieser Veränderung und fragen Hanna nach ihren Eindrücken. Gestern Abend hatten wir ein Konzert in der Bildergalerie. 80 Frauen des Oratorienchores (Sopran I und II, Mezzosopran I und II, Alt I und II) und des Köpenicker Knabenchor führten die dritte Sinfonie von Gustav Mahler auf. Das machte viel Freude. Nur war es für die Chöre sehr eng und stickig in der Galerie. Morgen nehmen wir mit allen Kindern an einer Picknickfahrt mit etwa 100 Freunden teil. Es wird auch eine Puppenspieltruppe für die Kinder geben. Wir freuen uns schon sehr auf dieses Ereignis.

Nun seid von uns allen ganz herzlich gegrüßt
Eure B.

Potsdam, den 13. 7. 1983

Vom Nussbaum zum Birnbaum oder Apfelbaum trage ich meinen blauen Liegestuhl. Neben mir steht der Kinderwagen der Zwillinge. Oft spielen die Zwillinge friedlich neben mir. Manchmal weinen sie und wollen beide unbedingt gleichzeitig auf meinen Arm. Dann wird es schwierig. Hanna macht noch Mittagsschlaf. Vor drei Tagen hatten wir das Tauffest der Zwillinge mit 26 Personen in unserem Garten. Mit Großeltern, Geschwistern, Paten und Freunden. Da viele Kinder zu Besuch waren, hatten wir den Garten mit bunten Wimpeln geschmückt. So wurde es ein richtiges Kinderfest. Ich hatte einige Kapitel des „Kleinen Prinzen" als Puppenspiel umgeschrieben und Puppen gebastelt. Das Spiel führten Annegret und ich am Nachmittag auf. Für das Mittagessen hatte ich 30 Rouladen vorgekocht und eingefroren. Den Gurkensalat und die Kartoffeln schälten wir am Abend vorher. Als Nachtisch gab es Apfelmus aus dem Glas. So benötigten wir keine Kochfrau. Zum Aufwärmen, Kochen, Tischdecken und Abwaschen fanden sich immer genügend helfende Hände. Und den Kuchen spendeten die Angermünder Großeltern. Meine Eltern haben nun Simon, Annegret und Albrecht im

Auto mit nach Nordhausen genommen. Am 16. 7. werden wir mit den drei Kleinen nachreisen, um noch einige Tage gemeinsam Urlaub zu machen. So will ich die stillere Zeit dafür nutzen, das Haus nach dem Fest wieder in Ordnung zu bringen und die Reise vorzubereiten. Nach vielen heißen Tagen sieht unser Garten trocken und strubbelig aus. Die Augustäpfel fallen in großen Mengen vom Baum und sind von uns kaum zu verwerten. Die Hasenfamilie gedeiht prächtig. Ich freue mich, nach elf Monaten das erste Mal wieder zu verreisen. Ich habe Sehnsucht nach Weite, Wiesen, Bergen, Seen, Wäldern und Ruhe.

Potsdam, den 22. 7. 1983

Liebe Eltern,
bei Euch ist es wieder still geworden. Habt vielen Dank für die Tage bei Euch. Die Kinder sind vergnügt und tummeln sich in Haus und Garten bei Briefmarken, Büchern und Kaninchen. Den ersten Einkauf der neuen Schulutensilien haben sie schon unternommen. Aber zum Glück gab es noch nicht alles. So haben sie die Möglichkeit, noch viele Male zum Einkaufen in die Stadt zu gehen. Was ihnen viel Vergnügen macht. Die Zwillinge sind viel friedlicher, wenn die Familie komplett ist. Eben habe ich sie zum Schlafen hingelegt. Aber bisher denken sie nicht ans Schlafen. Aber in Hannas Zimmer ist es jetzt endlich still geworden. Es ist im Augenblick schwierig, allen Kindern gerecht zu werden, da alle einen anderen Lebensrhythmus haben. Das wird sich erst im Herbst ändern, wenn auch die Zwillinge mit einer Schlafenszeit auskommen. Ob Ihr Euch inzwischen etwas von uns erholen konntet? Hoffentlich macht Mutter das leere Kinderzimmer nicht zu traurig. Dass Ihr Frau Döhring und Frau Breitenstein habt, ist sehr tröstlich für uns. Sie sind doch richtige Perlen. Wenn ich bei Euch bin, ärgere ich mich, dass ich Euch zu Nordhausen so wenig Mut mache, sondern noch auf die Stadt schimpfe. Aber ich sehe Eure Resignation und Müdigkeit immer in Zusammenhang mit Nordhausen. Vielleicht ist es einfach nur Verschleiß. Vielleicht kann Mutter, wenn sie so eine traurige Phase hat, einfach zu Papier und Bleistift greifen und alles aufschreiben. Es hilft ganz sicher, die emotionalen Probleme rationaler zu betrachten. Auf dem Papier stellt man immer fest,

dass die Probleme doch nicht so schlimm sind. Dann ist man schon nicht mehr so traurig. Vielleicht sollte Mutter doch einmal einen Psychologen zu Rate ziehen. Oder einen Internisten mit guten psychologischen Fähigkeiten. Irgendwie scheinen die körperlichen und seelischen Befindlichkeiten doch sehr zusammenzuhängen. Vielleicht gibt es in Magdeburg oder Halle einen guten Therapeuten. Jedenfalls ist es ja nicht sehr sinnvoll, Dich nur mit Medikamenten vollzustopfen, die auch noch solche Nebenwirkungen haben und an Deiner Haarpracht rütteln. Hoffentlich geht es auch Vater wieder besser, seit es kühler und ruhiger im Haus geworden ist. Inzwischen habe ich Annegret, Albrecht und Simon vor das Ferienprogramm platziert. Die Zwillinge sind endlich eingeschlafen. Nun werde ich bis zum Aufwachen von Hanna für kurze Zeit „Frau für sich" spielen, mir schnell einen Kaffee kochen und meine Nase in Erich Fromms „Kunst des Liebens" stecken.

Seid ganz lieb gegrüßt und habt nochmals vielen Dank
Eure B.

Potsdam, den 25. 8. 1983

Liebe Eltern,
noch gern denke ich an die beiden Tage in Naumburg zurück. Es war seit der Geburt der Zwillinge mein erster „Ausflug" von zu Hause, den ich allein unternahm. Der Abstand hat mir gut getan. Ich fand die Vorträge der Lutherforscher sehr interessant. Und natürlich war der Dom wunderbar. Das war schon lange ein großer Herzenswunsch von mir, endlich einmal die Uta in natura zu sehen. Am Potsdamer Bahnhof erwartete mich Knut. Er hatte schon den ersten Zug abgewartet, der Liebe. So war es auch wieder schön, zurückzukommen. Die Kinder waren von der Schwiegermutter und Knut wohl versorgt.

Nun seid ganz lieb gegrüßt von
Eurer B.

Potsdam, den 5. 9. 1983

Ich möchte gern schreiben können. Richtig gut. Aber wenn ich beginne, mein Leben aufzuschreiben, erscheint mir alles so banal. Vielleicht, weil ich nur immer die Oberfläche meines Lebens beschreibe, die schon glatt gebügelt und für die familiäre Öffentlichkeit begradigt wurde. Vielleicht fürchte ich auch, wirklich dahinter zu schauen. Aus Angst vor Zerstörung und Auflösung. Vielleicht aus Sorge, dass auch mein Leben von Lebenslügen zusammengehalten sein könnte. Auch zum Gedichte schreiben fehlen mir augenblicklich die Ideen oder die Kraft, oder das Talent. Was auch immer. Heinz Kalau schrieb mir in einem Brief, „Poesie ist das produktive Spannungsverhältnis des Menschen zur Natur und Gesellschaft, das mit den Mitteln der Sprache in Versen empfindbar gemacht wird.“ Für mich ist Poesie der unsichtbare Goldstaub, der auf den Dingen liegt, den nur ich so sehen kann. Der das Leben lebenswert macht. Und den ich mit meinen Worten so beschreiben kann, dass er auch für andere erfahrbar wird. Wenn mir das gelänge, enthielte mein Text Poesie. Aber noch ist das alles, was ich schreibe, tiefste Alltagsprosa.

Potsdam, den 19. 9. 1983

„Gedichte sind ein Luxus der Glücklichen“, schreibt Christa Wolf in „Kein Ort. Nirgends.“ Ich glaube nicht, dass man besonders glücklich sein muss, um Gedichte zu schreiben. Wer ist überhaupt glücklich? Ich habe meine ersten Gedichte 1978 geschrieben, als Simon geboren wurde. Mit doppelter Lippen-, Kiefer- und Gaumenspalte. In der Charite einen Schädelbruch erlitt und mit sechs Monaten bereits zwei Operationen hinter sich hatte. Damals war ich bestimmt kein glücklicher Mensch. Aber die Gedanken sprudelten aus mir heraus. Auch wenn diese Texte, weiß Gott, keine Literatur sind, so waren sie ein Anfang meines Schreibens und Lesens.

Seit dieser Zeit lese ich mit größerem Gewinn und Genuss Gedichte. Andererseits hat diese schlimme Zeit uns auch sehr an unsere Grenzen gebracht und uns ein neues Empfinden für Glück beschert. Vielleicht doch ein glücklicher Mensch? Meine Umwelt behauptet das ja immer. Das liegt wohl mehr an meiner Ausgeglichenheit und Fröhlichkeit, die ich nach außen abstrahle. Ich kann nicht mürrisch durch den Tag gehen und bin nur froh, wenn meine Umwelt auch freundlich mit mir ist. Also vielleicht doch ein glücklicher Mensch?

Potsdam, den 18. 9. 1983

Karin war gestern bei uns. Seit sie einen Freund in Berlin hat, besucht sie uns jetzt häufiger und erzählt davon. Es beunruhigt und belastet uns sehr. Besonders um die Kinder sorgen wir uns. Wir stehen so hilflos dabei und fürchten, dass sich ein großes Unglück über ihrer Familie zusammenbraut.

Eben bekam ich einen Brief von ihr, der mich noch ratloser macht als unsere Gespräche. Sie schreibt darin, dass diese neue Liebe das wichtigste ihres Lebens sei, und dass es ein Hochmut wäre, zu glauben, dass man ohne Sünden leben könnte. Sie wüsste, dass Gott sie so liebt, wie sie jetzt lebt, denn die größere Sünde wäre es, ohne Liebe zu leben.

Potsdam, den 6. 10. 1983

Vor drei Tagen hatten die Zwillinge ihren ersten Geburtstag. Die letzten zwölf Monate vergingen wie im Fluge. Viel Arbeit, viel Aufregung, wenig Schlaf, aber auch ganz viel Freude. Wenn ich auf die beiden Blondschöpfe schaue, bin ich voller Dankbarkeit. Dass wir sie haben und auch die Kräfte dazu, das alles zu bewältigen. Auch wenn wir schon häufig sehr an unsere physischen und psychischen Grenzen kommen. Ein Gedicht von Eva Strittmatter: „Wenn der Mensch sich von seinen Pflichten entfernt, müssen Menschen zugrunde gehen. Und nur durch die Bindung werden wir frei, ohne Bindung sind wir verloren … die Sehnsucht nach Freiheit und Urnatur befriedigen wir in Gedichten."

Potsdam, den 23. 11. 1983

Es ist Vormittag. Die Zwillinge spielen im Kinderzimmer. Sie unterhalten sich in einer für mich ganz unverständlichen Sprache. Dabei sind sie sehr fröhlich. Hanna und Simon sind im Kindergarten. Annegret und Albrecht in der Schule. Knut im Büro. Im Badezimmer brummt die Waschmaschine unermüdlich und schenkt mir einige freie Minuten. Ich habe mir noch einmal das Tagebuch der Käthe Kollwitz vorgenommen. Ich bekam es als 16-Jährige. Ihre Bilder und das Tagebuch hatten mich damals so begeistert, dass ich für die Schulwandzeitung und für den Kunstgeschichtsunterricht Texte ausarbeitete. Gern würde ich heute einmal meine Aufzeichnungen von damals anschauen. Sicher hatte mich als Schülerin ganz anderes gefesselt als heute. „Ich sollte wieder darauf zurückkommen, Naturstudien meinen Arbeiten zugrunde zu legen. Denn die Natur regt an, weil sie unschematisch ist." Käthe Kollwitz erinnert sich an ihre Brautzeit und schreibt: „Jene Zeit kommt mir fern vor, als ob ich sie kaum durchlebt habe. So unentwickelt. Wohl gab es ein starkes und warmes und echtes Gefühl. Aber es war doch mehr in mir eingeschlossen. Viel konventionelles Brauttum. Ich ließ mich verbiegen. Viel wahrer war die Ehe. Schon in der ersten Zeit. Da gab es Sturm. Freie Luft, keine Sentimentalitäten, kein hergebrachtes konventionelles Gehabe. Dann Schwangerschaften, Gebären, Kinderhaben, Arbeiten. All das waren Realitäten, die echt waren. Manchmal will mir scheinen, als ob der Vorhang sich jetzt lüften könnte, der mich von meiner Arbeit trennt, wie sie jetzt sein müsste. Es ist so ein ahnendes In-die-Nähe-Kommen. Aber dann komme ich wieder weiter ab, werde gewöhnlich und ungenügend." Diese Aufzeichnungen stammen aus der Zeit nach dem Tod des Sohnes. Lange verbrauchte die Trauer all ihre Kraft. Dieses Gefühl des Nichtbeimirseins war und ist mir sehr vertraut. Wie wird man authentisch? In der künstlerischen Arbeit ist das neben dem Talent das wichtigste. Aber auch das Schreiben empfinde ich als wichtige Möglichkeit, Authentizität zu gewinnen. Mit den besagten „Realitäten" bin auch ich reich gesegnet. Aber auch dieses „Familientum" kann wie das „Brauttum" in unendlichen Konventionen ersticken. Noch ein anderer Eintrag: „Im Naumburger Dom. Keine Zeit bringt die Einheitlichkeit des katholischen Glaubens wieder. Eine Einheitlichkeit, die über die Völkergrenzen hinausgehend ganz Europa umfasste. Aus diesem starken einheitlichen Glauben entstanden die Kirchen. In ihnen fasste das Volk die Inhalte aller Künste zusammen, die Künste waren eine Einheit, wie sie es auch in den Religionsstätten früherer Völker waren. Mit dem Verfall der Religionen verfällt dieser Zusammenhang, so dass wir zuletzt in unserem Jahrhundert in der bildenden Kunst zu dem öden Ausstellungswesen herunterkommen. Wiederkommen kann eine solche Zeit der Einheitlichkeit nur durch den Sozialismus." Diesen Eintrag lese ich heute mit einem sehr zwiespältigen Gefühl. Ich glaube, dass dieser Wunsch, bei allem Verständnis, sehr gefährlich war, und die kruden Diktaturen des 20. Jahrhunderts heraufbeschworen hatte. Die Einheitlichkeit des christlichen Glaubens war auch zur Zeit des Naumburger Meisters nicht vorhanden. Ich las vor kurzem, dass der Naumburger Meister Waldenser war. Der Fisch auf dem Tisch der Abendmahlsszene am Lettner deutet darauf. Man vermutet, dass der Naumburger Meister in seinen Lehrjahren nach Südfrankreich kam, wo er mit Waldensern zusammentreffen konnte. Seinen protestantischen Glauben musste er vor den bischöflichen Auftraggebern verbergen. Das muss eine große Spannung in ihm erzeugt haben, die den Naumburger Meister vielleicht gerade zu seiner großen Leistung befähigte. Ganz sicher erscheint uns nur im Nachhinein eine Epoche als einheitlich. Ich denke, dass mich das Ringen und das emotionale Auf und Ab der Kollwitz als junges Mädchen so beeindruckt haben. Auch heute noch. Ihre Ehrlichkeit. Dass ohne innere Kämpfe kaum Qualität zu erreichen ist. Das will ich mir merken.

Es beunruhigt mich, dass ich so abhängig von den bewundernden Blicken der Männer bin. Was wird sein, wenn sie einmal ausbleiben werden? Habe ich das wirklich nötig? Ich habe doch alles, was ich brauche. Manchmal schaue ich mich erschrocken im Spiegel an. Ich bin jetzt 35 Jahre alt. Besorgt suche ich die Spuren des Älterwerdens. Ein wenig fürchte ich mich schon davor. Es gibt so viele unzufriedene Frauen. Vierzig-, Fünfzig-, Sechzigjährige, die sich irgendwie aufgegeben haben. Unzufrieden und unattraktiv erscheinen. Werde ich auch so unzufrieden werden, wenn meine Haut schrumpeliger wird und die bewundernden Blicke ausbleiben?

Potsdam, den 25. 11. 1983

Grau und fade sehe ich aus. Tiefe dunkle Schatten unter den Augen. Ich schlafe schlecht. Habe Herzschmerzen. Die Hausarbeit droht mich zu erdrücken. Nachts im Bett sieht alles noch beängstigender und erdrückender aus. Keine Aussicht auf Entspannung. Die Wochenenden sind anstrengender als die Wochentage. Die Abende, an denen ich etwas unternehmen könnte, benötige ich zur Erholung und zum Schlafen. Es ist, als löste ich mich selbst auf. Sieben Menschen, die mich täglich auf sehr unterschiedliche Art beanspruchen. Ein müdes Häuflein Mensch, das immer das Gefühl hat, nicht gut genug zu sein. Ein putzendes, windelndes, streichelndes, tröstendes, fütterndes Wesen. Als Ehefrau, Mutter und Hausfrau gibt es nie so richtig das Gefühl, dass etwas gut gelungen ist. Wie ich das im Studium oder bei der Arbeit im Institut doch zeitweise erfahren konnte. Knut ist ein sehr beständiger und zärtlicher Liebhaber. Ganz unvermindert. Und doch fühle ich mich oft unattraktiv und müde. Alle Aktivitäten außerhalb der Familie (Chor, Freundeskreis, Bibelkreis) kosten uns immer so viel Kraft und benötigen so viel Aufwand, dass ich danach ganz aufgedreht bin und schwer zur Ruhe komme.

Potsdam, den 26. 11. 1983

Gerade ist Knut noch einmal vom Büro zu mir nach Hause gekommen. Gestern Abend hatten wir Streit. Immer wenn es mir nicht gut geht, ich mich überfordert fühle, mindestens einmal im Monat, ist meine Toleranzschwelle gering. Meistens entzündet sich mein Zorn dann an Knut. Seine schlechte Zeit- oder Finanzplanung ist oft der letzte Anlass. Dann schimpfe ich, bis ich mich selbst nicht mehr mag und unter die Dusche und ins Bett verschwinde. Am nächsten Morgen umschleichen wir uns wortlos. Auch die Kinder nehmen die schlechte Stimmung bedrückt zur Kenntnis. Irgendwann kommt Knut noch einmal aus dem Büro zurück, wo er, wie ich, untätig herumsaß. Direkt in meine Arme. Wie eben. Nun können wir unsere vielen Aufgaben wieder fröhlich in Angriff nehmen.

Potsdam, den 7. 12. 1983

Oft bin ich unzufrieden mit mir. So viel Schöpferisches liegt in mir. Ich möchte etwas gestalten und formen. Und ersticke doch nur täglich in meinen tausend Pflichten. Die ich nicht ungern mache, da sie für das Leben der Familie wichtig sind. Aber es bleibt so wenig von mir selbst übrig. Am Abend türmen sich die Berge von schmutziger Wäsche und schmutzigem Geschirr erneut wie am Vorabend. Meine Sprache finden. Meine ganz eigene persönliche Sprache. Das ist so schwer. Das ist nur mit großer Ehrlichkeit möglich. Aber büßt man sie nicht ein, wenn man täglich so viele Rollen spielen muss? Oder bin ich in all diesen Rollen doch auch authentisch?

Potsdam, den 8. 12. 1983

Liebe Mutter,
gerade sind zwölf Stunden vergangen, seit wir uns gesehen haben. Ich hoffe, dass mein Brief noch rechtzeitig zu Deinem Geburtstag da sein wird, um Dir all unsere guten Wünsche für das kommende Lebensjahr zu bringen. Mögest Du behütet bleiben, mögen Dir körperliche und geistige Kräfte immer wieder zuwachsen. In Gedanken sind wir sehr bei Euch. Die kleine Ampel, die ich mit den Kindern gebastelt habe, soll Dir in den vorweihnachtlichen Stunden leuchten. Meine Weihnachtsgeschichte wagte ich Dir nicht zu schicken. Sie müsste noch überarbeitet werden, wozu mir augenblicklich keine Zeit bleibt. Aber das Schreiben hat mir Spaß gemacht. Gern würde ich einmal eine Kindergeschichte schreiben. Einige Notizen habe ich mir schon dazu gemacht. Aber auch dazu fehlen augenblicklich Zeit und Ruhe. Ab Januar beginne ich nun wieder für das Institut zu arbeiten. Ich werde zunächst mit englischen und russischen Texten beginnen, von denen ich Kurzreferate für unsere Zeitschrift machen werde. Darauf freue ich mich schon. Ich hoffe, dass ich die nötige Konzentration hier im Haus finde. Ich bekomme heute an Deinem

Geburtstag das erste Mal Putzhilfe von zwei Seminaristinnen, die Ulrike uns besorgte.

Ganz liebe Grüße
Eure B.

Weihnachtsbrief, Potsdam im Dezember 1983

Winzige Eiskristalle bedecken Gräser, Sträucher und Bäume unseres Gartens. Hin und wieder ein Sonnenfleck am Himmel. Vielfach reflektiertes Licht erhellt meinen Schreibtisch, auf dem sich Briefe, Karten und Wunschzettel häufen. Für einen kurzen Augenblick versuche ich innezuhalten.

Aus den Zwillingsbabys sind zwei einjährige Kleinkinder geworden. Mit wachen Augen verfolgen sie das Kinderleben unseres Gartenhauses. Erste Worte versuchen sie den Eltern und Geschwistern nachzusprechen. Vorsichtig gehen sie ihre ersten eigenen Schritte. Wesentlich größere Schritte macht schon Hanna. Vormittags geht sie mit Simon in den Kindergarten. Was sie nicht besonders schätzt. Glücklicher ist sie zu Hause bei den Eltern und Geschwistern. Hier singt sie unermüdlich kleine Lieder mit dunkler Stimme. Malt und bastelt. Simons urwüchsiges Temperament treibt Eltern und Kindergärtnerinnen schon häufiger Zornesfalten auf die Stirn. Immer kippt, scheppert und klirrt irgendetwas in seiner Nähe. Der einzige, den das nie aus der Ruhe bringt, ist er selbst. Annegret ist beinahe unbemerkt ein großes Mädchen geworden. Albrecht blickt bewundernd in ihre lichte Höhe. Nur die wippenden Zöpfe deuten darauf, dass sie doch auch noch ein wenig Kind ist. Und sein will. Aber die oft sehr ermatteten Eltern sind auch froh, wenn sie schon auf etwas Verlässliches zurückgreifen können. Genau zehn Jahre arbeitet Knut nun als Entwurfsingenieur beim Autobahnbaukombinat. Entwirft und berechnet die Statik von Betonfertigteilbrücken. Wenn eine Reißbrettidee verwirklicht ist, eine Brücke endlich in der Landschaft steht, so sind das schon Höhepunkte, die über die Mühen eines langen Büroalltags hinweghelfen. Bis zum dritten Lebensjahr der Zwillinge werde ich meinen

Erziehungsurlaub noch wahrnehmen. Durch einen Honorarvertrag habe ich die Möglichkeit, Fachübersetzungen für das Institut am häuslichen Schreibtisch anzufertigen. So kann ich den Familienetat unterstützen und die Verbindung zu meinem Beruf halten.

Eine viel weiter reichende Verbindung knüpft das vergilbte Atlasband, das vor mir ausgebreitet ist. Meine Eltern schenkten es uns bei ihrem letzten Besuch. Vor 140 Jahren schrieb mein Urgroßvater Carl Andreae auf das Atlasband: „Ehre sei Gott in der Höhe und Friede auf Erden und den Menschen ein Wohlgefallen." Mit roten und schwarzen gotischen Buchstaben. Jedes seiner zehn Kinder bekam ein Band geschenkt, um es am Heiligen Abend in den Weihnachtsbaum seiner Familie zu knüpfen. Wenn wir in diesem Jahr unseren Weihnachtsbaum schmücken, wird das Band sechs Generationen miteinander verbinden. „Das Bewusstsein, von einer geistigen Überlieferung, die durch Jahrhunderte reicht, getragen zu sein, gibt einem allen vorübergehenden Bedrängnissen gegenüber das sichere Gefühl der Geborgenheit." (Dietrich Bonhoeffer)

Potsdam, den 29. 12. 1983

Um 10 Uhr bin ich mit Annegret, Albrecht und Simon am Busbahnhof. Heute haben wir einen Ausflugstag. Knut hat sich frei genommen und betreut die drei kleinen Kinder. Zwei Erwachsene, zwei Kinderkarten nach Wittenberg. Gibt es Ermäßigung für Kinderreiche? Wat? Dit och noch. Habt schon jenug Verjünstijungen. Dann zuckelt der Bus von Potsdam über Michendorf, Treuenbrietzen durch feuchtkaltes Dezemberwetter auf der Bundesstraße 2 nach Wittenberg. Auf den Feldern grünt schon die Wintersaat. Ich schaue aus dem Fenster und genieße es, heute ausschließlich mit den großen Kindern unterwegs zu sein. Augenblicklich spielen sie Karten. Manchmal blinzeln sie zu ihrer Mutter, die glücklich aus dem Fenster träumt. Immer wieder Aus- und Einsteigende. Ihre unaufgeregte Gleichmütigkeit deutet darauf, dass viele diese Strecke täglich fahren. Ich denke an die Postkutschen, die schon die gleiche schnurgerade Strecke fuhren. Ganz sicher nicht in zwei Stunden in Wittenberg waren. Die Türme der Stadt- und der Schlosskirche markieren den Horizont. Wir steigen an der Post aus. Schlendern die Collegienstraße entlang. Schauen schon einmal auf die Lutherhalle, das Melanchthonhaus, die wir uns für den Nachmittag aufsparen. Am Marktplatz wollen wir zunächst im „Goldenen Adler“ Mittag essen. Sie werden platziert, ist zu erfahren. Also warten wir geduldig mit einer großen Gästeschar, bis man uns endlich einen Vierertisch zuweist. Essen im Restaurant ist für die Kinder selten und aufregend. Besonders für Simon. Ich bin erleichtert, dass kein einziges Glas umstürzt. Gesättigt und stolz verlassen wir das Restaurant und gehen zur Schlosskirche. Betrachten die 95 Thesen an der bronzenen Tür. In Latein und Deutsch: „Der wahre Schatz der Kirche ist das allerheiligste Evangelium der Herrlichkeit und Gnade Gottes. These 62“ Wir schauen zu den Gräbern Luthers und Melanchthons, auf denen frische Blumen liegen. Die üppigen und kunsthandwerklich beachtlichen Arbeiten des Neobarock werden der Renaissancezeit nicht gerecht. Sie sind gut gemeinte Ehrungen. Aber eben Kinder ihrer Zeit. Das Altarbild von Lukas Cranach in der Stadtkirche begeistert durch seine Ungewöhnlichkeit. „Nichtheilige“ Bürger der Stadt sind auf der Leinwand zu sehen. Protestantisches Selbstbewusstsein blickt uns entgegen. Nach einem Zwischenstopp in der Eisdiele gehen wir in die Lutherhalle und ins Melanchthonhaus. Wir bestaunen die vielen, vielen filigranen Holzschnitte und Handschriften. Die bibliophilen Kostbarkeiten, die einmal bei Sonnenlicht oder Kerzenschein entstanden sein müssen. Was für ein anderes Zeitgefühl beflügelte die Renaissancemenschen. Welch eine Kraft und Lebensfreude muss in diesen Künstlern gesteckt haben, die ja beim Anfertigen ihrer aufwendigen Arbeiten kaum auf Ruhm und Geld hoffen konnten. Und kaum den Erhalt ihrer Kunstwerke für die Nachwelt ahnen konnten. Simon steht strahlend vor einer reich verzierten Ritterrüstung. Wie sind die bloß in das Blech hineingekommen? Ich bin froh, dass das nicht so offensichtlich ist. Im Melanchthonhaus ist es die abgeschlagene Hand der Giftmörderin, die die uneingeschränkte Aufmerksamkeit der Kinder fesselt. Da wir die Geschichte der Giftmörderin nur bruchstückhaft erfahren können, fabulieren und vermuten wir sie weiter. Viele Stiegen und Treppchen steigen wir hinauf und hinab. Atmen Butzenscheibenbehaglichkeit. Der dämmrige Schein der Räume stimmt uns froh und irgendwie mild. Gibt uns das Gefühl, in ein anderes Leben und in eine andere Zeit eingetaucht zu sein. Froh sind wir dann doch, als wir wieder in den modernen Bus nach Potsdam einsteigen können. Pünktlich fährt er die schläfrigen Fahrgäste über die Hügelketten des Flämings. Simon bekommt Bauchschmerzen. Vielleicht hat er die Limonade heute Mittag zu hastig getrunken? Oder vielleicht das Eis? Wo ist die Tüte. Der erste Schuss geht daneben. Säuerlicher Geruch breitet sich um uns aus. Annegret und Albrecht sorgen sich um unser gutes Ansehen. Wir ernten einige böse verständnislose Blicke. Ich putze mein Kind und den bekleckerten Fußboden so gut das mit Papiertaschentüchern geht. Simon kuschelt sich gemütlich in meine Arme und schläft ein. Als die ersten Lichter unserer Stadt uns grüßen, kann Simon schon wieder lächeln. Die weißen Muschelgiebel an den Holländerhäusern am Bassinplatz neigen sich uns zu wie große Ohren, die uns zuhören wollen.

Potsdam, den 2. 1. 1984

Liebe Eltern,
seit heute arbeitet Knut wieder. Hanna und Simon sind im Kindergarten. Nur die Schulkinder und die Zwillinge sind noch im Haus, in dem es nun deutlich stiller geworden ist. Auch wenn die Feiertage mit Kindern und der Schwiegerfamilie recht turbulent waren, so konnten wir uns doch etwas entspannen. Und alle sind wohlauf. Auch ich habe einige Gramm zugenommen. Nun geht es wieder dem Licht und der warmen Jahreszeit entgegen. Und das beflügelt mich.

Für Eure üppigen Weihnachtsgeschenke möchten wir noch einmal ganz herzlich danken. Sie haben ganz maßgeblich unseren Gabentisch bereichert. Ich schicke Euch einen kleinen Bericht meiner Reise mit den drei großen Kindern nach Wittenberg mit. Die Fahrt hat uns allen so viel Freude gemacht, dass wir Ähnliches recht bald ins Auge fassen wollen. Vielleicht werden wir uns im Frühjahr auf Fontanes Spuren begeben und das Ruppiner Land besuchen. Bis dahin werde ich aber noch die Fontanebände über seine Kindheit lesen, die Ihr mir zum Geburtstag schenktet. So kann ich den Kindern einige Vorinformationen liefern. Leider sind so umfangreiche Werke für kinderreiche Mütter schwierig zu lesen. Aber ich schaffe das schon. Werdet Ihr bald einmal wieder nach Potsdam kommen? Wir haben schon große Sehnsucht.

Seid von uns allen ganz herzlich gegrüßt
Eure B.

Potsdam, den 4. 1. 1984

Bei William Faulkner las ich in der Nobelpreisrede von 1950: „Ich glaube, der Mensch wird nicht nur durchhalten; er wird auch als Sieger hervorgehen. Er ist unsterblich, nicht nur, weil er allein von allen Geschöpfen eine unsterbliche Seele hat, einen Geist des Mitfühlens, des Opferns und des Duldens fähig ist. Über diese Dinge zu schreiben ist die Pflicht des Dichters. Es ist sein vornehmes Recht, den Menschen beim Ausharren zu helfen, in dem er ihnen das Herz erhebt und sie an das erinnert, was den Ruhm ihrer Vergangenheit ausmacht – an Mut und Ehre, Hoffnung, Stolz, an Mitgefühl und Erbarmen. Und Opfer.“ Es ist das Pathos der Fünfziger Jahre. Wenn auch. So hat er doch Recht. Mir ist die Literatur auch immer eine Art Lebenshilfe. Das Schreiben auch. Als Möglichkeit, die Dinge genauer zu betrachten. Gerade in den Zeiten, in denen mir selbst oft wenig Zeit zum Nachdenken bleibt. Und ich einfach so dahin lebe. Auch um die Sprache wieder sorgfältiger einzusetzen. Johannes Bobrowskie – „Sprache / abgehetzt / mit müdem Mund / auf dem endlosen Weg / zum Hause des Nachbarn“.

In der Nacht hat ein wilder Januarsturm über unserem Hausdach getobt. An den Dachplatten gerüttelt. Sie haben standgehalten. Umgestürzt ist nur unser Fliederbaum an der Terrasse. Der Lilablühende wird uns im Mai sehr fehlen. Der Stamm wurde richtig aus der Erde gedreht. Die weißgelben Bruchstellen trocknen anklagend in der Januarsonne. Die Nachbarskatze hat sich unter der liegenden Baumkrone ein sicheres Plätzchen gesucht. Die Kinder klettern in der Krone. Ich scheine die einzige Trauernde zu sein.

Potsdam, den 17. 1. 1984

Das Beglückende an meinem augenblicklich fast ausschließlichen Hausfrauendasein ist für mich das Lesen geworden, für das ich immer etwas Zeit finde. Das Lesen eröffnet mir neue Räume. Lese ich ein Buch, beginnen mich zehn weitere zu interessieren. So bekommt mein eingeschränktes Leben noch eine weitere Dimension. Das Schreiben bekommt neue Wichtigkeit für mich, auch wenn ich über das banale Aufzählen der Tageserlebnisse und meine alltägliche Sprache kaum hinaus komme. Seit ich mich schweren Herzens nach zehnjährigem Singen vom Oratorienchor abgemeldet habe, besuche ich einen Zirkel Schreibender im Babelsberger Rathaus. Für die Abteilung Dokumentation und Information meines Institutes kann ich einige Übersetzungen erledigen. So entfremde ich mich nicht ganz von der Chemie. Wenn die Zwillinge in den Kindergarten gehen werden, hoffe ich wieder halbtags im Institut zu arbeiten. Aber bis dahin habe ich noch ein gutes Jahr Zeit.

Potsdam, den 28. 1. 1984

Mittagessen. Annegret berichtet erregt von der Schule. Heute haben wir demonstriert. Wir sollten mit der fünften Klasse gemeinsam Fasching feiern. Da haben wir einen Brief geschrieben. Den Brief gaben wir dem Klassenlehrer. Du meinst protestiert, sage ich. Na, meinetwegen. Besser als wenn sie protestieren mit prostituieren verwechselt hätte, sagt Knut. Etwas verhalten. Wat isn dit? fragt Annegret. Wenn man seinen Körper für Geld verkauft. Wien dit? Wenn eine Frau für Geld mit einem Mann schläft. Ach so, ne Nutte. Das sagt Gregor immer, sagt Albrecht. Und dann noch Zwitter. Wat isn dit? Fragt Simon. Ach so, sagt Simon, wenn wir im Sommer mit dem Kindergarten verreisen, gehen wir auch in den Zwergenwald.

Potsdam, den 14. 3. 1984

Liebe Eltern,
Zunächst das versprochene Gedicht:

„Bin ich ein Baum
Den man einst fällt
Errichtet aus mir keinen Stall
Zerkleinert zu Scheiten mich nicht
Macht aus mir die kleine Brücke
Über den Fluss
Die Schwelle, oder die Tür,
an der Ihr einander begrüßt“

Marcelijus Martinaitis

Ich fand das Gedicht in einer Anthologie litauischer Poesie und es fiel mir wieder ein, als ich den Anfang von Mutters Ansprache las. Die hast Du fein gemacht. Bei uns geht die Grippe um. Zum Glück nur eine leichte. Seit gestern geht Albrecht wieder zur Schule. Seit gestern sind aber auch Annegret und Simon krank. Sie haben viel geschlafen. So geht es ihnen heute schon wieder besser. Ich selbst kämpfe auch gegen den Virus an. Habe Kopfschmerzen und Gliederschmerzen. Fühle mich schlapp. Aber dennoch bin ich glücklich. Vielleicht, weil im Garten schon Krokusse und Schneeglöckchen blühen, die Amsel singt und der Winter, vor dem ich mich immer etwas fürchte, schon bald besiegt ist. Vielleicht bin ich aber auch glücklich, weil ich eine so gute Arbeit gefunden habe. Das Anfertigen von Kurzreferaten aus englischer, russischer und deutscher Fachliteratur ist genau die Arbeit, die mir liegt. Ich kann die neuesten Artikel der Lebensmittel- und Getreidechemie lesen. Das Wichtigste muss ich auf zehn Zeilen komprimieren. Da das dann in der Zeitschrift gedruckt wird, muss ich mich um gute Formulierungen bemühen. Damit werden drei Dinge weitergebildet, die ich gern erweitern wollte: Fachkenntnis, Sprachgewandtheit und Fremdsprachenkenntnis. Für einen deutschen Artikel bekomme ich 9,50 M, für einen fremdsprachlichen 13,50 M. Jetzt erweitere ich das Referieren auch auf Texte von Mikrofilmen. Dazu bekam ich vom Institut ein Lesegerät. Das verunziert zwar meinen hübschen Biedermeierschreibtisch, aber es gibt im Haus keinen anderen freien Platz. Den Arbeitsumfang kann ich selbst steuern, was meiner Lebenssituation sehr entgegen kommt. Die ersten Texte sind ganz gut geworden, daher bekomme ich augenblicklich so viele neue Angebote, dass ich etwas bremsen muss. Schön ist es, dass ich alles am häuslichen Schreibtisch erledigen kann. Gerade habe ich mir ein Girokonto eingerichtet. Ein richtiges „Geschäftskonto"! Gestern hatten wir wieder Autorenzirkel. Das ist eine ganz nette Gruppe: Genossen, Christen und „Garkeine". Man ist sehr ehrlich miteinander. Auch bei politischen Themen. Wie Ausreise, 35. Jahrestag. Ich habe zwei Tagebucheintrage vorgelesen und großes Lob bekommen. Aber ich will alles noch etwas überarbeiten. Nur benötigte ich dazu viel Zeit. Von Eva bekam ich heute einen Brief, in dem sie sich für den letzten Besuch (8. 3. bis 9. 3.) bei mir bedankte. Für das Gespräch und die Zeit. Constantin und Cornelius sind inzwischen gefüttert, gewickelt und eingeschlafen. Nun muss ich schnell für meine beiden Patienten Mittagessen kochen. Fleischbällchen und Reis. Das ist für angeschlagene Mägen sicher gut. Wir haben schon große Sehnsucht nach Euch, freuen uns schon sehr auf Ostern.

Bleibt behütet
Eure B.

Potsdam, den 22. 3. 1984

Morgen wird Hanna schon drei Jahre alt. Dennoch macht sie noch viel kaputt. Besonders wenn sie zornig oder unbeobachtet ist. Dann zerpult, zerpellt und zerzupft sie so manches schöne Kinderbuch. Eben hat Albrecht ihr ein Buch entrissen, das sie gerade genüsslich vom roten Rückenband befreite. Du kleine Zerreißhexe, warum machst du denn alles kaputt!? Damit ich stärker bin, sagt Hanna.

Potsdam, den 27. 4. 1984

Liebe Eltern,
noch einmal möchten wir Euch ganz herzlich für das schöne Osterfest danken. Für alle Unruhe und Mühe uns entschuldigen, die unsere achtköpfige Familie bereitete. An Albrechts ersten Brief an Euch, den er mit fünf Jahren schrieb, muss ich denken: „Das Osdan hat mia gewallen." Viele schöne Höhepunkte gab es: Das gute großmütterliche Essen, der Ostergottesdienst, die aufblühenden Waldwiesen mit den kleinen Bächen. Das sind so gute Erinnerungen. Nun hält mich das Potsdamer Leben wieder tüchtig in Trab. Die alte Waschmaschine muss ihr Bestes geben. Zum Schleudern trage ich die nasse Wäsche dann wieder ins Haus in die neue Waschmaschine. Das ist schon recht mühsam bei drei Waschgängen täglich. Aber das sonnige Wetter, die blühenden Bäume und das Vogelgezwitscher machen mich so fröhlich, dass mir die Arbeit Freude macht. Die Zwillinge sind jetzt viele Stunden im Garten und die Sonne scheint den Schnupfen nun endgültig besiegt zu haben. Während die Kleinen durch den Garten stiefeln, kann ich die Beete in Ordnung bringen. In dieser und der kommenden Woche kann ich mir keine neue Arbeit aus dem Institut holen, da wir den Fensterdurchbruch im Wohnzimmer in Angriff nehmen wollen. Das Wohnzimmer muss dann ganz ausgeräumt werden. Alle Bilder, Blumen, Porzellan und Möbel im Haus verteilt werden. Hoffentlich geht alles schnell vorwärts. Wir überlegen, ob wir nicht auch in diesem Jahr ganz auf eine Urlaubsreise verzichten. Haus und Garten sind auf die Kinder eingerichtet. Bei gutem Wetter können wir vormittags kleinere Fahrten zum Badestrand oder zu einigen sehenswerten Orten unternehmen, so dass wir zum Mittagessen und Mittagsschlaf der Kleinen wieder zu Hause sein könnten. Dass Eure Schwedenreise noch immer in Frage steht, ist ärgerlich. Das ist das Unerfreuliche an den Auslandsreisen. Bis zum Schluss ist alles unklar, so dass die Vorfreude, die ja eigentlich schon ein Stück Reise ausmacht, ganz ins Wasser fällt. Das scheint aber auch Absicht zu sein. Auf meinem Schreibtisch liegen die Poesiealben von Annegret und Albrecht. Nachdem nun Freunde, Klassenkameraden und Lehrer Sinnvolles, Kluges und Poesievolles hineingeschrieben haben, wird es Zeit, dass sich die Eltern

auch einmal äußern. Das ist gar nicht so einfach. Eigenes eignet sich nicht. Vieles, was ich gerade gelesen habe, geht mir durch den Kopf. „Das Vorurteil ist von der Wahrheit weiter entfernt als die Unkenntnis." (Lenin) „Ein Prinzip, das unbedingt alles erklären will, erklärt in Wirklichkeit nichts." (Daltschew) „Poesie ist nicht Kommunikation sondern Identifikation mit der Idee, der Schönheit, der Wahrheit. Darin liegt der Unterschied zwischen einem Gedicht und einem Brief." (D.) „Das Wort Gottes gibt uns Antwort auf die großen Fragen des Menschen. Es weist uns den Weg der Liebe, wie Christus ihn gegangen ist, und lässt uns das Wertgefüge begreifen, das unsere Existenz so wunderbar macht." (Cancino) „Wenn die Menschen vollkommen wären, würden sie sich voneinander nicht unterscheiden, die Individualität scheint aus der Unvollkommenheit herzurühren." (Daltschew) „Heroismus ist nur für die anderen da, niemand ist vor sich selbst ein Held." (D.) Ich habe mich gerade entschieden. Für Albrecht das Poesiezitat, für Annegret den Cancino. Eben kommt Simon aus dem Kindergarten nach Hause. Das selbstständige Losgehen und Ankommen steigert sein Selbstbewusstsein sehr. Um 15 Uhr hat er Schwimmunterricht in der großen Halle.

Seid ganz lieb von uns allen gegrüßt und bleibt behütet
Eure Pütz

Potsdam, den 5. 6. 1984

Liebe Eltern,
wir wünschen Euch ein frohes und gesegnetes Pfingstfest. Viel Freude bei der Arbeit in den Gemeinden, Zeit zum Ausruhen und für Wege in die Natur. Eben habe ich einen Brief für Simon „geschrieben", der zurzeit bei den Großeltern in Angermünde ist. Er fehlt mir sehr. Er kostet zwar unheimlich viel Kraft, aber seine originelle Lebensart gibt uns immer Anstöße, stellt alles Gewohnte in Frage. Er ist ganz sicher das urwüchsigste Kind der Familie. Constantins krankes Ohr ist nun wieder geheilt. Die Spritzen abgesetzt. Bis Montag muss er noch Medizin schlucken. Ich sitze auf braunsamtigen Sesseln und genieße unser erneuertes Wohnzimmer. Mit den Freunden vom Bibelkreis und den

Kindern haben wir das neue Wohnzimmer schon eingeweiht. Wie gern hätten wir mit Euch und der Evafamilie einmal wieder ein gemütliches Stündchen bei uns. Annegret ist augenblicklich in glänzender Form. Das bestätigte auch ihre Lehrerin. Kaum ist eine Aufgabe gestellt, da hat sie sie schon gelöst. So benötigt sie ständig Zusatzaufgaben. Am 1. 6. fand das Klassenfest in unserem Garten statt. Albrecht hat bei der Mathekreisolympiade den ersten Platz belegt. Aber in der Schule ist er nach wie vor schlampig und faul. Die Schule langweilt und unterfordert ihn. Er macht alles lustlos. Mit etwas Sorge sehen wir Simons Einschulung entgegen. Er ist sehr wach und intelligent, aber beim Hörtest des Schularztes überhörte er alle Flüstertöne. Wir werden das noch einmal näher untersuchen lassen.

Seid ganz lieb von uns allen gegrüßt
Eure Pütz

Potsdam, den 22. 6. 1984

Liebe Eltern,
habt vielen Dank für Euren lieben Brief. Traurig machte uns der Bericht aus dem Altenheim. Das Abgestelltsein muss furchtbar sein. Der Familiendünkel der Frau Vad als Protest gegen die Gleichmacherei ist irgendwie auch verständlich. Sie wehrt sich damit ja auch gegen den Verlust ihrer Identität und klammert sich an äußere Dinge, die ihr die Identität erhalten könnten. Eigentlich ist das sogar positiv. Sie hat nicht resigniert. Man müsste ihr vielleicht klarmachen, dass sie ihre Identität im Kontakt mit den anderen Mitbewohnern doch auch wieder erhielte. Aber ich denke, dass das Pflegepersonal es sich auch einfach macht und die Individualität der alten Leute nicht wirklich berücksichtigt. Das Besuchen und Briefeschreiben ist sicher auch eine große Hilfe.
Wir haben eine schwere Woche hinter uns. Nach überstandener Bindehautentzündung bekamen die Zwillinge einen Infekt mit sehr hohem Fieber. Cornelius mit 40 Grad. Da Kopf und Gliedmaßen kalt waren, nur der Rumpf heiß, halfen auch keine Wadenwickel. Selbst die Fieberzäpfchen konnten wenig ausrichten. Heute sank das Fieber das erste

Mal auf 37 Grad. Er ist noch sehr matt und bekommt bis Montag täglich eine Spritze. Morgen kommen die Schwiegereltern und bringen unseren Simon zurück. Darauf freuen wir uns sehr. Es ging recht gut in Angermünde. Auch die Schwiegereltern bestätigten Simons Schwerhörigkeit. Wie soll das bloß in der Schule werden? Am Montag werde ich Simon mit zu Dr. Platzeck nehmen und ihn um Rat fragen. Am 29. 6. singen die Kruzianer hier in der Friedenskirche. Auf dieses Konzert freue ich mich schon sehr. Ich hoffe, dass Knut und ich gemeinsam gehen können. Ich habe wieder viel Arbeit für das Institut zu erledigen und hoffe sehr auf ruhige Abende.

Nun seid ganz lieb von uns allen gegrüßt
Eure B.

Angermünde, den 1. 8. 1984

Seit zehn Stunden sind wir im Wochenendhaus der Schwiegereltern am Wolletzsee. Die vier Kleinen schlafen. Endlich. Da wir von den schlafenden Kindern nur durch eine dünne Bretterwand getrennt sind, können Knut und ich uns nur flüsternd unterhalten. Annegret und Albrecht sind in ihr kleines Zelt gekrabbelt, in dem es noch immer wispert. Es ist ihre erste Nacht in einem Zelt. Das ist sehr spannend. Dies ist unser erster Urlaub seit zwei Jahren. Auch wenn wir uns hier räumlich sehr einschränken müssen, so bin ich doch froh, dass wir den Mut hatten und die Anstrengung in Kauf nahmen. Unseren Bus packten, um es wenigstens zu versuchen, einmal unser Potsdamer Leben von einer anderen Perspektive zu betrachten. Die Zwillinge und Hanna schlafen im Innenraum des Häuschens, wir in der Veranda. Simon im Vorratsraum. Da das Haus auf eichenen Pfählen im Wasser steht, können wir die Kinder nicht aus den Augen lassen, denn es ist unter uns schon recht tief. Das ist beunruhigend und aufregend zugleich. Hanna fiel schon einmal unbemerkt und lautlos ins Wasser, als sie zu ihrer Freundin ins Nachbarhaus gehen wollte. Zum Glück holte Susan schnell die Mutter, die Hanna an den Beinen aus dem Wasser fischte. Das war ein Schreck! Wir hatten es nicht einmal bemerkt. Aber die ewig glucksenden Wellen vermitteln das Gefühl, auf einem Schiff zu wohnen. Und das hat was.

Angermünde, den 3. 8. 1984

Der dritte Urlaubstag beginnt. Ein blassblauer Augusthimmel. Ein lauwarmer Morgen empfängt uns. Um 5 Uhr waren die Zwillinge das erste Mal wach. Nach dem Morgenfläschchen schliefen sie noch einmal für zwei Stunden ein. Und wir auch. Da wir hier kein fließendes Wasser haben, gehen wir zur Morgenwäsche in den See. Im Hintergrund tuckert ein Traktor über das Stoppelfeld. Das Brötchenholen, Wasserholen, Frühstücken, Abwaschen, Aufräumen hat sich auf viele Hände verteilt und wird hier an der frischen Luft nicht als Arbeit betrachtet. Besonders für das Wasserholen von der Adlerquelle mit dem Ruderboot finden sich augenblicklich noch genügend Freiwillige. Knut ist mit den Kindern zur Laubhütte in den Wald gegangen. So ist es augenblicklich ruhig. Nur der Pellkartoffeltopf blubbert auf dem kleinen Elektroherd. Auf dem See schwimmen Möwen und Blesshühner. Die Pose einer Angel hüpft auf der Wasserfläche. Zum Lesen ist es noch zu früh. Das spare ich mir bis zur Mittagsruhe der Kleinen auf. Ich habe mir die Josephus-Trilogie von Feuchtwanger als Urlaubslektüre mitgenommen. Hier schaffe ich es vielleicht, ein umfangreicheres Werk zu lesen. Romane sind an sich keine Literatur für kinderreiche Eltern. Die Nachbarn in den Urlaubshäusern neben uns sind sehr nachsichtig. Sie schmunzeln über unser großes Auto, die Brötchenberge und Milchmengen, die täglich eingekauft werden. Und in Windeseile verbraucht sind. Das Quellwasser für das Mittagessen ist eben von Albrecht gebracht worden. Nun ist er ins Schlauchboot zu einem Nachbarjungen gestiegen. Die Schwanenfamilie gleitet über die Wasserfläche. Eben hat sie bei der Nachbarfamilie Brot bekommen. Von unserem Frühstück ist wieder nichts übrig geblieben. Nur kleine Knuste von den Zwillingen. Etwas blasiert schaut Frau Schwan auf das spärliche Angebot, das sie ausschließlich ihren Kindern überlässt. Während ich meinen Kartoffeltopf im Auge behalte, lese ich bei Christa Wolf, dass Tiefe keine Eigenschaft der materiellen Welt sei, sondern durch die Anstrengung des Menschen entsteht, über sich selbst hinauszuwachsen oder sich zu erreichen. Schnell schaue ich noch einmal auf die erste Seite meiner englischen Sprachlehre. Für die Übersetzungsarbeiten kann es nicht schaden, meine Sprachkenntnisse etwas aufzufrischen. Ich komme bis zur Satzstellung: S-P-O. Das muss für heute reichen, denn nun sind die Kartoffeln fertig und Fett, Zwiebeln und Hackfleisch müssen noch in die Pfanne.

Angermünde, den 7. 8. 1984

Liebe Eltern,
ich sitze auf der Plattform vor unserem Ferienhäuschen. Die Kleinen schlafen, die Großen fahren mit dem Boot auf dem spiegelglatten See. Die Sonne nähert sich dem Waldrand, langsam verschwindet sie hinter den Baumspitzen. Heute ist unser siebenter Urlaubstag. Die Kinder haben sich schnell eingelebt, die Hausarbeiten in der Miniküche sind eingespielt. Von den Schwiegereltern werden wir mit Obst, Gemüse und Kuchen versorgt. Auch die Kleinen schlafen morgens bis 6 oder 7 Uhr. Mittags gönnen sie uns eine zweistündige Mittagspause. So können wir uns trotz der Enge gut erholen. Das Wasser und die frische Luft machen hungrig. Schwiegervater ist glücklich, dass es uns hier so gut gefällt. Er hat das Haus ja für uns neu gebaut. Aber damals waren wir erst sechs Personen.

Schwiegermutter muss noch immer die starken Rheumamedikamente nehmen. Sie leidet darunter, nicht mehr so aktiv zu sein. Augenblicklich lese ich die Josephustrilogie von Feuchtwanger. Die Geschichte vom jüdisch-römischen Krieg im ersten Jahrhundert war mir bisher nicht bekannt. Auch Knut findet Ruhe zum Lesen. Das ist ein gutes Zeichen. Er hat gerade die Ruth Rehmann ausgelesen. Die Kinder haben viele Freunde in den Nachbarhäuschen gefunden. Auch Hanna hat eine Freundin. Susan ist auch drei Jahre alt und ein sanftes liebes Mädchen. Hand in Hand spielen die beiden den ganzen Tag und weinen, wenn sie sich abends trennen müssen. Der Ortswechsel war sehr nötig, um sich wieder auf das Leben in Potsdam zu freuen. Die Sonne ist jetzt ganz hinter den Bäumen verschwunden. Annegret, Albrecht und Simon, der schon ganz fein ohne Schwimmring im Tiefen schwimmt, nehmen ihr letztes Bad. Ich werde mich ihnen anschließen.

Nun wünschen wir Euch einen erholsamen Urlaub
und grüßen Euch ganz lieb
Eure B.

Angermünde, der 9. 8. 1984

Ich habe den ersten Teil der Josephustrilogie ausgelesen. Oft sind die Passagen über die Grausamkeiten der Römer kaum zu ertragen. Was Menschen Menschen antun?! denke ich. Wird das nie aufhören? Wird die Menschheit niemals klüger werden? Trotz aller Erfahrungen und des immer umfangreicher werdenden Wissens ist keine wirkliche Lernfähigkeit zu erkennen. Das ist deprimierend. Ich denke über die schillernde Figur des Josephus Flavius nach. Er war Mitglied der höchsten jüdischen Priesterkaste und stand später ungerührt auf der Ehrentribüne der Römer beim Einzug seiner todgeweihten Landsleute ins Kolosseum. Ausgestattet mit allen Privilegien der neuen Herrscher. Und schrieb den Psalm des Erdenbürgers auf: „Oh Jahve, gib mir mehr Ohr und mehr Auge, die Weite deiner Welt zu sehen und zu hören, oh Jahve, gib mir mehr Herz, die Vielfalt deiner Welt zu begrüßen, oh Jahve, gib mir mehr Stimme, die Größe deiner Welt zu bekennen." Die Römer entsprachen mehr seinen kosmopolitischen Vorstellungen, als das jüdische Volk, das nur auf das Eigene ausgerichtet war. Die Intensität der Bilder des Gelesenen hält mich noch in Bann. Simon ist heute glücklich vom Strandbad gekommen. Ganz lässig schwamm er die vorgeschriebenen hundert Meter für die erste Schwimmstufe. Nun zeigt er allen stolz das erworbene Dokument. Albrecht hat Ohrenschmerzen. Er hat in den letzten Tagen viel getaucht. Vielleicht bekam er zuviel Wasser in die Ohren? Wir werden nachher einen Arzt nachsehen lassen. Eben haben wir eine Radtour bis zur Welse gemacht. Knut hatte beide Zwillinge auf dem Rad, eins im Körbchen und eins im Kindersattel. Ich hatte Hanna auf dem Kindersattel. Die drei Schulkinder fuhren mit eigenen Rädern.

Gerade wollte ich vor dem Zuckersand auf dem Weg warnen, da lag Simon schon darin. Lauthals schreiend. Nachdem er sich den Kopf gerieben hatte, ging die Fahrt weiter. Als ich Hanna erklärte, was, wie, warum passierte, sagte sie: „Der Zuckersand ist aber böse. Nie mehr backe ich einen Kuchen mit Zuckersand".

Potsdam, den 21. 11. 1984

Ihr Lieben,
es ist Abend. Knut ist am Grünen Gitter und besichtigt mit dem Bauausschuss des GKR die Dienstwohnungen. In den Kinderzimmern wird es langsam still. Leider scheint die Erkältung bei Cornelius nicht so leicht zu verlaufen, wie wir hofften. Seit gestern Abend hat er Fieber. Dr. Platzeck stellte heute eine beginnende Mittelohrentzündung fest. Will mit dem Penicillin aber noch bis morgen warten. Aber es scheint, dass er doch ein Medikament benötigt. Heute Abend stieg die Temperatur schon auf 39,2 Grad. Immerhin haben die Zwillinge nun schon fünf Monate ohne Infekt durchgehalten. So können wir nicht zu sehr wehklagen, zumal es ja eine richtige Grippezeit ist und auch viele Schulkinder krank sind. Simon erhielt bei seiner ersten Matheklausur mit zwei anderen Schülern eine Eins. Wer hätte das gedacht. Heute bekam ich vom Institut die erste große Übersetzungsarbeit. Ich habe ein ganzes Buch mit 25 Beiträgen von einem internationalen Symposium an der Kansas State University vom September 1984 zu referieren. Eine interessante und sehr umfangreiche Arbeit. Hoffentlich schaffe ich alles in der vorgeschriebenen Zeit. Ich verdiene dabei etwa 300 Mark. Immerhin. Am Dienstagabend war ich das erste Mal im Zirkel im Alten Rathaus. Es ist eine ganz andere Runde als in Babelsberg bei Sonja Schüler. Die Textkritiken sind detaillierter und genauer. Der Zirkel stellt augenblicklich eine Lyrikanthologie zusammen, die im nächsten Jahr in Druck gehen wird. Die Gespräche haben viel Spaß gemacht. Zum Schluss sollte ich einen Einstand geben. Ich las

in memoriam

Sie sagten sie sei nicht mehr richtig im Kopf
Die alte Frau über mir
Und nachts schrie sie laut wirres Zeug
Am Tage nahe der Tür
Sprach sie ganz leise
Mädelchen
Und schaute mir lange nach
Einmal fiel sie auf Steine
Die Brille zerbrach
Zerschnitt das alte Gesicht
endgültig starb sie im Krankenhaus
sie warfen die Möbel zum Fenster heraus
zerberstend zerbrechend die Stille
ganz nahe der gläsernen Brille

und Juni

Raschelnd treibt Wind
Das biegsame Korn
Zur weißen Schafgarbenbrandung
Und Feldstiefmütterchen roter Mohn
Nicken den uralten Reigen
Gewisper zu Worten
Bindet das Gras
Vergangen verflogen
Bleistift auf Glas

Meine beiden Gedichte werden in die Anthologie aufgenommen. Von den Tagebucheintragungen las ich die Schneckengeschichte. Beim Verabschieden bat mich Gabriele G., für immer in ihrem Zirkel zu bleiben. Gabriele ist freischaffende Schriftstellerin und lebt in Leipzig. Ihr Geld verdient sie mit Krimis, die sie für den Polizeiruf 110 schreibt. So werde ich mich wohl vom Babelsberger Zirkel abmelden. Hier bin ich besser aufgehoben, denke ich. Eben kommt Knut zurück. Nun will ich schnell Schluss machen. Die ersten Weihnachtspakete kommen schon an. (Gontard, Tante Gunda, Tante Erika). Bald muss ich den Weihnachtsbrief aufsetzen. Ich finde, es wird immer schwerer, einen Einstieg zu finden. Für Deinen lieben Brief und das Kärtchen hab vielen Dank.

Bleibt behütet und ganz lieb gegrüßt
Eure B.

Potsdam, den 4. 12. 1984

Liebe Mutter,
ganz herzlich möchten wir Dir zu Deinem Geburtstag gratulieren und Dir ein frohes und gesegnetes neues Lebensjahr wünschen. So viele Erinnerungen sind mit dem 9. 12. verbunden. Die Feiern in Rathenow. Die Geschichten der russischen Dichter (Puschkin, Tolstoi), die Frau von Boehlendorf so meisterhaft erzählte. Erinnert Ihr Euch noch daran? Eben haben wir Schwiegervater zur Bahn gebracht. Er hat alle unsere Obstbäume, die Rosen und den Wein verschnitten. Es war schön mit ihm. Er hat ein so lebendiges warmes Herz. Mit Albrecht haben wir Sorgen. Täglich kommt er erst zwischen 16 und 17 Uhr aus der Schule. So kann er nicht mehr zum Chor und zur Christenlehre gehen. Ich glaube, es ist Absicht, die Kinder so stark zu vereinnahmen, um sie von anderen (kirchlichen) Einflüssen fernzuhalten. Er nutzt augenblicklich seine Intelligenz dazu, sich ohne Anstrengung mit guten Ergebnissen durchzuschummeln. Durch Annegrets Zielstrebigkeit fällt Albrechts Anderssein stärker auf. Aber jedes Kind ist anders und hat einen anderen

Entwicklungsplan. Das müssen wir uns immer verdeutlichen, um allen gerecht zu werden.

Nun seid ganz lieb gegrüßt
Eure Barbara

Potsdam, den 20. 12. 1984

Liebe Eltern,
nur noch wenige Tage sind es bis zum Weihnachtsfest. Wir wünschen Euch viel Freude bei der Arbeit in den Gemeinden, Zeit für ruhige Stunden zum Lesen, für gute Gespräche. Immer wieder sind die Adventswochen mit so viel Hektik angefüllt. Es ist einfach nicht anders zu schaffen. Nun freuen wir uns sehr auf das Fest mit den Kindern und allen Großeltern (die Schwiegereltern kommen am 26. 12.) Vielleicht auch mit Eva, Hanns-Jürgen und den Kindern? Habt Dank für das große Weihnachtspaket. Ich weiß, wieviel Mühe es macht, für so viele Menschen etwas Passendes zu finden. Besonders bei den Launen unseres sozialistischen Handels. Alle offiziellen Feiern und Veranstaltungen hatten wir schon in der vorigen Woche, so dass wir jetzt Zeit für die Vorbereitungen für die Familie haben. Mit den Zwillingen waren wir wieder in „erlauchter" Runde im Rathaus beim Oberbügermeister eingeladen. Wieder stürzten sich die Zeitungsredakteure sofort auf die Zwillinge und mich, was dann gleich am nächsten Tag in Bild und Text in den Zeitungen zu sehen war. Meine Kollegen im Institut fragten, ob die Zwillinge die einzigen Ehrenpatenkinder des Staatsratsvorsitzenden seien. Ja, so sieht das tatsächlich aus. Wir – die ewige Vorzeigefamilie!

Seid herzlich gegrüßt von
Eurer B.

Potsdam im Advent 1984

Tonlos fallen
Unzähligfach
Aus weißen Wolken
Sternenträume
Die erst beginnen
In meinen Händen
Sogleich zerrinnen

Träume, Hoffnungen, Möglichkeiten und Wünsche. Viele mögen uns in dem sich neigenden Jahr zerronnen sein. Ihr Verlust uns mutlos gemacht haben. Immer wieder stehen wir mit leeren Händen trotz aller Mühen und Aktivitäten.

Zwei Jahre und zwei Monate sind unsere Zwillinge Constantin und Cornelius alt. Mit kleinen Schrittchen können sie schon an einigen Unternehmungen der Geschwister teilnehmen. Viele Gegenstände in Haus und Garten bezeichnen sie mit Worten, die uns verständlich sind. Für vieles haben sie ihre eigene Sprache, die nur der Zwillingsbruder versteht. Sternchen und Kerzenhalter bastelt Hanna, die in die zweite Kindergartengruppe geht. Seit September ist Simon ein Schulkind. Mit schwerer Hand malt er Buchstaben und Zahlen auf das Papier. Liest mit tiefer Stimme: Mama, Oma, Moni … Albrecht geht das dritte Jahr in die Russischschule. Seine Nachmittage sind mit Christenlehre, Kinderchor, Gruppenratssitzungen und Matheclub voll ausgelastet, so dass wenig Zeit zum Spielen und Lesen bleibt. Annegret ist schon ein richtiges junges Mädchen. Seit September geht sie in den Konfirmandenunterricht.

Knut projektiert augenblicklich die Fährhafenanlage für Saßnitz-Mukran, die in einem gesperrten Gebiet der NVA auf Rügen liegt. Ich kann in freien Stunden Übersetzungen für das Institut erledigen und bis zu meinem Arbeitsbeginn im September für den Familienetat hinzuverdienen. Nun freuen wir uns alle auf das Weihnachtsfest. In allen Zimmern stecken schon viele Geheimnisse, die auf ihre Enthüllungen warten. Mit guten Wünschen zum Weihnachtsfest und zum neuen Jahr grüßen wir Euch herzlich

Eure Knut, Barbara und Kinder

Potsdam, den 14. 1. 1985

Liebe Eltern,
schon in der vorigen Woche solltet Ihr längst einen Brief haben, aber ich hatte bis Donnerstag jeden Abend an der Maschine gesessen, um mein amerikanisches Fachbuch endlich fertig zu bekommen. Am Freitag habe ich es abgegeben und konnte eine Rechnung für 417 Mark ausstellen. Ich habe auch gleich wieder neue Arbeit bekommen. Sie ist aber nicht so umfangreich. Sieben US-Patente. Das kann etwas warten. Seit Mutters Anruf bin ich sehr besorgt um Euch. Der Gedanke, dass Ihr bei 15 Grad im Wohnzimmer sitzt, ist schrecklich, zumal das Ende der Kältewelle noch lange nicht in Sicht ist. Was ist da nur zu machen? Knut meint, dass es am Gasofen einen Stellknopf geben müsste, der die Zufuhr regelt. Der dürfte aber nur vom Fachmann bedient werden.

Am 17. 1. werden wir einen Elternabend in Annegrets Klasse haben, den ich organisierte: Verhaltensveränderungen im Pubertätsalter. Ich lud Frau Dr. Poppitz dazu ein, die ich in Albrechts Klasse kennen lernte. Ihr Sohn ist mit Albrecht befreundet. Sie ist Ukrainerin und Mutter von drei Kindern. Sie arbeitet als Kinderpsychologin in Potsdam. Ich bin gespannt. Ich hoffe, dass der Vortrag nicht zu akademisch wird, damit auch im Anschluss ein lebhaftes Gespräch zustande kommt. Es wird nicht so leicht sein, die meisten Eltern sind im Elternabend immer sehr schweigsam. Besonders bei politischen Themen. Vielleicht ist es diesmal anders. Am 18. 1. haben wir wieder Bibelkreis als Predigtvorbereitung für den 27. 1. Viele Male habe ich Vaters Andacht zur Jahreslosung gelesen. Sie gefällt mir sehr gut. Viele Gedanken werden angesprochen, nicht so endgültig manifestiert, so können sie sich entfalten. Eine schöne bildhafte Sprache. Wenn ich nur wüsste, wie ich es Euch wärmer machen könnte.

So kann ich nur sagen, dass ich Euch sehr lieb habe (wenn Euch das auch nur von innen erwärmen kann) und grüße Euch herzlich

Eure B.

Potsdam, den 18. 1. 1985

Bei Romano Guardini las ich, dass der Mensch es nicht gelernt hat, Macht über seine eigene Macht zu bekommen. Die gewinnt man nur durch Selbstüberwindung und Entsagung, durch Askese. Aber was nützt es der Welt, wenn nur die Ohnmächtigen diese Tugenden lernen? Wer sagt es den Mächtigen. Sie kommen wohl kaum Askese übend an die Macht.

Potsdam, den 30. 4. 1985

In der „Deutschstunde" von Siegfried Lenz lese ich: „Sehen ist durchdringen und vermehren. Oder auch erfinden. Um dir zu gleichen, musst du dich erfinden. Immer wieder. Mit jedem Blick. Was erfunden ist, ist verwirklicht. Man bewegt sich auf etwas zu, man hält etwas an, was da im Strom schwimmt und lässt es weiter schwimmen. Die Hauptstädte, die wir brauchen, liegen in uns selbst. Hier habe ich alles, was ich brauche. Und sogar mehr. Die Jahre, die ich noch leben werde, reichen nicht aus, um alles über dieses Stück Land zu sagen, was sich zu sagen lohnt. Allein die heimliche Bevölkerung hier, in der Erde, in der Luft, oder was sich im Moor trifft bei Nacht."

Potsdam, den 1. 5. 1985

Grüne Blättchen zeigen ihre ersten Spitzen an den Obstbäumen in unserem Garten. Cillas, Krokusse und Veilchen sind schon aufgeblüht. Auch die Kirschblüte verbreitet blassrosa Frische. Die Apfelblüte wartet geduldig auf ihren Auftritt. Das ist sehr klug, denn augenblicklich jagt ein Islandhoch nach dem anderen über unseren wintermüden Kontinent. Die Zwillinge sind schon richtige große Jungen und im Kinderzimmer und im Gartenhaus kaum noch zu halten. So sehne ich mich sehr nach

Gartenwetter. Mit dem Zirkel Schreibender waren wir zu einer Lesung vor einer Jury. Ich las auch einige meiner Gedichte. Die Kulturfunktionäre des Bezirkskabinetts für Kulturarbeit missbilligten unsere Texte. Objektivistisch, kein Klassenstandpunkt. Keine positiven Aussagen. Da habe ich schnell ein neues Gedicht geschrieben:

Jury
Trochäus und Jambus
zum Tanze vereint
auf leichten und schweren Füßen
sie wirbeln und wirbeln den Alltagstaub
im Quarz erglimmen Lichter
Vorurteilsschwer die Köpfe gesenkt
die Jury entwöhnet dem Tanze
im Gleichschritt marschierend
die Augen links
entstaubte Stiefel
im Glanze.

Auch dieses Gedicht wird sicher keine Zustimmung bei den Funktionären für Kulturarbeit finden. Was bin ich froh, dass ich in diesem komischen kleinen Land Chemikerin bin. Und nicht Dichter.

Gestern Abend waren wir zum Bibelkreis. Markus 4,1 – 8 – Das Gleichnis vom Sämann war das Thema. Wir stellten uns die Frage nach dem „richtigen Leben“. Möglicherweise auch im Falschen. Ich finde das nicht so problematisch. Vielleicht, weil ich augenblicklich hier im Gartenhaus relativ selbst bestimmt leben kann. Ich denke, dass ich in mir so einen Geheimcode oder eine „Melodie“ verspüre, die mir die Richtung weist. Meistens vertraue ich meinem Herzen. Das klappt am besten. Mein Gewissen reagiert sehr empfindlich auf Störungen oder Misstöne. Damit kann ich sicher nicht von mir behaupten, dass ich nun gänzlich mit mir identisch wäre. Aber ein bisschen schon. Vielleicht ist das Identischsein das „Wesen Jesu“. Seine Haltungen und Entscheidungen waren für seine Zeit ganz und gar ungewöhnlich und „ungesetzlich“. Immer wieder beeindruckt mich seine Unbeirrbarkeit,

Unerschrockenheit und Sicherheit. Dieses Identischsein ist für mich das ganz besondere. Nicht die Gott-Mensch-Zeugung. Sie scheint doch sehr der griechischen Mythologie entlehnt zu sein. Wenn man sich selbst ernst nimmt, auf sich hört, und versucht, mit sich identisch zu sein, ist es eigentlich nicht möglich, sich irgendeinem System wirklich anzupassen. Man kann nicht wirklich braun, rot, schwarz oder grün sein. Eben nur man selbst. Daher versuchen die totalitären Systeme wohl auch immer so vehement gegen das Individuum zu Felde ziehen.

Usedom, den 6. 8. 1985

Liebe Eltern,
wir sind mit unserem voll bepackten Bus im Ferienhäuschen etwas zerdrückt aber heil gelandet. Es ist in der Tat unser erster richtiger Ferienplatz seit Jahren!!! Der Strand ist über einen Kiefernwald erreichbar. Er ist breit und flach. Ideal für die Kinder. Unser erstes Bad haben wir schon gestern nach unserer Ankunft genommen. Nun hoffen wir, dass es noch etwas sonniger wird.

Seid ganz herzlich von uns allen gegrüßt
Eure B.

Potsdam, den 30. 8. 1985

Liebe Eltern,
ehe der September mit allen neuen Aufgaben über uns hereinbricht, sollt Ihr schnell noch einen Brief haben. Habt Dank, dass Ihr gekommen seid. Dass wir über alle Dinge sprechen konnten, die uns seit Evas Scheidung so sehr schmerzten. Wir haben die ganze Geschichte von Eva seit Jahren so oft erzählt bekommen. Die Sorgen und das Mitwissen hatten uns sehr belastet. Nun bin ich froh, etwas Abstand zu haben. Für Eva und Johannes hoffen wir auf einen guten Anfang in Berlin und für Maria und Hanns-Jürgen in Wustrow. Knut ist mir in all den Wochen ein treuer Partner gewesen. Seine leise beständige Liebe hat all meine Trauer aufgefangen. Albrecht, Simon, Adrian und Phillip baden augenblicklich

im Pool der Nachbarn. Die Kleinen schlafen. Eine kurze Zeit der Regeneration. Nun muss ich noch drei Turnbeutel für den Kindergarten nähen, Schreibtische und Schulmappen vom Ferienmüll befreien.

Bleibt behütet und seid ganz lieb gegrüßt
Eure B.

Potsdam, den 27. 9. 1985

Liebe Eltern!
Nun wird es Zeit, dass endlich wieder ein Brief an Euch auf den Weg kommt. Der September hatte es in sich. Die Schulkinder haben sich gut an den Schulrhythmus gewöhnt. Alles läuft wieder selbstverständlicher. Viele Einsen gab es schon. Zwei Elternversammlungen, eine EA-Sitzung liegen hinter uns. Gut, dass die Kinder den ideologischen Druck und die ganze Verlogenheit des Systems nicht so belastend erleben wie wir Eltern. Constantin hat zurzeit Schnupfen und erhöhte Temperatur. So behielt ich die Zwillinge heute beide zu Hause. Meine Zahnbehandlung geht sehr langsam vorwärts. Ich hoffe, dass ich im Oktober wieder richtig lachen kann. Von der Kaderleiterin meines Institutes erfuhr ich, dass Prof. Schneeweiß mich zum 3. 10. einstellt und allen meinen Bedingungen zustimmte: Erstens Halbtagsbeschäftigung, zweitens Arbeit am häuslichen Schreibtisch. Soviel Entgegenkommen hatte es im Institut noch nie gegeben. Etwas bange wird mir, ob ich allen neuen Aufgaben gewachsen bin. Wir werden sehen. Vier Spanischlektionen habe ich bisher absolviert. Ein Mitschüler ist Pfarrer Schulz von der Schülerarbeit, der den Nicaraguabericht schrieb. Der Unterricht und das Lernen machen mir viel Spaß. Spanisch ist relativ leicht zu lernen. Es gibt keine Deklinationen. Nur feminine und maskuline Substantive. Das erleichtert Vieles. Ob ich den Kurs durchhalten kann, wenn ich mit der Arbeit beginne, weiß ich noch nicht. Inzwischen hat Albrecht Hanna vom Kindergarten abgeholt. Sie sind gleich in Simons Bude verschwunden. Mit seinem Freund schleppt Simon auf dem Heimweg von der Schule eine Menge Dinge an, die er aus den Mülltonnen ausbuddelt: eine alte Kaffeemühle, eine Brotschneidemaschine, Stullenbrettchen, die wir dann irgendwann wieder in der

Mülltonne verschwinden lassen. Heute fand er die größte Attraktion: ein komplettes Autospiel mit Straßen und Schildern. Alles war heil und sauber verpackt. Nur tüchtig verstaubt. Ich vermute, dass irgendein Nachbar das Spiel für ihn neben den Container stellte, um hinter dem Fenster die Reaktion unseres „Schrotties" abzuwarten. Simon war selig. Er ist überhaupt das intensivste unserer Kinder. Er hat so eine stabile Kinderwelt, aus der er sich von niemandem herausdrängen lässt. Er bringt in letzter Zeit sehr viele Klassenkameraden mit in den Garten und ich freue mich, wie kameradschaftlich er mit ihnen umgeht. Auch wenn seine Hausaufgaben noch etwas unordentlich aussehen, so sind sie immer richtig. Am 30. 9. fahren wir wieder mit Simon in die Charite. Er bekommt dann seine Zahnspange. Annegret will in der kommenden Woche mit der Jungen Gemeinde beginnen. Als Kindergottesdiensthelferin wurde sie schon von Frau Greger geworben. Sie will es mit einer Freundin gemeinsam versuchen. Wie habt Ihr den September mit allen Terminen überstanden? Ich will noch einen Brief an Hanns-Jürgen schreiben, der ja heute Geburtstag hat. Ob Albrecht in den Herbstferien zu Euch kommen kann? Annegret wollte mit Simon nach Angermünde fahren. Die Zwillinge sind aufgewacht. Bleibt behütet.

Seid lieb von uns allen gegrüßt
Eure B.

Potsdam, den 2. 11. 1985

Liebe Eltern,
heute kam Mutters Brief an. Habt herzlichen Dank dafür. Das ist ein schönes Gedicht. So schnell ist der Sommer an uns vorbeigegangen. Durch all die familiären Aufregungen hat man das Gefühl, ihn kaum wahrgenommen zu haben. Am Montag werde ich mit Simon wieder nach Berlin in die Charité fahren. Nach dem Zahnarztbesuch wollen wir bei Eva und Johannes vorbeischauen. Bei uns ist alles wieder gesund und munter. Heute Abend gehen wir in die Nikolaikirche, wo der Oratorienchor den „Messias" aufführt. So kommt etwas Glanz in den grauen November. Meine Arbeit für das Institut konnte ich in dieser Woche gut

erledigen. Die Arbeit schließt an die Honorararbeit der letzten Jahre direkt an. Ich arbeite als Lektorin und korrigiere Kurzreferate, die aus dem Englischen, Russischen und Italienischen übersetzt wurden. Die Kurzreferate kommen in unsere Zeitschrift und werden in einem DDR-Zentralcomputer eingespeist. So lerne ich bei dieser Arbeit viel Neues, was mir gut gefällt. Und ein Hauch der großen weiten Welt fällt auf meinen Schreibtisch. Dass ich alles am häuslichen Schreibtisch und in eigener Regie erledigen kann, ist besonders erfreulich und entspricht meinem Naturell besser, als das tägliche Absitzen im Institut, wo es ja auch immer viel Leerlauf und den langen Arbeitsweg gibt. Der Kontakt mit den Kollegen fehlt mir aber schon. Er beschränkt sich nur auf meine wöchentlichen Kurzaufenthalte, um die Arbeit abzugeben oder abzuholen. Oft bringt mir mein Abteilungsleiter die Arbeit selbst vorbei. Dann halten wir ein kurzes Schwätzchen und besprechen alles Wichtige. Dass Du noch immer ohne tägliche Hilfe im Haushalt bist, ist ja bitter. Wenn man körperlich überfordert ist, stellen sich auch Depressionen ein. Wie wird es nun mit Eurem Ruhestand werden? Wollt Ihr tatsächlich nach Berlin-Johannisthal ziehen? Die Zwillinge haben ihren Mittagsschlaf beendet und ich werde unten gebraucht. So will ich schnell Schluss machen.

Seid bis zum nächsten Mal ganz herzlich gegrüßt
Eure B.

Potsdam, den 17. 11. 1985

Liebe Eltern!
Gestern Abend fand ein Leseabend im Kreiskulturhaus Babelsberg vor den Mitarbeitern unseres Institutes statt. Ich habe die Geschichte von der Elternversammlung gelesen. Als ich auf meinen Platz ging, drückte mir Gabi die Hand. Es war sehr mutig von ihr, sich zu mir zu bekennen, nachdem der Parteisekretär während meiner Lesung den Raum verließ (der Feigling!!!). Gabi ist zurzeit für ein halbes Jahr an der Bezirksparteischule, wo sie als Schuldirektorin „geschult" wird. Ich habe den Schluss der Erzählung verändert: „[…] Herr S. meldet sich. Er

vermisse Wehrpolitisches. Die Angst mit vielen Gesichtern gewinnt ihr abgekartetes Spiel. Als Herr S. zum Elternbeirat gewählt wird, hebe ich meine Hand, als gehörte sie nicht zu mir." Ich glaube, so ist der Schluss besser als bei der ersten Version. Der Automatismus, der uns in diese Selbstverleugnung einrasten lässt, wird so vielleicht besser benannt. Auch, dass eine Inkonsequenz immer eine weitere Inkonsequenz nach sich zieht, wird so deutlicher. Seit einer Woche sind die Zwillinge wieder im Kindergarten. Sie haben nur noch einen Restschnupfen. Sind aber sehr munter. Wir freuen uns alle schon sehr auf Mutters 60. Geburtstag. Damit es für Euch mit uns nicht zu turbulent wird, wollten wir erst am 8. 12. anreisen. Für den 9. 12. und 10. 12. werden wir Urlaub nehmen. Mit meiner Arbeit komme ich gut klar. Sie macht mir viel Spaß. Den Spanischunterricht musste ich nun schweren Herzens doch aufgeben. Es bleibt mir einfach zu wenig Zeit zum Lernen. Die müsste ich der geringen Freizeit abzwacken. Am Mittwoch haben wir mit dem Zirkel einen Leseabend vor Arbeitern des Karl-Marx-Werkes. Langsam gewöhne ich mich an das öffentliche Lesen, wenn ich auch jedes Mal vorher sehr aufgeregt bin.

Es grüßt Euch herzlich und hat Euch lieb
Eure B.

Potsdam, den 21. 1. 1986

Seit einem Monat ist Vater tot. Am 17. 12. erlitt er während einer Thrombosetherapie ein Gehirnbluten. Am Morgen des 19. 12. starb er. Seit dem 17. 12. wachten Mutter, Eva und ich an seinem Bett auf der Intensivstation. Jetzt nach einem Monat kommen mir die Erlebnisse seines Sterbens, die Trauerfeier, die Beerdigung, die vielen Gespräche, Briefe, das Zusammensein in der Familie ganz unwirklich vor. Als wäre alles nur ein böser Traum gewesen. Ich denke, irgendwann muss dieses Traurigsein doch vorbei sein. Irgendwann wird Vater anrufen und von seiner weiten Reise erzählen. Und wir werden wieder alle glücklich sein. Der Verstand hat alle Ereignisse genau registriert. Aber die Seele nicht. Sie braucht viel Zeit, um das Furchtbare zu begreifen. Es ist, als habe mein Leben so gänzlich seinen Sinn verloren. Alles erscheint mir fade und freudlos. Obwohl mein

Leben sich nicht wesentlich verändert hat. Constantin sagte gestern Abend: „Mutti, du musst nicht traurig sein, der Opa ist im Himmel. Da geht es ihm doch gut." Für die Kinder ist die Trennung zwischen Himmel und Erde, Tod und Leben noch nicht vorhanden. Auch der Tod erscheint ihnen viel normaler und dazugehöriger zum Leben als uns. Aber sie können auch noch nicht die Endgültigkeit und das Niemehr begreifen. Die Glücklichen. Augenblicklich versuchen wir für Mutter eine Wohnung in Potsdam zu bekommen. So kann sie vielleicht im Herbst das große Haus in Nordhausen verlassen, um hier bei uns ganz in der Nähe eine Wohnung zu beziehen. Es gibt da schon einen ersten Hoffnungsschimmer. „Dass das irdische Paradies des Menschen nur dort gelegen hat, woher der unzerstörbare Zauber weht, der stark genug ist, das Leben, auch des Vertriebenen, bis an sein Ende zu beglänzen," schrieb Ehm Welk in seinem Vorwort zu den „Heiden von Kummerow". Ich habe das Gefühl, endgültig aus dem Kindheitsparadies geschleudert zu sein. Nun bin ich endgültig erwachsen geworden. Und ich wäre doch manchmal noch so gern ein wenig Kind geblieben. Zum Anlehnen und Ausruhen von dem eigenen strapaziösen Mutterdasein.

Petzow, den 7. 4. 1986

Einem Schwalbennest gleich klebt mein Zimmer unter dem Dach des Schriftstellerheimes in Petzow. Unser Schreibkurs ist hier zu einer Werkstattwoche. Ich bin gerade erst angekommen. Es ist schon spät. Annegret hatte heute ihren 14. Geburtstag. So musste ich nachreisen. Knut brachte mich mit den Kindern hierher. In den Zimmern klappern schon die Schreibmaschinen. Ich schaue auf den stillen See und fühle mich etwas verloren in dem fremden Haus. Auf der blätterlosen Birke vor dem Fenster singt eine Amsel ein ergreifendes Lied in den nebelweißen Abend. Ich habe keine Texte für die Schreibmaschine. Schreibe zwei Dankesbriefe für die Osterpäckchen. Noch ist das fröhliche Mädchengetümmel des Geburtstages in meinen Ohren. Oft habe ich mich in der letzten Zeit nach dem Alleinsein gesehnt. Aber nun überfällt mich eine tiefe Traurigkeit. Am Abend wird Gabriele G. aus ihrem Krimi „Schuldschein gegen Totenschein" lesen, den sie für die Fernsehserie „Polizeiruf 110" schrieb.

Kein Interesse. Aber so richtig weiß ich auch nicht, was mich jetzt wirklich interessiert.

Petzow, den 8. 4. 1986

Keine morgendlichen Kinderstimmen. Nur Autolärm und Baumaschinen. Gleich nach dem Frühstück klappern in den Nachbarzimmern schon wieder die Schreibmaschinen. Ich werde mir heute noch einmal meine letzten Gedichte vornehmen. Nachmittags ist eine Lesung mit Maria Seidemann. Ich bin gespannt, was sie schreibt. Am Abend ist Werkstatt Griechische Mythologie – der Odysseuszyklus nach Gustav Schwab. Das ist noch ein echtes Defizit bei mir. Die hatte ich als Kind gelesen. Aber das ist sehr, sehr lange her. Jetzt kann ich mir die vielen Namen kaum merken. In mir breitet sich die Odyssee meiner Familie des letzten Jahres aus: die Scheidung meiner Schwester im August, die Trennung der Familie in Vater – Tochter – Familie und Mutter – Sohn – Familie, der Tod meines Vaters im Dezember. Das alles lässt mir kaum Platz für fremde und fiktive Geschichten. So hänge ich immer wieder meinen eigenen Gedanken nach. Gleite ab. Kann nichts schreiben.

Petzow, den 10. 4. 1986

Meine Familie fehlt mir sehr. Es fällt mir schwer, mich in diese Schreibgemeinschaft einzufinden, obwohl sie alle sehr nett sind. Da ich seit einem halben Jahr wieder halbtags im Institut arbeite, ist in der letzten Zeit viel Neues zu verkraften gewesen. In all die Veränderungen brach der Tod des Vaters herein. Kaum zur Ruhe gekommen, holt sich jetzt die Seele die versäumte Aufmerksamkeit. In den letzten Wochen war Mutter viel bei uns. Täglich telefonieren wir miteinander. Wir wollen ihr zeigen, dass sie nicht allein ist und es auch für sie noch viele schöne Dinge gibt. Gut, dass sie im September in die Wohnung in der Kiezstraße in Potsdam einziehen kann. Die Vorbereitungen des Umzuges lenken sie ab. Aber nach all den vielen Umzügen wird das der erste ohne Vater sein. Die Eltern bewohnten bisher ein großes Haus mit acht Zimmern. Wie soll sie all die vielen Möbel in drei Zimmern unterbringen? Und unser Haus

ist randvoll. Eigentlich sollte ich mich jetzt literarischen Themen widmen. Und da fallen mir nur profane Alltagsdinge ein. Gestern Abend hatten wir eine wirklich gute Lesung mit Werner Bernreuter. Seine Gedichte sind witzig, geistreich und sehr poetisch. Danach las er noch Gedichte von Bulat Okutschawa „Romanze vom Arbat". Die haben mich sehr begeistert und kurzzeitig von meinen Grübeleien befreit. Mein Herz erreicht, wie das traurige Lied der Amsel vor meinem Fenster. Die Lieder haben eine Traurigkeit, nach der ich mich so sehne. In meinem eingemauerten Land ist kein Platz für Trauer. Überall nur Durchhalteparolen. So kommt auch kaum Hoffnung auf. Nur Depression. Nun will ich hier wenigstens meine Trauer zulassen und sie nicht immer mit Hoffnungsparolen für meine Mutter verkleistern. Auch Knut ist es gewöhnt, dass ich der fröhliche Part unserer Beziehung bin. Auch er hat mich auf diese Rolle festgelegt.
Hier kann ich endlich für mich allein einmal richtig traurig sein. Wenigstens für die Stunden des Alleinseins. Das gefällt mir sehr. Auch wenn keine einzige poetische Zeile auf mein Papier kommt.

Potsdam, den 24. 4. 1986

Liebe Mutter,
schon mehrmals hatte ich einen Brief an Dich begonnen. Er sollte doch pünktlich zu Eurem 40. Hochzeitstag ankommen. Es war wie eine Hürde. Constantins Unfall und die Elternaktivsitzung raubten viel Zeit. Heute kam Dein Brief. Nun ist das Schreiben leichter. Das ist wirklich merkwürdig, dass Vaters letzter Vortrag „das Leben mit dem Tod" zum Thema hatte. Im Nachhinein scheint alles irgendwie vorherbestimmt. So schien mir Vater auch im Sterben. Morgen an Eurem 40. Hochzeitstag werden wir in Gedanken besonders bei Dir, bei Euch, sein. Wie vor 40 Jahren liegt so viel Ungewisses vor Dir. Wo wirst Du demnächst wohnen? Wirst Du allem Kommenden gewachsen sein? Möge sich bald für Dich der richtige Weg zeigen. Heute Nachmittag waren wir an Vaters Grab. Wir haben die alten Blumen abgenommen und frische gepflanzt. Und kräftig gehackt und geharkt. Bei der Bepflanzung können sie unsere Blumen vielleicht weiter verwenden. Jedenfalls blüht es jetzt frühlingshaft auf Vaters Grab. Auch ringsherum wird es jetzt zaghaft grün. Constantins Wunde ist

gut verheilt. Auch Hanna und Knut geht es wieder besser. Ich habe in dieser Woche sehr viel Arbeit. Die Petzow-Woche muss erst am Schreibtisch und im Haus abgearbeitet werden. Anscheinend bin ich inzwischen die einzige Korrektantin im Institut. Morgen müsste ich fertig werden. Knut hat noch etwas an der Gartenmauer gearbeitet. Vielleicht kann Annegret schon am Wochenende ihr Gärtchen einrichten. Dann ist sie wenigstens wieder mehr an der frischen Luft. Am Schreibtisch hat sie schon vor Wochen ihren neuen Garten entworfen. Samen und Pflanzen gekauft. Auf Dein Kommen am 6. 5. freuen wir uns sehr.

Sei ganz lieb von uns allen gegrüßt
Deine B.

Bienenmühle, den 13. 5. 1986

Liebe Mutter,
gegen Mittag sind wir hier in Bienenmühle gelandet und konnten gleich unser erstes Urlaubsmittagsmahl im Nachbarhaus einnehmen. Nach dem Bettenbeziehen (acht Mal!!!) und Einräumen haben wir mit den Zwillingen ein wenig geruht. Wir bewohnen drei Zimmer. Ein Doppelbettzimmer (Eltern), zwei Dreibettzimmer (Kinder). Jetzt sitzen wir auf einer Bergwiese am Waldrand. Die Kinder spielen an einer Quelle. Annegret sammelt Kräuter. Auf Papier trocknet schon die erste Ernte. Ob Ihr Eure große Reise schon bewältigt habt? Die Zwillinge müssen sich erst an das abschüssige Gelände gewöhnen. Die Beine laufen schneller, als sie das einplanen können. Beulen prangen schon an ihren Stirnen. Mit dem „Urlaub" (so nennen sie das Wohnhaus und die Gaststätte) sind sie sehr einverstanden. Wir hoffen, dass wir uns hier gut erholen können. Den Tapetenwechsel hatten wir sehr nötig. Ob Du für Juni noch einen Urlaubsplatz bekommen konntest? Wir denken sehr gern an Marias Konfirmation in Niehagen zurück. Diesmal freute sich jeder über das Wiedersehen. Es war nicht mehr so verkrampft wie an Deinem 60. Geburtstag. Vielleicht wird man einmal wieder ehrlich und offen miteinander reden können. Hinter uns rattern drei Traktoren. Sie bringen Kühe auf die Weide. Das ist für die Kinder sehr spannend. Das Leben hier im Gebirge ist so

überschaubar. Es gibt wenig Touristen. Knut liest im Reiseführer Prag. Wir wollen uns nur wenige Fahrten vornehmen. Aber nach Prag wollen wir unbedingt. Es wird für die Kinder der erste Auslandsaufenthalt sein. Ob Dir die Wohnungsfrage schon klarer ist? Wir müssten noch einmal erfragen, ob die Kiezstraße auch eine unbegrenzte Lösung wäre? Dann kannst Du in Ruhe entscheiden, ob Du tatsächlich im Predigerwitwenhaus Oberin werden willst, oder doch lieber „Frau für sich" in der Kiezstrasse bevorzugst. Nun wünsche ich Euch eine schöne Zeit im Schwarzwald miteinander.

Ganz liebe Grüße
Deine B.

Potsdam, den 6. 7. 1986

Nur wenige kleine Texte habe ich bisher zustande gebracht. Lyrische Prosa. Soll ich weitermachen? Wem nützen sie? Sie erscheinen mir immer etwas vernebelt von Konventionen. Nie sagen sie das, was ich wirklich sagen möchte. Viel zu schnell setze ich meine Gedanken in Bilder um. Bevor die Gedanken zu Ende gedacht sind. Als Bilder führen sie ein Eigenleben. Ihre Entschlüsselung trifft dann doch nicht den wirklichen Gedanken. Der Prozess scheint irreversibel zu sein. Die Metaphern sind nicht mehr zurückübersetzbar. Vielleicht ist die Prosa mir doch entsprechender. Hier kann ich meine Gedanken ausschweifen lassen. Aber eine kleine Kindergeschichte habe ich aufgeschrieben. Wenigstens etwas:

Amade

Es dauert eine gute Weile bis die Hummelmutter Ilsebrumm alle Kinder geweckt hat. Einige putzen sogleich geschäftig das schwarz-gelbe Fell. Raps und Mohn, die beiden Ältesten, stellen sich an den Nesteingang und fächeln mit den Flügeln frische Morgenluft in das Nest. Das Hummelmädchen Amade regt unfroh die Beine. Das hatte es noch nie gegeben. Schon die dritte Nacht hatte sie nicht geträumt. Nur bleiernd dumpf hatte der Schlaf sie in die Arme genommen und wieder entlassen. Kein langsames Hinübergleiten aus dem Traumland mit dem Vanilleschotengeruch der lispelnden Grasnelke. Ich habe schon wieder nicht geträumt, flüstert Amade der Mutter beim Honigtaufrühstück ins Ohr. Niemand träumt jede Nacht. Vielleicht bist du gewachsen und deine Träume müssen erst nachwachsen, beruhigt Ilsebrumm die Tochter. Amade schaut auf ihre Beine. Vergleicht sie mit den Beinen der Schwestern. Noch immer sind sie zu kurz und zu dünn und baumeln beim Sitzen hilflos in der Luft. Mutter Ilsebrumm schaut drohend in die Geschwisterrunde. Wermut und Hasenklee streiten um die Reste des Honigtaufrühstücks. Ilsebrumm zupft sie am Pelz. Dann schickt sie alle Hummelkinder zu ihren Sammelplätzen. Amade fliegt in den nahen Förstergarten. Wie jeden Morgen erwartet sie schon die schwarz-blaue Stubenfliege Paul. Eigentlich mag sie Paul mit dem unaufhörlichen Summen nicht sehr. Aber sicher fehlte er ihr, wenn er hier nicht auf sie wartete. Träumst du jede Nacht? Dass kann ich mir nicht merken. Ekelhaft, wie sich Paul wieder gierig auf die Schafsköddel stürzt. Sie dreht sich weg. Landet geradewegs auf der Mohnblume Gloria. Oh, sind sie aber schön geworden. Besorgt ordnet Gloria nach jeder Berührung ihre roten Blütenblätter. Träumen sie jede Nacht? Ich habe keine Zeit darüber nachzudenken. So eine Blütenpracht will gepflegt sein. Amade fliegt auf ein großes Sonnenblumenblatt. Hier kann sie unbesorgt ausruhen. Die haarigen Blätter halten sie. Auch wenn sie eingeschlafen ist und der Wind etwas heftiger an den Blättern zottelt. Ein vertrautes Summen. Eine alte Hummeldame hat sich zu ihr gesetzt. Sie atmet schwer. Nun, hast du schon tüchtig Honig gesammelt? Ich mag heute nicht. Ich habe heute Nacht nicht geträumt. Und gestern und vorgestern auch nicht. Träumen sie jede Nacht? Häufig. Viele meiner Freunde sind schon tot. Im Traum begegnen sie mir. Sind sie dann traurig, wenn sie aufwachen? Vielleicht. Aber im Traum sind die Toten anders als im Leben. Die Hummeldame fröstelt. Ich glaube, dass es heute noch ein Unwetter geben wird. Ich will mich auf den Heimweg machen. Sssst summt es über Amades Kopf. Sssst ich habe dich schon überall gesucht. Amade, wollen wir verstecken spielen? Ich finde dich doch überall an deinem Schafsköddelgeruch. Dann versteck du dich. Sssich zähle bis zehn. Ssseins, zwei, dreisss. Amade sucht nach einem passenden Versteck. Sssvier, fünf, achtsss. Noch immer kann

Paul nicht bis zehn zählen. Paul beginnt noch einmal. Ssseins, sszwei, sssdrei. Eine Glockenblume hält Amade ihren Blütenkelch entgegen. Verraten sie mich nicht. Wir spielen Versteck. Zehnsss ruft Paul triumphierend. Dann brummt er von Blume zu Blume. Sucht unter jedem Blatt. Eine Windbö peitscht durch den Förstergarten. Die Blütenkelche der Blumen neigen sich zur Erde. Amade fliegt aus der Glockenblume heraus. Fällt. Und wird aufgefangen. Leicht und federnd. Im Netz der Spinne Ukra. Alle Beine haben sich im klebrigen Gespinst verfangen. Sie strampelt, reißt und zerrt.

Es ruckt. Eine Masche hat sich gelöst. Das Netz teilt sich. Amade rutscht tiefer. Baumelt wie ein Pendel zwischen Himmel und Erde. Noch immer sind ihre Beine gefesselt. Schon kommt die Spinne Ukra aus ihrem Versteck. Spinnt neue Fäden. Die Rissstellen verbindend. Langsam zieht sie Amade am pendelnden Faden zu sich empor. Eine zweite Windbö zerbläst das Spinnennetz. Schleudert das Hummelmädchen direkt auf die Wiese. Ein Sturzregen durchnässt den schwarz-gelben Pelz und die Flügel. Als der Regen endlich vorüber ist, putzt Amade Flügel und Fell. Krabbelt zur trockenen Kiefernwurzelhöhle. Dunkel ist es geworden. Nur das Mondlicht glitzert in einem weißen Kiesel. Das muss der Mondkiesel sein. Ganz dicht krabbelt Amade an den Stein heran. Allwissender Mondkiesel, kannst du mir sagen, wo meine Träume geblieben sind? Es ist ganz still. Dann klirrt es, als schlüge feines Porzellan aneinander. Ob man träumt oder nicht träumt, liegt an der Tiefe des Schlafes. Wenn er leicht ist, kurz vor dem Aufwachen, träumt man oft nur kurze Zeit. Im Traum nehmen alle unsere Empfindungen ihren freien Lauf. Unabhängig von Raum und Zeit. Begebenheiten setzen sich wie ein Mosaik aneinander. Aber die Steine stammen aus den Steinbrüchen unserer Erfahrungen … Dann ist es wieder still. So still, dass Amade denkt, sie habe geträumt.

Potsdam, den 8. 7. 1986

Vor einigen Tagen habe ich das erste Mal einen Pass nach Westdeutschland beantragt. In dringenden „Familienangelegenheiten“. So heißt das jetzt. Die Schwester meines Großvaters wird am 1. 8. in Frankfurt am Main achtzig Jahre alt. Ob das ein dringender Grund ist? Nach 25 Jahren würde ich das erste Mal wieder die deutsch-deutsche Grenze passieren. Ich kann es noch nicht richtig glauben. Ich benötigte eine Geburtsurkunde der Tante, eine polizeiliche Meldebescheinigung der Tante, eine schriftliche Befürwortung von meinem Institut. Dabei würde ich wohl keine Sekunde daran denken, in Westdeutschland zu bleiben, da Knut und die Kinder nicht mitkommen dürfen. Nur meine Mutter, die ja nun schon Rentnerin ist, würde mit mir fahren. Erst zwei Tage vor der Abfahrt werde ich Nachricht bekommen. Ich versuche, nicht ständig an die Reise zu denken. Was mir nicht leicht fällt. Nachts träume ich von Behörden, Pässen und Grenzübergängen. Mit Mutter und Knut habe ich die Reiseroute geplant. Um möglichst viele Besuche machen zu können, werden wir jede Nacht in einem anderen Quartier schlafen. Von Frankfurt bis nach Köln würden wir fahren. Wenn ich auf die Karte schaue, kommt doch schon Vorfreude auf. Meine Angst, enttäuscht zu werden, ist sehr groß. So bleibt die Vorfreude zaghaft. Ob wir noch normal sind, denke ich manchmal. Ob dieses sich Zurücknehmen und Vorsehen nicht schon neurotisch ist? Wie lange wird das noch so sein? „Viel Hass und unterdrücktes Wissen war in Troja, ehe der Feind, der Grieche, all unser Übelwollen auf sich zog und uns gegen ihn, zunächst, zusammen schloss“, schreibt Christa Wolf in Kassandra.

Angermünde, den 8. 8. 1986

Auf unserem kleinen Nachttisch im Urlaubshaus am Wolletzsee liegt ein rot-weiß-blauer Band „Baedekers Reiseführer Deutschland“. Mein Mitbringsel für Knut von meiner ersten Westreise mit der großen Hoffnung, bald gemeinsam fahren zu können. Mit den Kindern und Knut wandere ich noch einmal alle Stationen der siebentägigen Reise ab. Ich muss erzählen, erzählen …

Wenn es etwas leiser im Urlaubshaus geworden ist, lese ich in Max Picards Buch über das Schweigen. Es ist eines der vielen Bücher, die ich aus der väterlichen Bibliothek geerbt habe. Nun versuche ich, mich langsam hindurchzuarbeiten. Mit den dünnen Bändchen beginne ich. „Das Schweigen ist ein Urphänomen. Das sich auf nichts zurückführen lässt. Das andere Urphänomen, das der Mensch zu jeder Zeit zur Verfügung hat, ist die Sexualität. Da das Schweigen heute nahezu vernichtet ist, hält sich der Mensch heute allzu sehr an das Urphänomen Sexualität. Und merkt nicht, dass die Sexualität jedes Maß verliert und falsch wird, wenn sie nicht in der Reihe der anderen Urphänomene geborgen ist und in Ordnung gehalten wird. Das Schweigen ragt wie ein lebendes Urtier in den Lärm der Welt von heute hinein. Noch sieht man den breiten Rücken des Schweigens. Aber immer tiefer versinkt das ganze Urtier im Gestrüpp des Lärms von heute".

Weihnachtsbrief 1986

In diesem Jahr fiel es uns schwer, die Weihnachtskiste mit den Sternen, Bändern, Leuchtern, Krippenfiguren und Transparenten herauszuholen. Das Einläuten der Adventszeit vorzubereiten. Mit all diesen Erinnerungen unserer gemeinsamen sechzehnjährigen Weihnachtstradition kommt die Erinnerung an den zweiten Advent des vorigen Jahres, als wir mit den Eltern und Verwandten auf der Burg Bodenstein im Eichsfeld Mutters 60. Geburtstag feierten. Vater hielt den Gottesdienst. Seinen letzten. Zehn Tage später starb er. Vielleicht mag der Dichter des Adventsliedes „Wie soll ich dich empfangen" um solche Ratlosigkeit gewusst haben, denn in der siebten Strophe schreibt er: „Ihr dürft euch nicht bemühen; noch sorgen Tag und Nacht, wie ihr ihn wollet ziehen mit eures Armes Macht. Er kommt, er kommt mit Willen, ist voller Lieb und Lust, all Angst und Not zu stillen, die Ihm an Euch bewusst." Wenn uns auch viele Aussagen verborgen bleiben, so können wir doch emotional in dieses Adventslied einstimmen.

Weihnachtsbrief 1987

Ehe sich der Tag mit dem Abend vermählt, gehe ich noch einmal hinaus in den Garten. Die Stimmen im Haus werden leiser. Verlieren ihre Aggressivität. Im erhellten Fenster erscheint ein blonder Kopf: Cornelius. Er sitzt auf der Fensterbank. Auf seinem Rücken hängt ein selbst gebautes Gewehr, auf dem Kopf trägt er einen braunen Schlapphut. Den vor dem Fenster tanzenden Schneeflocken wird er vielleicht erzählen, dass er einmal Kuhhirte werden wird. Das Gewehr für die Wölfe braucht. Wenn eine Schneeflocke ihm zuhören sollte, wird er ihr seine Kuh zeigen. Winzig klein. Aus schwarz-weißer Plastik. Seit Wochen sein wichtigstes Requisit in der Hosentasche. Unbeeindruckt von den Träumen seines Zwillingsbruders baut Constantin auf dem Fußboden Häuser, Autos und Flugzeuge aus Bausteinen. Oft sieht er Hanna bei den Hausaufgaben über die Schultern und übt schon mal im eigenen Heft: Oma, Papa, Mama. Hanna ist von der Schule enttäuscht. Alles geht zu langsam. Seit einem Monat übt sie die ersten Töne auf der Blockflöte.

Seit Fußball und Skateboard Winterpause haben ist auch Simon häufig in den Zimmern der Kleinen zu finden. Was nicht immer gut geht. Dann versucht er Albrecht zu einem Spiel zu überreden oder liest. Dabei wird er oft sehr nachdenklich. Einmal fragte er mich: „Wer macht nun eigentlich den Frieden, Gott oder die Sowjetunion?“ Albrecht und Annegrets „wohltemperiertes Klavier“ ist augenblicklich eher etwas unterkühlt. Dafür ist das Radio pausenlos zu hören. Albrecht übt gerade die Rolle des tapferen Schneiderleins. Das Stück von Peter Haacks soll in den Vorweihnachtstagen in der Schule aufgeführt werden. Im Oktober erhielt Annegret die Zulassung für die Abiturstufe. Darüber sind wir sehr froh, denn sie ist augenblicklich in der Schule sehr unterfordert. Ich arbeite sechs Stunden täglich im Institut für die Dokumentation und Information. Übersetze Zeitschriften und Patente. Überwiegend am häuslichen Schreibtisch. Knut arbeitet an den Vorarbeiten für die Elbebrücke bei Torgau. Bis zur Realisierung des Projektes wird es noch einige Zeit dauern. Auch ist es noch nicht gewiss, ob die finanziellen Mittel dafür vorhanden sind. Aber es ist bisher Knuts umfangreichste Arbeit. Er hofft sehr, dass sie den Auftrag erhalten.

Weihnachtsbrief im Advent 1988

Herbstabend
Im Rot der Berberitzentrauben
Verglimmt der Sonnenstrahl
Auf einen Ton sich stimmend Blatt und Gras
Die Früchte sind gereift
Der abgekühlte Atem
Webt Nebelbänder übers Land
Schamanenruf ob Amsellaut
Was eben noch kontrastreich sicher schien
Verschimmert permutierend in der Nacht

„nehmt doch ein Licht vom Krippelein
mit in das neue Jahr hinein …"

So endet Constantins Josefrolle. Cornelius ist Hirte. Er bringt ein kleines Lamm aus seiner Herde zum Stall nach Bethlehem. Immer wieder will er es in seinem Part freudestrahlend „auf der Erde legen". Constantin verbessert ihn dann ganz geduldig. „Auf die Erde!" Ob nun im Akkusativ oder Dativ. So intensiv haben sich die Zwillinge mit ihrer Rolle identifiziert, dass Cornelius nicht mehr ohne Pelz und Hirtenstab anzutreffen ist. Und Constantin sich ernsthafte Gedanken macht, ob sein Platz am Heiligen Abend nicht an der Seite Marias alias Saskias wäre. Spiel, Traum und Wirklichkeit haben für sie noch eine einzige Ebene. Vielschichtiger ist schon Hannas Leben, die das zweite Jahr ein Schulkind ist und den Geheimnissen des Lebens auf die Spur kommen möchte. Manchmal schaut sie schon einmal vorfristig hinter die Türchen des Adventskalenders. Am ersten Advent feierte Simon seinen elften Geburtstag. Das Hauptgeschenk war ein Geologenkoffer mit Gesteinsproben und Hammer. Nun schürft er stundenlang nach neuen Fundstücken. Lässt sich auch von Eis und Schnee nicht abhalten. Glasklar kristallisiert sich ein neuer Berufswunsch heraus. Viel Konfliktstoff liefert uns Albrecht, der pubertätsgemäß einen Vierfrontenkrieg führt. Sei es die Haarfrisur, das Quantum an persönlicher Freiheit, die Musik. Alles regt uns und ihn zu endlosen Grundsatzdiskussionen an, aus denen wir meistens als verkalkte Grufties den Rückzug antreten. Annegret ist seit September in der Abitursstufe. Viele Hausaufgaben und Versammlungen lassen ihr wenig Freizeit. Erste Erkundungen nach einem geeigneten Studium bereiten den Abflug aus dem heimatlichen Nest vor. Und Knut und ich beginnen zu begreifen, dass die Veränderung vielleicht das beständigste Element einer Familie ist.

Sie erinnert sich, dass in den Jahren von 1982 bis 1989 fünf Freundesfamilien nach Westdeutschland ausreisten. Viele abendliche Gespräche über Gehen oder Bleiben gab es mit den Freunden. Und tränenreiche Abschiedsfeste. Die letzten Habseligkeiten, die nicht in die neue Welt passten, wurden verteilt. Dann ihr Versinken in eine nicht mehr erreichbare Welt. Nur in den Träumen tauchten die Freunde nächtlich auf. Nur spärliche Nachrichten und Briefe sickerten durch die Grenze. Warum steht nichts davon in ihren Tagebüchern und Briefen? Aus Vorsicht? Vermutete sie, dass ihre Tagebücher in den geheimsten Schüben ihres Schreibtisches vom „allwissenden Ohr" gesucht werden könnten?

Potsdam, den 2. 6. 1989

Annegret packt mit Juliane Iglozelt, Kochgeschirr und etliche Siebensachen. Sie gehen für drei Tage auf Klassenfahrt. Die entscheidenden Klausuren für dieses Jahr sind geschrieben. Albrecht steigt jeden morgen in eine Uniform, um mit Gregor und den Mädchen Zivilverteidigung zu üben. Gregor und Albrecht verweigerten das Schießen. So wurden sie zähneknirschend bei den Mädchen eingeteilt. Der Direktor der Schule lud mich zu einem Gespräch unter vier Augen ein, bei dem er mir mitteilte, dass Albrecht mit seiner ablehnenden „wehrpolitischen" Haltung keine Aussicht hätte, das Abitur in der DDR abzulegen. Trotz eines Zensurendurchschnitts von 1,3. Die schießwilligen Jungen der Klasse sind in ein Lager gefahren. Albrecht und Gregor finden diese Lösung wunderbar. Sie machen sich keine Sorgen um ihre Zukunft. Für Simon und Hanna ist es in der Schule noch unproblematisch. Das Abitur und das Schießen sind noch weit entfernt. Hanna darf noch „Verien" und „Wier" schreiben. Bei ihnen ist alles noch humorvoll und locker. Auch ich selbst sehe die Schule bei den kleineren Kindern unkomplizierter und vertraue ihren Gaben und Fähigkeiten. Und hoffe auf Gerechtigkeit. Die Zwillinge gehen nun den Weg zum Kindergarten allein. Hefte, Stifte und Bücher warten im neuen Schulranzen schon auf die Einschulung am 1. September. Ein Jahr lang werden wir sechs Schulkinder haben. Für den 10. bis 19. 6. haben Knut und ich zum zweiten Mal gemeinsam Reisepässe für Westdeutschland bekommen. Schweren Herzens werden wir unser teures Pfand, unsere Kinder, in Potsdam bei den beiden Großmüttern zurücklassen. Das erste Mal werden Knut und ich gemeinsam ins Rheinland reisen. Nun, da wir die Pässe schon in den Händen haben, können wir uns richtig freuen. Und doch bleiben die Gefühle sehr gemischt. Lange werden wir aufgewühlt und weniger bereit sein, die Tatsächlichkeiten hier anzunehmen.

Potsdam, den 22. 6. 1989

Wir sind gerade von unserer einwöchigen Reise Potsdam, Hannover, Köln, Bonn, Sinzig, Burg Brohl, Maria Laach, Frankfurt, Hannover zurückgekehrt. Auch der Schwiegervater reiste bis Hannover mit, wo seine Geschwister leben. Hand in Hand wanderten Knut und ich am Rhein entlang. Wir liefen über den Frankfurter Römer, bestaunten den Kölner Dom. Und immer glaubten wir in einem Traum zu sein, der gleich enden könnte. So viele Stationen, Bahnhöfe, Städte, Menschen, Begegnungen, Abschiede und Wünsche …

Noch einmal habe ich in Valentin Rasputins „Abschied von Matjora" geblättert: „Wie viele von euch haben ihre Seele total weggeschmissen. Frei von Gepäck können sie vorwärts eilen. Was genehm ist, wird einfach gemacht. Du sagst, dass Maschinen für euch die Arbeit machen. Irr' dich man nicht, längst schon werken die nicht mehr für euch sondern ihr für sie. Und ihr saust ihnen hinterher. Ob ihr sie einholt oder zurückbleibt. Sie haben schon wieder neue Maschinen geschaffen. Die brauchen euch schon lange nicht mehr, dazu lassen sie Maschinen machen." Rasputins Worte fielen uns in Westdeutschland wieder ein. Einerseits gefallen uns das schnellere Lebenstempo und die erfolgreichere Tüchtigkeit der Menschen. Andererseits beobachteten wir das Eilen und Hasten auch mit Besorgnis. Oft erschien uns die Sensibilität der Menschen füreinander geringer zu sein. Nicht bei den wohlhabenden Verwandten, die seit Generationen mit Reichtum maßvoll umgehen können. Und die in geräumigen Villen und großen Gärten wohnen. Sie können ihr Lebenstempo selbst bestimmen. Besonders, wenn das Geld ohne ihr Zutun arbeitet. Dort gibt es genügend Zeit für Gespräche. Aber die Menschen, die täglich um ihre Existenz kämpfen müssen, wirken noch abgehetzter als die Menschen in unserem so uneffektiv arbeitenden Land. Es müsste eine Mischung aus beiden Gesellschaftssystemen geben, in denen von jedem das Beste übernommen wird. Über die Konvergenztheorie hatten wir schon als Studenten in den sechziger Jahren diskutiert …

Potsdam, den 20. 7. 1989

Knut ist zurzeit als Reserveleutnant für vier Wochen eingezogen. Er wohnt in einer Kaserne in Doberlug-Kirchhain. Täglich telefonieren wir miteinander. Ich fürchtete, wieder schwanger zu sein. Knut war besorgt. Vielleicht ist es auch nur Fehlalarm. Ich hoffe es sehr. Die Kinder haben Schulferien und spielen unbeschwert im Garten. Im September werden wir nach 14 ununterbrochenen Kindergartenjahren nur noch Schulkinder haben. Sollte nun noch einmal alles von vorn beginnen? Schwangerschaft, Geburt, Stillen Windeln, Füttern, Töpfchensetzen, erste Schritte, erste Worte … Gerade habe ich angefangen, wieder weitere Schritte aus dem Haus zu unternehmen. Mich langsam aus dem Jeans-T-Shirt-Look herauszuschälen. Nachdem das strenge Regime des Kleinkindalltags nicht mehr ausschließlich meinen Tag bestimmt, kann ich beginnen, einen Teil meines Lebens wieder selbst zu gestalten. Am Tag konnte ich meine Sorgen verdrängen. Manchmal suchte ich aber schon resigniert ein Plätzchen für ein siebentes Bett. Hier im Gartenhaus haben wir fünf Kinderzimmer, die klein und randvoll mit Leben und Kleinkram gefüllt sind. Plötzlich, ein Geschenk des Himmels. In meinem Bauch zieht es. Alles ist in Ordnung. Steine fallen von meiner Seele. Ich rufe Knut an, der vor Freude am Telefon mit mir weint. Eben hat er noch einmal angerufen. Ich erzählte ihm, dass mir mein Leben wie neu geschenkt erscheint. In solchen bedrängten Situationen wird mir bewusst, wie sehr ich an meinem augenblicklichen Leben hänge. An dem prallen gerade zu bewältigenden Kinderleben und den kleinen wenigen Möglichkeiten für uns beide und mich selbst. Auch meine Arbeit für das Institut kann ich jetzt gut am häuslichen Schreibtisch erledigen. Alles hat sich eingespielt.

Heute Nachmittag wollte ich mit Hanna, Constantin und Cornelius in den Film „Die unendliche Geschichte" gehen. Leider bekamen wir keine Karten. Sie waren ausverkauft. So gingen wir in die Kinderbibliothek. Im Vorraum war eine Ausstellung der Förderklasse Keramik. Ich freute mich, als ich Arbeiten von meiner Freundin Corinna entdeckte. Reliefs, Gefäße, Figuren. Seit Corinna vor fünf Jahren die Juristerei aufgab, um nur noch künstlerisch tätig zu sein, hat sie einen gewaltigen Sprung gemacht. Ihre früheren Figuren waren naturalistisch und verspielt. Jetzt hat sie zu einem abstrakteren Stil gefunden. Besonders deutlich bei „Erden" und „Eule".

Wie schön wäre es, wenn mir das auch beim Schreiben gelingen würde. Ich probiere immer etwas Lyrik, etwas Prosa, Pause … Pause … Pause. Meine Mittelmäßigkeit entmutigt mich schon, bevor die ersten Worte auf das Blatt kommen. Dann denke ich, dass es schon zu viele Schreiber gibt. Und vielleicht schon alles gesagt wurde. Dann kehre ich reumütig zu meinem Tagebuch zurück und denke, dass wenigstens mein Leben einmalig und unverwechselbar ist. „Da fühlten wir uns wieder eingefangen in den engen Kehrreim, eingeschlossen in das Leben, das nach Jahreszeiten berechnet wird, das Ferien bringt und Hochzeiten und Todesfälle: all das müßige Treiben der Oberfläche." Sagt Saint-Exupéry im „Südkurier". Also beschreibe ich weiter das „müßige Treiben der Oberfläche". Und lebe wenigstens das intensiv.

Potsdam, den 25. 7. 1989

Streit aus dem Zimmer der Kleinen beim ersten Aufwachen. Ich versuche mich in Nichtzuständigkeit zu mogeln. Noch duschnass gebe ich Anweisungen. Ihr werdet doch wohl … Abtrocknen. Steige in Baumwollkühles. Heute wird es wieder heiß werden. Ich suche Kinderkleider heraus. Überrede Hanna zum Brötchenkaufen. Nur mit dieser Hose. Na gut, dann eben mit der lila Hose. Setze Kaffee- und Teewasser auf. Die Rosen am Haus, Geranien, Oleander und Hibiskus benötigten dringend Wasser. Constantin deckt den Frühstückstisch. Als Dank würde er gern von der halben Tafel Schokolade im Kühlschrank ein kleines Stück? Sollten tatsächlich sechzehn Augen die Schokolade übersehen haben? Wirklich. Auch der Zwillingsbruder ist jetzt sofort hell wach und hat von dem süßen Ereignis im Kühlschrank Wind bekommen. Träge kommen die Schulkinder aus ihren Betten. Im Schlafanzug wird nicht gefrühstückt!! Ein Brötchen befördert Constantins wackligen Zahn heraus. Hurra, nun ist auch er schulreif. Nun hat er wieder was zum Angeben, mauschelt Hanna. Constantin kann den Zahn nicht mehr finden. Wir suchen auf dem Tisch, unter dem Tisch, in der Tasse, auf dem Teller. Na endlich, da ist er. Als sich Brötchenkrümel und Marmelade gleichmäßig auf dem Tisch verteilt haben, gehen die Zwillinge Hand in Hand in den Kindergarten. Annegret erklärt sich für den Abwasch bereit. Albrecht für den Mittagseinkauf. Hanna und Simon haben für diesen Ferientag noch nichts vor. Ich überrede sie, in die Kinderbibliothek zu gehen, um mir meine Schreibtischzeit zu erkämpfen, wo sich Zeitschriften und Patente stapeln.

Potsdam, den 3. 9. 1989

Liebe Mutter,
ganz herzlich danken wir Dir für Deine Karte aus dem Rheinland. Wir freuen uns, dass es Dir gut geht und hoffen, dass Dir der Urlaub Erholung, interessante Eindrücke und viele schöne Begegnungen schenkt. Die letzten Tage nach unserem Ungarnurlaub waren sehr heftig. Seit dem 23. 8. hat Knut Hannas Krankschreibung übernommen. Ich kämpfte mich durch den großen Berg Schreibtischarbeit für das Institut und die Haus-

arbeit durch. Knut hat unser Haus weiß gestrichen. Nun strahlt das Gartenhaus hoffnungsvoll gegen alle Depressionen im Land an. Da Hannas Blinddarmnarbe gut heilte, konnte sie am 1. 9. schon wieder zur Schule. Mit den Schwiegereltern feierten wir am 26. 8. die Einschulung der Zwillinge im Voraus. So hatten wir am 2. 9. mehr Zeit miteinander und konnten uns am Vormittag ganz unseren beiden Schulanfängern widmen, die sich sehr über Deinen Füllhalter freuten. Nachmittags und abends waren Funkes und Jacobs mit Kindern da. Es war ein fröhliches Kinderfest bei strahlendem Sonnenschein. Heute Vormittag hatte ich Kindergottesdienst. Nach neun Ferienwochen bin ich froh, ab morgen wieder stille Schreibtischstunden zu haben. Heute Nachmittag wollen wir eine Fahrt ins Havelland machen, das uns nach unserem Ungarnurlaub im septemberlichen Licht doch auch wieder liebenswert erscheint. Wenn auch ein Hauch Melancholie oder Depression oder Werweisswas über allem liegt. Nun wünschen wir Dir noch viele erholsame Tage in der alten Heimat.

Wir freuen uns auf Dein Nachhausekommen.
Deine Barbara

Potsdam, den 5. 10. 1989

Gestern waren wir zur ersten öffentlichen Versammlung des Neuen Forums in der Friedrichskirche. Da die Kirche die vielen Menschen (6000), die furchtlos herbeigeströmt waren, nicht fassen konnte, fand die Versammlung auf dem Weberplatz statt. Um uns stand eine Kette von Stasileuten, deren Respekt von Stunde zu Stunde schwand. Hinter den Machtgesichtern sahen wir erstmals erleichtert die blanke Angst. Nun waren wir in der Mehrheit. Auch ihre Waffen schreckten uns nicht mehr. Die erste gelungene Großveranstaltung machte mutig und glücklich.
Es wurde laut und vernehmlich gefordert: auf die wahren ethischen Werte des Sozialismus zurückzukommen, freie Wahlen, Versammlungs- und Pressefreiheit, Zulassung aller Bürgerrechtsgruppen, Reisefreiheit, keine Bespitzelung durch die Stasi, mehr Rechtssicherheit für alle Bürger ohne

Unterschied. Alle Forderungen wurden von lauten Beifallsstürmen begleitet. Uralter Frust machte sich endlich Luft. Das Neue Forum, das sich bereits am 19. 9. in vielen Bezirksstädten gegründet hatte (Berlin, Potsdam, Dresden, Leipzig), wollte sich offiziell beim MdI als neue Bürgerplattform anmelden. Die Erstunterzeichner wurden mit der Begründung abgewiesen, dass es keine gesellschaftliche Notwendigkeit für eine solche Organisation gäbe. Seither sind die zwölf Antragsteller unter Hausarrest gestellt worden.

Potsdam, den 12. 10. 1989

Am Nachmittag des 7. 10. war auf der Brandenburger Straße um 14 Uhr die erste Demonstration, an der Knut, Albrecht und ich teilnahmen. Aus Vorsicht blieben Annegret und die Großmutter bei den kleinen Geschwistern zu Hause. Wir wussten ja nicht, was uns passieren würde. Schon am Zimmerplatz warteten die ersten sechs Stasileute auf uns. Auf dem Platz der Nationen begegnete uns ein großes Polizeiaufgebot. Aber auch viele Demonstranten waren gekommen. Wie wir: friedlich und fröhlich mit Blumen in den Händen Wir lächelten uns zu und machten uns gegenseitig Mut. Um 14 Uhr formierte sich der Zug mit dem Losungswort „Wir bleiben hier, verändern wollen wir!“ Dann sangen wir die „Internationale“, „We shall overcome“, „Hejoh, spann den Wagen an“, „Jeder Teil dieser Erde ist meinem Volk heilig“. Es war ein Laufen und Singen gegen die Angst. Beide Straßenseiten waren mit Polizisten und zivilen Beamten der Staatsmacht gesäumt. Eine Polizeikette, die uns entgegen marschierte, stoppte unseren Zug auf der Höhe des Warenhauses. Die Polizisten kamen uns mit Schlagstöcken und Hunden entgegen. Singend zogen wir weiter. Erst wenige Meter vor der Polizeikette stoppten wir und gingen in Richtung Platz der Nationen zurück. Wir hatten unser Ziel erreicht. Die erste friedliche Demonstration war uns gelungen.

Viele junge Leute (etwa 100) wurden später in den Seitenstraßen festgenommen und in einer Turnhalle tagelang gefangen gehalten. Am nächsten Tag stand in den Zeitungen der DDR, dass einige „Randalierer“ in Berlin und anderswo es versucht hätten, mit „gewalttätigen“

Demonstrationen die friedlichen Feierlichkeiten zum 40. Jahrestag zu stören. „Randalierender Mob. Und so haben wir auch die Jungs von der FDJ-Ordnungsgruppe gesehen, die an der Seite der Genossen der Volkspolizei sich dem Spuk entgegenstellten und mithalfen, die Rädelsführer zu verhaften." Schrieb Peter Neumann in der Jungen Welt vom 9. Oktober 1989.

Neunzehn Jahre später wird sie in der Zeitung lesen. "Nach der ersten Demonstration am 7. Oktober, bei der 103 Personen festgenommen worden waren, hatte SED-Bezirkschef G. J. angedroht, dass „unsere Hand" bei der „Niederschlagung konterrevolutionärer Aktivitäten nicht zittern werde". Dabei würdigte er vor allem das „besonnene und entschlossene Handeln" des ersten Sekretärs der SED-Kreisleitung, H. V. In einer Dienststellenanweisung vom 30. 9. 1989 ermächtigte er die Stasi, bei „unmittelbarem Eindringen in unsere Objekte" Schusswaffen einzusetzen. Heute ist H. V. Landtagsabgeordneter der Linken im Land Brandenburg.

Potsdam, den 14. 10. 1989

Vor zwei Tagen waren wir in der Erlöserkirche zu einem Mahngebet für die Verhafteten. Die Kirche konnte die vielen Menschen kaum fassen. Gestern wurden bis auf zwei Jugendliche alle Inhaftierten frei gelassen. An der Wandzeitung der zwölften Klasse von Annegrets Oberschule erschienen einige kritische Schülerartikel. Der Staatsbürgerkundelehrer schnitt die kritischen Stimmen einfach mit der Schere ab. Schnipp, schnapp. So einfach ist das in einem totalitären Regime. Und die Mächtigen scheinen noch immer nicht die Zeichen der Zeit zu erkennen. In der Rede E. Honeckers zum 7. 10. hieß es: "Entschieden wenden wir uns gegen die Feinde des Friedens und des Sozialismus, gegen jene, besonders in der BRD, die unter der Flagge des Antikommunismus, des Revanchismus und Neofaschismus sich in unsere Angelegenheiten einmischen, unseren Arbeiter- und Bauernstaat angreifen und beseitigen wollen. Aber wir lassen nicht zu, dass das Rad der Geschichte zurückgedreht wird. Wir werden und wollen unsere Zukunft im Sozialismus selbst bestimmen." Ganz anders war die Rede von Gorbatschow, der zur Feier des 40.

Jahrestages gekommen war, und von vielen nicht offiziellen „Jublern" begeistert begrüßt wurde: "Wer sich den Gesetzen des Lebens widersetzt, dem wird es schlecht ergehen. Wer sich den Gesetzen des Lebens stellt, hat nichts zu befürchten." Noch immer ist in unseren Tageszeitungen zu lesen: „wir haben alle erforderlichen Formen der Demokratie." Aber die revolutionäre Entwicklung ist nicht mehr aufzuhalten. Trotz der Ignoranz der SED-Mächtigen. Am 9. 10. fand in Leipzig nach den Friedensgebeten eine Demonstration statt, an der sich bereits 150 000 Menschen beteiligten. Das erste Mal wagte die Polizei nicht mehr einzugreifen. Es gab keine Verhaftungen. Die NVA-Panzer, die in den Wäldern rund um Leipzig stationiert waren, kamen nicht mehr zum Einsatz. Wie ein Lauffeuer verbreitete sich die freudige Nachricht durch das Land, obwohl davon nichts in den Zeitungen stand. In unserer Presse wird weiterhin von Planerfüllungen berichtet: „Mehr Betonsteine aus Gera durch neue Technik." „Unser Arbeitsplatz bleibt unser Kampfplatz." Aber auf den letzten Seiten werden einige kritische Leserbriefe veröffentlicht. Auch die Erklärung der Akademie der Wissenschaft: „Entscheidungen, die Bürger unseres Landes betreffen, müssen für diese durchschaubar und begründet sein. Wo dies nicht der Fall ist, entsteht ein ohnmächtiges Bewusstsein der Bevormundung."

Potsdam, den 20. 10. 1989

Seit dem 18. 10. ist Erich Honecker aus „gesundheitlichen Gründen" zurückgetreten. Egon Krenz regiert Partei und Land. Nun, da die Kette der mutig Protestierenden in unserem Land so lang geworden ist, kommt der Gesinnungswechsel auf allen Ebenen so schnell wie ein Fahnentausch. Das ist uns unheimlich. Vertrauen kann so nicht wachsen. Wir werden wohl noch sehr oft auf die Straße gehen müssen. Aber vieles ist in Bewegung gekommen. Und das macht uns froh. Wir haben kaum noch Zeit zum Arbeiten, Essen und Trinken. Stundenlang wird in der Familie ferngesehen. Diskutiert. Ein freudiger Taumel ist ausgebrochen. Auch die Kinder sind in die Veränderungen einbezogen. Aber noch lange sind wir nicht am Ziel.

Potsdam, den 27. 10. 1989

Überall kommen nun die zurückgehaltenen Schubladenmeinungen an die Öffentlichkeit. Wir leben wie im Traum. Auch die Kinder genießen das. Bis Mitternacht waren wir gestern bei Corinna und Andreas, wo sich der Freundeskreis zu einer Diskussionsrunde zusammengefunden hatte. Wir überlegten, welchen Parteien und Gruppen wir uns anschließen sollten. Für Knut und mich gibt es zunächst keinen Zweifel. Wir wollen mit Unterschriftensammlungen helfen, dass das Neue Forum zugelassen wird. In meinem Institut und Knuts Firma versuchten wir Unterschriften zu sammeln. Noch immer sind die Kollegen ängstlich. So ist unsere Ausbeute noch sehr mager. Am 4. 11. wollen wir uns zur nächsten Demo auf dem Platz der Nationen treffen. Heute lese ich in der NZ von einer Aktion Berliner Künstler. Darin steht, dass die Hunderttausenden, die friedlich auf der Straße demonstrierten, die Glaubwürdigkeit unseres Landes retteten. Auch die Aufklärung der Wahlfälschung wird nun in der Zeitung öffentlich gefordert. Nun, da der öffentliche Dialog vom Volk auf der Straße gefordert wurde, bricht es wie angestautes Wasser aus vielen Schleusen hervor. Unfassbar, wie viele Reden und Resolutionen wie Pilze aus dem Boden schießen. Harry Tisch, dem Vorsitzenden des FDGBs wird das Misstrauen ausgesprochen. Seine Absetzung ist nur noch eine Frage der Zeit. Damit wird das vierte Politbüromitglied ausgemustert. Jeder Tag bekommt durch die politischen Ereignisse seine eigene Bedeutung. Erstmals habe ich das Empfinden, dass Geschichte erlebbar ist. Aber 40 Jahre sind eine lange, lange Zeit. Alles ist eingerastet und eingerostet. Noch immer verlassen viele Menschen die DDR. Ein Gedicht von Thomas Luthardt wurde heute in der NZ veröffentlicht:

loser abschied / eilig / er teilt die letzten / bücher platten / umarmungen / der also / nun auch / heul ich / nach einem / erinnere soviel / gemeinsames / wie sehr / verlassen denk ich / würde der / uns nun lässt / den dorn heimat / leblang / in seele und leib."

Es ist bemerkenswert, dass in den 70er und den frühen 80er Jahren die politischen Ereignisse kaum Eingang in ihr Tagebuch fanden, obwohl sie sich an viele heftige Diskussionen mit Freunden und Kollegen erinnern kann. Immer wieder wurden die Fragen nach den Zugeständnissen erörtert. Wo ist es sinnvoll, Nein zu sagen. Die politischen Ereignisse des Ländchens waren uninteressant. Die wirklich wichtigen Dinge standen nicht in den Zeitungen. Oder nur in den Zwischenräumen. Wirklich aufmerksam las sie nur die Kulturnachrichten. Das westliche Fernsehen informierte über die Weltpolitik. Erst seit dem Herbst 1989 begann eine neue Zeitrechnung. Mit dem Eintritt in die Geschichte trat das Private erstmals in den Hintergrund.

Potsdam, den 31. 10. 1989

„Unsere Politik ist eine Politik, die dem Volke dient", so überschrieb Egon Krenz eine Rede an die Absolventen der Militärakademie. „Wer den Schluss zieht, dass unsere Partei nicht in der Lage ist, ihre führende Rolle auszuüben, der verkennt die Stärke unserer Partei, der verkennt die Erfahrungen unserer Partei und der unterschätzt die über zwei Millionen Mitglieder und Kandidaten, die diese Partei vereint." Dass darüber nun endlich das Volk das letzte Wort zu reden hat, das sich gerade selbstbewusst zu artikulieren beginnt (Wir sind das Volk), davon ist keine Rede. Noch immer die gleiche Machtarroganz der uneingeschränkt Herrschenden. Wird das Volk noch immer nicht gefragt? Das Volk sind 15 Millionen, wenn die Parteimitglieder abgezogen werden. Noch immer die gleiche Bevormundung, das gleiche „Wissen", was zum Wohle des Volkes notwendig ist, dessen Meinung nicht erfragt wird. Die Sendung „Der Schwarze Kanal", mit Karl Eduard von Schnitzler, wurde auf Drängen der Bevölkerung eingestellt. Aber alle Veränderungen betreffen bisher nur die Medienpolitik. Die Machtverhältnisse sind noch immer nicht verändert. Die Schlange häutet sich …

Potsdam, den 3. 11. 1989

Vor zwei Tagen hatte ich eine Wurzelspitzenresektion. Die OP war auszuhalten. Da ich eine Woche krank geschrieben bin, kann ich in aller Ruhe die politischen Ereignisse verfolgen. Die Kinder und Knut belächeln mein neues pausbäckiges Aussehen. Gern wäre ich am 1. 11. zum Treffen des Neuen Forums in die Friedrichskirche gegangen. Aber da war ich noch nicht fit. Knut blieb bei mir. So gingen nur Annegret und Albrecht. Sie hatten sich mit Klassenkameraden verabredet und berichteten uns abends von der Veranstaltung. Diesmal waren es schon 10 000 Potsdamer. Da sie nicht in die Kirche passten, wurde alles über Lautsprecher auf den Weberplatz übertragen. Die neuen Initiativgruppen (Demokratie Jetzt, Neues Forum, Böhlener Plattform, Gegenstimme, SDP) stellten sich vor. Steffen Reiche (SDP) hielt eine Rede, in der er dringend eine freie Verhältniswahl einklagte. Nur so könnte der SED nachgewiesen werden, dass sie ihren Führungsanspruch verloren hätte. Obwohl meine Backe noch immer erschreckend angeschwollen ist, werden wir heute Abend in die Erlöserkirche gehen, wo die erste Vollversammlung für die Mitglieder des Neuen Forums stattfinden wird. Gestern bekamen wir die erste Einladung per Post. Nun kühle ich meine Backe, um abends etwas ansehnlicher auszusehen. Heute wurde in der Zeitung mitgeteilt, dass Margot Honecker (Volksbildungsministerin), Gerald Götting (CDU-Vorsitzender), Heinrich Homann (NDPD-Vorsitzender) zurückgetreten sind. Die Berliner Nobelkneipen und die menschenverachtende Behandlung der DDR-Bürger durch Zoll und Polizei wurden in der Zeitung kritisiert. Nun macht es Spaß, eine DDR-Zeitung zu lesen. Immer wieder treffen wir auf Gedanken, die wir selbst gedacht hatten. Und das erste Mal gibt es wirklich konstruktive Kritik. Götz Doyé schreibt in einem Artikel, dass er zum IX. Pädagogischen Kongress einen Diskussionsbeitrag an die Akademie der Pädagogischen Wissenschaften schickte, dessen Eingang nie bestätigt wurde. Darin kritisierte er, dass die Lehrer als Propagandisten einer Weltanschauung der Arbeiterklasse auftreten, in den Schulbüchern ein unrealistisches gesellschaftliches Harmoniebild vorgeführt wird, das es in der Wirklichkeit so nicht gäbe. Die immerwährende Ausblendung von Konflikten verhindere die Erziehung zur Konfliktfähigkeit. Und somit zur Lebensfähigkeit. So würde der Raum für freies Handeln bereits in der Früherziehung gelenkt, eingeengt und abgesteckt.

Spät abends. Drei Stunden haben wir in der überfüllten Erlöserkirche bei der ersten Vollversammlung des Neuen Forums ausgeharrt. Viele, viele Reden. Viel Beifall. Man war sich einfach gut. Die neue Hoffnung stimmte tolerant und fröhlich. Morgen wird die nächste Demonstration in der Innenstadt sein.

Potsdam, den 4. 11. 1989

Heute Vormittag erlebten wir die größte Demonstration der DDR auf dem Berliner Alexanderplatz, zu der die Akademie der Künste eingeladen hatte. Eine Millionen Menschen waren gekommen. Wir schauten uns die Demonstration im Fernsehen an. Zwischendurch malten wir die Transparente für unsere Demo in Potsdam, die um 14 Uhr beginnen sollte. Diesmal stand die Polizei freundlich am Straßenrand. Mit dem Gesicht zum Volk. Knut und ich trugen ein Transparent: Dem Volk vertrauen, Stasi abbauen. Annegret und Albrecht: Keine Wende um 360 Grad. Etwa 80 000 Potsdamer waren gekommen. Viele trugen wie wir selbst gefertigte Transparente: Kein Ego(n)ismus. Stasi in den Tagebau. Vielfalt statt Einfalt. Weltanschauung kommt von Welt anschauen. Vertrauen ist gut, Kontrolle ist besser. Egon Krenz, wir sind nicht deine Fans. Immer wieder skandierte eine neue selbstbewusste Bürgerschaft: Wir sind das Volk!

Potsdam, den 6. 11. 1989

Wenn die Kinder zur Schule gegangen sind, laufe ich gespannt zum Briefkasten, um die Zeitung an meinen Frühstückstisch zu holen. Soviel Witz. So viel Besonnenheit. Wer lehrte uns das? Sind wir trotz aller Gängeleien doch noch nicht ganz verbogen? Soldaten in weißen Kitteln, lese ich. Es wird an einem Gesetzesentwurf gearbeitet, der den zivilen Einsatz der Wehrdienstverweigerer ermöglicht. So werden unsere vier Söhne nie eine Waffe anrühren müssen. Bisher haben wir das bei Albrecht mit vielen Schwierigkeiten erreichen können. Erst im dritten Gang lese ich die letzten Verlautbarungen zum Reisegesetz. Es ist uns augenblicklich tatsächlich nicht so wichtig. Man kann ja jetzt auch nicht verreisen, wo es hier so spannend ist: Alle Bürger haben jetzt das Recht, einen Reisepass (ab 14 Jahre) zu erwerben. Entscheidungen sind innerhalb von 30 Tagen zu treffen. Änderungsvorschläge sind an den Ministerrat zu entrichten. Auf die zweite Seite der Zeitung ist das Wort von Egon Krenz an die Bürger der DDR gerutscht. Es lohnt sich auch nicht zu lesen. Es werden weitere Rücktritte angekündigt: Kurt Hager, Erich Mielke, Erich Mückenberger, Alfred Neumann. Längst überfällige Bauernopfer. Ob Krenz noch lange seine eigene Haut retten kann? Kein Opfer wird ihm dafür zu groß sein. Penetrant werden von ihm Worte und Ideen der Bürgerrechtsbewegung übernommen. Keine eigenen Ideen. Ulrich Mühe schrieb: „Jeder Führungsanspruch muss erarbeitet werden. Auch politische Parteien unterliegen dem Leistungsprinzip“. Ich muss an das Plakat auf dem Berliner Alexanderplatz denken: Der symbolische Händedruck der SED: darunter „Tschüss“. Das Plakat wurde dem ZK-Mitglied Günther Schabowski unter die Nase gehalten, als er sprechen wollte. Ein Pfeifkonzert verhinderte seine Rede. Noch immer berichtet das Westfernsehen von der Massenflucht der DDR-Bürger. Das kann ich nicht verstehen. Hier ist es doch jetzt so spannend. Und wir brauchen alle veränderungswilligen Menschen. Das erste Mal in unserem Leben sind Knut und ich stolz, DDR-Bürger zu sein. Die Ausreisenden müssen mit Blindheit geschlagen sein. Oder nur an den materiellen Wohlstand denken. Auch ein Produkt unserer kollektiven Erziehung zur „Befriedigung der materiellen Bedürfnisse“. Seit dem 5. 11. kann man mit dem Personalausweis jederzeit über die ČSSR-BRD-Grenze ausreisen. So werden sich auch viele Stasibeamte davonmachen, um sich unerkannt in der westlichen Welt eine neue Existenz zu gründen. Das gab es schon einmal in der deutschen Geschichte.

Potsdam, den 10. 11. 1989

Ein strahlend blauer Himmel. Klar und frei. Passend zur Befindlichkeit der DDR-Bürger. Seit den gestrigen Tagesnachrichten können wir jetzt nur mit dem Ausweis reisen!!!! Überallhin. Jeder!!!! Die Polizeistellen erteilen ab sofort Visa, die ein halbes Jahr Gültigkeit haben. Die ersten Ostberliner waren schon heute Nacht auf dem Kurfürstendamm und feierten. Kamen heute Morgen wieder brav und pünktlich zur Arbeit zurück. Knut rief gerade aus dem Projektierungsbüro an. Die ersten Sektflaschen wurden im Büro entkorkt. Keiner kann richtig arbeiten. Auf allen Etagen euphorische Stimmung. Gerade kam ein Anruf von einer Cousine aus Frankfurt a. M. Herzlichen Glückwunsch allen DDR-Bürgern, Ihr habt die Grenzen selbst überwunden. Wir freuen uns auf Euch und mit Euch!!!! Das alles muss man erlebt haben. Es ist unglaublich. Frei sein nach 28 Jahren!!! Der Strom der Ausreisenden hatte in den letzten Tagen unvermindert angehalten. Die westlichen Medien berichteten unaufhörlich darüber. Seit der Öffnung der ČSSR-BRD-Grenze waren es täglich 6000. Eine wichtige Schubkraft für die augenblickliche Entwicklung.

Es ist so viel in Bewegung gekommen, dass es mir vor Freude ganz schwindelig wird. Unsere Kinder kommen begeistert aus der Schule. Der Fahnenappell ist abgeschafft. Der Sonnabend frei. Der Staatsbürgerkundeunterricht ist vom Lehrplan gestrichen. Stattdessen soll es einen Bürgerunterricht geben, in dem über alle Religionen gelehrt wird. Viel Zeit soll für Gespräche mit den Schülern eingeräumt werden. Gestern forderte die CDU noch im ersten Halbjahr 1990 freie Wahlen. Mit der Pflicht in die Kabine zu gehen. Seit meinem 18. Lebensjahr benötigte ich zur Wahl immer eine große Portion Mut, um in die Kabine zu gehen. Meine Hand zitterte, wenn ich die Namen auf dem Stimmzettel durchstrich, was die einzige Möglichkeit war, mit Nein zu stimmen. Manchmal lag in der Kabine nicht einmal ein Bleistift. Dann musste er erst angefordert werden, was schon eine mittlere Revolution auslöste. Später ging ich mit Knut zur Wahl. Gemeinsam war das leichter. Auf dem Rückweg fühlten wir uns wie Helden. Einen kleinen Sieg gegen die Angst und die Mutlosigkeit hatten wir davongetragen. Auch wenn uns einige

Nachbarn nach der Wahl nicht mehr grüßten. Oder zu grüßen wagten. Was wahrscheinlicher war, da sie bei der Volkspolizei arbeiten. Unsere wenigen Neinstimmen wurden dann auch noch manipuliert. Selbst in diesem Jahr. Die Machtarroganz der Herrschenden hatte keine Grenzen. Heute will sich Egon Krenz im Lustgarten mit seinen Getreuen einfinden, um mit den Genossen seinen „Erfolg" zu feiern. Das sind die Erfolge des Volkes! Hoffentlich sagt ihm das jemand. Nicht mit Egon Krenz den wunderbaren Tag verderben! Viel zu viele andere gute Stimmen aus unserem Land sind zu hören. Auch in der Neuen Zeit, die die Gründung einer christlich-demokratischen Jugendvereinigung bekannt gibt. Matthias Schlegel zum Führungsanspruch der SED: „dass die SED einen Führungsanspruch durch einen größtmöglichen Anspruch an sich selbst vertritt", stünde im Gegensatz zur geforderten Führungsaufgabe des Volkes auf der Straße, dem sich viele SED-Mitglieder angeschlossen hätten. Darüber wird letztlich eine freie Wahl entscheiden. Es bleibt nur zu hoffen, dass die Bürgerinitiativen, die nun auch ihre Zulassungen durch das Ministerium des Inneren erwerben können, genügend profilierte Kandidaten haben. Ich glaube, dass die DDR-Bürger erst dann an die friedliche Revolution glauben, wenn sie frei gewählt haben. Neben mir auf dem Schreibtisch läuft mein Lesegerät heiß. Ich habe heute noch eine große Anzahl russischer Patente auszuwerten, die als Mikrofilme auf meinem Schreibtisch liegen. Kein einziges Patent habe ich bisher geschafft. So wird es wohl vielen DDR-Bürgern heute gehen. Was für ein Tag. Eben rief meine Schwester an und fragte, ob wir nicht gemeinsam nach Westberlin fahren wollten? Aber augenblicklich kann ich hier nicht fort. Ich erwarte die Schulkinder. Und heute Abend findet im IFL eine Bürgerversammlung mit Vertretern der Volksbildung statt. Da gibt es viel Diskussionsstoff.

Potsdam, den 11. 11. 1989

Historische Ereignisse haben ihre eigene Dynamik. Viel früher als gewöhnlich kamen die Kinder gestern aus der Schule zurück. Albrecht und Simon wollten sofort nach Westberlin. Allein wollte ich sie nicht fahren lassen. Knut konnte erst nach vier Uhr das Auto aus der Werkstatt abholen. Annegret versprach bei den kleinen Geschwistern zu bleiben, bis der Vater kommen würde. So fuhr ich mit den beiden großen Söhnen mit Bus und Straßenbahn nach Drewitz. Mit uns eine froh gestimmte Menschenmenge. Aber es waren ganz andere Menschen, als die, die wir von den Versammlungen und Demonstrationen kannten. Die waren friedlicher und leiser. Damals ging es um politische Veränderungen und Ziele. Die Menschen, die uns im Bus umgaben, interessierten sich besonders für die 100 DM, die jedem DDR-Bürger ausgezahlt werden sollen. Der Grenzübertritt war ganz unproblematisch. Man erhielt einen Stempel in den Personalausweis. Dann rollte der Bus langsam über die Grenze. Da wurde es plötzlich ganz still. Albrecht und Simon schauten mich ungläubig an. Das erste Mal in ihrem Leben passierten sie diese Grenze. Dann rief der Busfahrer ins Mikrofon: „Herzlich willkommen in Westberlin!“ Gewaltiger Jubel brach aus. In Berlin-Wannsee wurden wir von einer wogenden Menge in irgendeine S-Bahn geschoben. Am Bahnhof Zoologischer Garten schob man uns wieder heraus. Irgendwann standen wir vor der Gedächtniskirche, wo der Außenminister H. D. Genscher die Menschen aus Ost und West begrüßte. Wir befanden uns plötzlich in einer großen Party. In einem kleinen italienischen Restaurant am Rande des Platzes aßen wir eine Pizza piccolo mit Cola und Rotwein, die ich mit meinen Westgeldreserven bezahlen konnte. Wir schauten aus sicherer Entfernung auf das Spektakel, dessen Inszenierung wir noch immer nicht ganz begreifen konnten. Irgendwann waren wir müde und hatten Sehnsucht nach dem anderen Teil der Familie. Wir gelangten in ebenso überfüllten Bahnen und Bussen wieder nach Hause, wo uns Knut, die Kinder und die Großmutter schon erwarteten. Auch sie waren mit dem reparierten Auto nach Berlin-Schöneberg gefahren, wo sie mit Bundeskanzler H. Kohl und dem regierenden Bürgermeister den Fall der Mauer feierten. Auch sie hatte die Sehnsucht nach dem anderen Teil der Familie wieder nach Hause getrieben. So feierten wir mit irgendeinem Getränk, das gerade zu haben war, bis spät in die erste grenzenlose Nacht. Freuten, hofften und bangten um die Zukunft.

Noch lange ist nicht alles geschafft. Vielleicht wird der Fall der Mauer den Flüchtlingsstrom stoppen. Aber wie wird unser Land zukünftig regiert werden? Auch Albrecht und Annegret diskutieren eifrig mit. Die politischen Diskussionen der letzten Wochen haben ihre Blicke und ihr Interesse geschärft. Politik macht erstmals Spaß, da sie erlebbar erscheint. Dass nur ein einziger Satz eines ZK-Mitgliedes die jahrzehntelange Unfreiheit von 17 Millionen Menschen in einem Moment aufheben konnte, ist beeindruckend. Aber auch symptomatisch und gefährlich. Das darf so nicht bleiben. Da dürfen wir nicht nachlassen. Mit einem Stadtplan von Berlin wollen Annegret und Albrecht heute noch einmal nach Westberlin fahren. Denn es ist Sonnabend und der ist nun auch in der DDR schulfrei.

Potsdam, den 20. 11. 1989

Lange konnte ich nichts ins Tagebuch eintragen. Die spannenden Ereignisse in unserem Land traten hinter den familiären Geschehnissen zurück. Constantin benötigte plötzlich alle unsere Kräfte. In der Nacht zum 16. 11. erbrach er um 2 Uhr das erste Mal. Sein Zustand verschlechterte sich zusehends. So fuhren wir um 7 Uhr mit ihm ins St. Josefs Krankenhaus. Erst um 9 Uhr schaute ihn ein Arzt an. Dann ging plötzlich alles ganz schnell. Eilig kam er in den OP. Die Ultraschalluntersuchung hatte den Verdacht auf perforierten Blinddarm bestätigt. Von halb zehn bis halb zwölf warteten Knut und ich auf dem Flur vor der OP-Tür. Gut, dass ich mich an Knuts warmer Hand festhalten konnte. Endlich wurde Constantin an uns vorbeigefahren. Sein Gesicht war klein, blass und fremd. Nachmittags durften wir das erste Mal zu ihm. Er schlief. Die Geräte tickten. Drei Schläuche waren in seinem Bauch. Solange wir an seinem Bett sitzen konnten, war alles erträglich. Aber dann zu Hause. Der leere Platz am Abendbrottisch. Das leere Bettchen, in das sich Hanna zum Trost für Cornelius legte. Die Nacht war dunkel und voller Ängste. Schon um 5 Uhr gingen Knut und ich wieder auf die Intensivstation.

Constantin lebte. Er hatte die ersten 24 Stunden überstanden. Ernst und blass sah er in unsere übernächtigten Gesichter. Um 6:30 Uhr musste Knut nach Torgau fahren. Ich machte den Schulkindern Frühstück und versuchte am Schreibtisch für das Institut zu arbeiten. Wenig gelang. Dann kam ein Anruf aus dem Krankenhaus. Großer Schreck! Aber ich wurde nur gebeten, einige Kinderbücher für Constantin zu bringen. Gleich stürmte ich ins Krankenhaus. Das Fieber und die Leukozytenzahl waren gesunken. Morgen wird der erste von drei Schläuchen aus dem Bauch gezogen. Constantin hat noch starke Schmerzen, die mit Morphium gelindert werden. Vom Bauchnabel hinab verläuft eine 10 Zentimeter lange Narbe. Im Bauch ist noch eine große Entzündung auszuheilen. Noch ist er nicht über dem Berg. Aber alles sieht schon hoffnungsvoll aus. So können sich unsere Seelen langsam beruhigen. Viele Stunden habe ich an Constantins Bett gesessen und ihm vorgelesen. Manchmal ist er eingeschlafen. Nun müssen wir uns in hoffnungsvoller Geduld üben.

Weihnachtsbrief Potsdam im Advent 1989

In einer Novembernacht hatte sich über unser Land eine weiße Schneedecke gelegt. Alles war zugedeckt. Für eine Atempause. Hocherfreut stürmte Cornelius in den unberührten Garten. Da der Zwillingsbruder Constantin mit einem perforierten Blinddarm schwer krank in der Klinik lag, baute er sich einen kleinen weißen Gefährten aus Schnee. Kopf und Hals trugen Mütze und Schal des fehlenden Bruders. Als der Regen die weiße Pracht hinwegfegte, war auch der kleine kalte Geselle verschwunden. Erst Tage später entdeckten wir den Schneemann völlig unversehrt in der Tiefkühltruhe. Die schweren Tage überstanden hatte auch Constantin. Noch etwas schmal und blass konnte er den ersten Advent wieder in der Familie feiern. Hanna, die im August während unseres Ungarnurlaubs auch am Blinddarm operiert werden musste, stellte fest, dass uns noch immer allerhand passieren könnte, denn wir hätten noch immer fünf Blinddärme in der Familie. In diesem Jahr sind alle unsere sechs Kinder Schüler. Das wird es nur ein Jahr geben, denn Annegret bereitet sich schon auf das Abitur vor. Aber es ist nicht leicht, in Zeiten großer revolutionärer Veränderungen Schüler zu sein.

Heimatkunde-, Staatsbürgerkunde- und Geschichtsbücher müssen neu geschrieben werden. Wie und von wem wird das neue Buch DDR-Geschichte geschrieben werden?

Potsdam, den 23. 2. 1990

Nur zwei Monate sind seit dem letzten Eintrag vergangen. Längst ist Egon Krenz abgesetzt worden und es regiert das Modrowkabinett. Gregor Gysi ist Vorsitzender der neu gegründeten PDS. Die Stasi wurde aufgelöst. Einige ihrer Gebäude wurden vom Gesundheitswesen übernommen. Es gibt viele arbeitslose Stasileute, die ihr Unwesen treiben. Bombendrohungen an öffentlichen Einrichtungen. Wie am 6. 2. 1990 in Annegrets Schule, wo man sich gerade vom alten Direktor trennte. Wir sind mitten im Wahlkampf. Am 19. 3. wird es die ersten freien Wahlen geben. Viele Parteien haben sich zu Wahlbündnissen zusammengeschlossen: Allianz für Deutschland (CDU, Demokratischer Aufbruch, DSU), das alternative Bündnis (Die Grünen, Neues Forum, Vereinigte Linke), die SPD mit Demokratie Jetzt. Im ehemaligen Stasigefängnis in der Lindenstraße haben alle neuen Gruppen und Parteien ihr augenblickliches Domizil gefunden. Eine merkwürdige Situation. Vergitterte Fenster. Dahinter fröhlich-entspannte Menschen, die bunte Papiere mit Wahlprogrammen verteilen. Vor dem „Lindenhotel" parken dicke Westautos. Die Allianz für Deutschland hat sich die Vereinigung beider Länder im Herbst 1990 auf die schwarz-rot-goldenen Fahnen geschrieben. Bundeskanzler Kohl ist nun in dieser Angelegenheit unterwegs. In Moskau, Warschau, Paris, Brüssel und London. Die Alliierten müssen dem Plan zustimmen. Ein Leben wie in einem Strudel. Und doch erscheint uns diese Lösung gut vorstellbar. Die SPD mit Oskar Lafontaine an der Spitze will die Vereinigung nicht. So ist uns die CDU mit ihren Plänen augenblicklich näher.

Als wir am 7. 10. zu unserer ersten Demonstration aufbrachen, kämpften wir für einen Sozialismus mit menschlichem Antlitz. Nun hat die sanfte Revolution ihre Eigendynamik bekommen. Der Führungsanspruch der kommunistischen Parteien der Länder des Warschauer Paktes muss nun durch freie Wahlen bestätigt werden. Die Möglichkeiten für eine sozialistische Demokratie scheinen lange verspielt zu sein. Auch gibt es durch den maroden Zustand der Volkswirtschaften dafür keine wirtschaftlichen Voraussetzungen mehr. Was wir lange nicht wussten, da auch die Statistiken geschönt waren. Nun werden wir uns auf das Abenteuer der sozialen Marktwirtschaft einlassen müssen. Was auch immer das sein wird. Die ersten Vorwehen machen sich schon bemerkbar. Betriebe werden von westdeutschen Firmen aufgekauft, „gesund geschrumpft" oder abgewickelt. Es gibt die ersten privaten Neugründungen. Überall westliche Präsenz. Und Wolf Biermann singt: „Und was wird aus unseren Träumen?"

Ich lese in der Neuen Zeit, dass Egon Krenz schon eine neue Arbeit hat. Für 1,5 Millionen DM hat er seine Geschichte an die Bildzeitung verkauft. Nun wird er Schriftsteller, während seine Genossen im Gefängnis an Gedächtnisverlust leiden. Und beteuern, nur auf Anweisung im Sinne des geltenden DDR-Rechtes und in bestem Glauben gehandelt zu haben.

Rechenberg, den 25. 2. 1990

Seit vier Stunden sind wir im Erzgebirge. Für eine Woche sind wir mit den Kindern dem hektischen Berlin-Brandenburg entflohen. Aber auch in Sachsen tobt der Wahlkampf. Nur etwas gemütlicher. In unserem kleinen Städtchen werden die Wahlplakate nicht ständig abgerissen wie in Potsdam. In allen Ortschaften wehen uns die grün-weißen sächsischen Fahnen und die Deutschlandfahnen entgegen. Bisher wussten wir nicht, dass Sachsen eine eigene Fahne hat. Wo haben sie die nur alle so schnell her? Das erste Mal sind wir nur mit vier Kindern hier. Simon ist jetzt der Älteste. Er hat gleich neben uns ein eigenes Zimmer. Hanna und die Zwillinge haben ein gemeinsames Zimmer. Wir wohnen in der oberen Etage allein. So müssen wir uns nicht sorgen, andere Urlauber zu stören. Die Kinder nehmen die neue Umgebung fröhlich in Besitz. Wir glauben, dass wir sicher das letzte Mal hier sein werden, da sich das Autobahnbaukombinat demnächst in verschiedene Teilbetriebe zersplittern wird. Dann wird dieses Haus sicher verkauft werden. Annegret fährt morgen nach Köln, wo sie bei Freunden wohnen wird, um eine Woche in ein

Kölner Gymnasium zu gehen. Albrecht fährt nach Angermünde zu den Großeltern. Nun wollen wir uns am Schnee und an der guten Luft freuen.

Rechenberg, den 27. 2. 1990

Heute Nacht gab es Schnee. Aber nur eine Mütze voll. Zum Skilaufen reicht er nicht. Nur für einen Schneemann. Wir wanderten und picknickten im Wald. Ganz plötzlich zogen finstere Wolken auf. Der Sturm peitschte die Bäume zu Boden. Ein scharfes knackendes Geräusch in der Nähe der spielenden Kinder. Dann war alles still. Erschreckt stürmten wir in ihre Richtung. Gott sei Dank, sie kamen uns unversehrt entgegen. Als die Sturmböe kam, hatten sie sich schnell auf den Boden geworfen. Dann schauten wir uns die drei großen gefällten Fichten an, die ganz in der Nähe in einer Sekunde zu Boden gegangen waren. Wir dankten unserem Schutzengel, dass wir alle unbeschadet blieben!

Ich lese mit Knut im Wechsel Stefan Heyms „Schwarzenberg". Das neutrale Schwarzenberg, das es 1945 für kurze Zeit zwischen den Fronten gab, erinnert an die augenblickliche Noch-DDR. Eine kurze Zeit der Träume und Utopien. Nun hat uns die real existierende Marktwirtschaft schnell eingeholt. Aber es gibt viele gute Veränderungen. Ob die marxistischen Kategorien der Gesellschaftsordnungen noch Gültigkeit haben? Ich glaube es nicht. Sie galten für das 19. und 20. Jahrhundert. Ganz können Knut und ich das Diskutieren nicht aufgeben. Und natürlich gibt es auch in Rechenberg Zeitungen und einen Fernsehapparat.

Rechenberg, den 1. 3. 1990

Heute Nacht hatte der Wind unablässig an den Schindeln des Daches gerüttelt. Zuerst brachte er Regen, dann kam der ersehnte Schnee. Etwa 20 Zentimeter. Die Kinder jubelten. Nach dem Frühstück stürmten sie sofort auf den Rodelhang. Nach zwei Stunden kamen sie mit triefend nassen Hosen und roten Wangen zurück. Ich hatte den stillen Vormittag genutzt, um „Schwarzenberg" auszulesen. Nun liest Knut. Als hätte Stefan Heym geahnt, dass das Gebilde eines demokratischen Sozialismus zwischen den beiden aufeinander prallenden feindlichen Lagern des heißen und kalten Krieges noch einmal von kurzzeitigem Interesse sein könnte. Das Land Utopia. Für die Amerikaner war es uninteressant. Für die Russen von gefährlicher Brisanz. Denn schließlich gab es hier Uranvorkommen. So schluckten die Russen Schwarzenberg „in einem Aufwasch“ und gaben den träumenden kommunistischen Phantasten in die Obhut des KGB. Das Mädchen Pauline, das in der Bombennacht von Dresden stumm geworden war, wurde vom KGB-Offizier vergewaltigt. Und klagte an. Jenen eifrigen Kommunisten, der sie in der Bombennacht neben den einstürzenden Mauern liegen ließ. Er hatte wichtigeres zu tun, als einen einzigen Menschen zu retten. Er musste der „Sache“ dienen. Der Sache dienen. Das war die Verwahrlosung des Herzens. Der Verrat an der Utopie. Nun werden wir schnell mit unseren hungrigen Kindern zum Mittagessen nach nebenan gehen. Ein Fest für die Mama!

Potsdam, den 19. 3. 1990

Heute strahlte die Sonne den ganzen Tag vom Himmel. Auf ein fröhliches 17-Millionenvölkchen. Heute gab es die ersten freien Wahlen seit 1932. Unter den Wahlhelfern waren zum ersten Mal viele unserer Freunde. Nach den Wochen des Wahlkampfes mit vielen Feindseligkeiten zwischen den Parteien, geschürten Ängsten von der PDS, hatten wir uns zu einer lockeren Haltung durchgerungen. Auch im Freundeskreis gab es nach dem Gleichklang im Widerstand sehr gegensätzliche Meinungen. Aber diese Meinungsvielfalt müssen wir lernen. Und aushalten. Auch in der Familie gab es heftige Diskussionen. Keinen Gleichklang. Aber wir dachten, wen auch immer unser Volk wählen wird, es kann nur besser und demokratischer werden. Nachdem wir schon um 10:30 Uhr zur Wahl gegangen waren, warteten wir gespannt auf die ersten Hochrechnungen um 18 Uhr. Dann kam das erste Ergebnis. Die CDU lag mit 48 % an der Spitze. Die PDS bekam nur 16 %. Hurra! Wir hatten unsere alte Macht abgewählt! Nur das zählte wirklich. Alles andere wird sich zeigen. Bis nachts um 2 Uhr feierten wir mit Freunden, Kindern und Nachbarn.

Potsdam, den 28. 5. 1990

Am 6. 5. hatten wir Kommunalwahlen. Sie waren längst nicht mehr so aufregend wie die Landeswahlen. Obwohl auch nicht unwichtig. Die Menschen sind nun mit anderem beschäftigt. Mit ihrem Geld und ihrer Arbeit. Am 2. Juli wird unser DDR-Geld auf die D-Mark umgestellt. Endlose Schlagen stehen vor den Banken. Die Renten und Gehälter werden 1:1 umgestellt. Jeder DDR-Bürger bis zum 14. Lebensjahr kann 2000 DDR-Mark 1:1 umtauschen, jeder Bürger zwischen dem 14. und dem 60. Lebensjahr 4000 DDR-Mark, Rentner 6000. Alles darüber wird 1:2 getauscht. Mit unseren schmalen Konten haben wir keine Probleme. Für uns wird es keine Verluste geben. Die Betriebe werden auf ihre Rentabilität überprüft. Viele Betriebe haben einen viel zu großen unproduktiven Verwaltungsapparat. Auch in meinem Institut gibt es hitzige Diskussionen. Ich bin froh, dass ich durch meinen Sondervertrag die meiste Zeit am häuslichen Schreibtisch arbeiten kann. So bleiben mir die leidigen Personalquerelen erspart. Sie haben schon viele Zerwürfnisse verursacht. Knut lächelt. Und das mit Recht. Sein Projektierungsbüro arbeitete schon immer sehr ökonomisch. Und die Bauindustrie boomt augenblicklich. Da wird es keine Entlassungen geben. Allerdings wird sich die Brücken- und Straßenprojektierung des Autobahnbaukombinates als selbstständige Firma etablieren. Ich sehe das alles auch gelassen. Nach 17 Jahren hänge ich nicht sehr an meinem Arbeitsplatz im Institut, den ich für die Erziehungsjahre ohnehin oft verlassen musste. In den Zeitungen sehe ich viele Inserate von Pharmafirmen, die Chemiker suchen.

Die Unfälle haben auf unseren Straßen drastisch zugenommen. Ich bin immer froh, wenn die Kinder gesund über den verkehrsreichen Platz der Nationen gekommen sind, der nun bald Luisenplatz heißen wird. Wenn wir aus dem hektischen Westberlin oder Potsdam nach Hause kommen, genießen wir unseren stillen Garten mehr als je zuvor. Von diesem Platz, der durch die Unterstützung der Schwiegereltern nun auch schuldenfrei ist, kann uns niemand vertreiben. Das ist ein gutes Gefühl. Aber es wird in unserem Land viele Menschen geben, die keine Sicherheiten haben, verbraucht und müde sind und sich nicht mehr den neuen Anforderungen stellen können. Wer wird für sie da sein? Welche sozialen Aufgaben wird der Staat übernehmen?

Potsdam, den 30. 6. 1990

23:45 Uhr. In 15 Minuten tritt die Währungsunion in Kraft. Am heutigen Sonnabend waren alle Geschäfte geschlossen. Bis gestern Mittag konnten die letzten Waren in DDR-Währung gekauft werden. Aber nur noch Lebensmittel. Ganz still war es heute in der Stadt. Die Regale in den Geschäften waren leer. Wir machten unseren ersten Lebensmitteleinkauf für das Wochenende in Berlin-Wannsee. Knut wird seine Arbeit behalten. Am Jahresende wird er schon das Doppelte verdienen. Wir werden durch unsere große Kinderschar wesentlich weniger Steuern bezahlen. Mein Institut wird seine Mitarbeiterzahl von 230 auf 130 reduzieren. Ob ich bei den Entlassungen dabei sein werde? Inzwischen habe ich mich bei zwei Pharmafirmen beworben. Am 26. 7. bin ich zu einem Aufnahmegespräch in Berlin ins Steigenberger Hotel eingeladen. Da werden wir gerade von unserer Westreise aus Frankfurt zurück sein. Es ist 12 Uhr. Nun sind wir „Halbwessis". Feuerwerkkörper knallen. Die Glocken der Erlöserkirche läuten. Knut und ich sitzen in unserem noch sonnenwarmen Garten und trinken mit den beiden großen Kindern Sekt. Alles ist so unwirklich und so aus den Fugen geraten, dass wir dankbar sind, uns an den Händen halten zu können und auf festem eigenem Boden zu stehen. Pläne werden entworfen: Annegret, die gerade glanzvoll das Abitur an der Humboldtoberschule (die nun Gymnasium heißen wird) absolvierte, hofft zunächst auf ihre Zulassung zum Zahnmedizinstudium. Reisen. Vielleicht ein Auslandssemester? Albrecht, der die zehnte Klasse an der Russischschule Wladimir-Iljitsch-Lenin sehr gut abschloss, wird im Herbst zum Helmholtzgymnasium gehen. Er würde gern mit Freunden durch Irland reisen. Später auch im Ausland studieren? England oder Frankreich?
In den Zimmern der Kleinen ist es schon lange still. Ihre Träume sind noch kleiner und leichter erfüllbar. Eine Barbiepuppe für Hanna und alle Astrid-Lindgren-Bücher! Legosteine für die Zwillinge. Möge das neue Geld uns niemals ausgehen. Sagt Knut. Und uns nie verändern.

Angermünde, den 31. 7. 1990

Wieder sind wir mit den Kindern in unserem Ferienhaus am Wolletzsee. Diesmal sind wir nur sechs Personen. So haben die Kinder mehr Platz, was die Konflikte minimiert. Die Kinder haben seit drei Wochen Ferien. Zwei Wochen waren wir mit ihnen bei Verwandten in Rheinland-Pfalz, in Heilbronn. Danach in Frankfurt. Prospekte von Speyer, Worms, Kloster Limburg und Heidelberg liegen auf unserem Nachtisch. Nun können wir noch einmal alle Stationen nacherleben. Zum ersten Mal bekamen wir ein Gefühl von den vielen unterschiedlichen Landschaften und Ländern Deutschlands. Mit den Verwandten konnten wir über die aufregenden letzten Monate reden. Nach der Währungsunion beginne ich beim Einkaufen das erste Mal auf die Preise zu achten, was mir nicht so gefällt. Aber nun müssen wir viel stärker auswählen, da es preisliche Unterschiede gibt. Von meinem Institut erhielt ich wegen der bevorstehenden Strukturveränderungen ein Kündigungsschreiben. Ich nahm das gelassen hin. Vor einer Woche hatte ich ein Aufnahmegespräch bei einer amerikanischen Pharmafirma. Gerade bekam ich einen Brief mit den Flugtickets zur Vertragsunterzeichnung am 10. 8. in München. Noch bin ich mir nicht sicher, auf was ich mich da eingelassen habe. Zumal ich ab Oktober eine zwölfwöchige Ausbildung in Bayern absolvieren müsste. Aber die Familie findet das toll. Besonders, weil ich einen Audi 80 als Dienstwagen bekomme. Und einen Laptop. Ich lege mich auf die seidige Wasseroberfläche und genieße für einige Augenblicke die Schwerelosigkeit.

Da die Zwillinge schon im Kindergarten das Schwimmen erlernten, ist es für uns nun am Wolletzsee wesentlich entspannter. Jetzt können sie mit den Geschwistern mithalten. Albrecht, der von einer Rüstzeit kommend uns nachreiste, wohnt bei den Großeltern in Angermünde. So kann er auch seine neue Freundin in Eberswalde besuchen. Annegret ist zu ihrer Brieffreundin nach Holland gefahren. Über uns fliegen skandinavische Flugzeuge. Das sehnsuchtsvolle Nachschauen hat jetzt einen anderen Aspekt. Der Konjunktiv beflügelt. Hier am Wolletzsee hat sich nicht viel verändert. Nur die Bierbüchsen, Colaflaschen und Joghurtbecher verweisen auf die neue Zeit. Und wir können jetzt alle Teile des Sees mit dem Ruderboot befahren. Das Jagdschloss, Erich Mielkes Sommerhaus, wird zur Klinik umgebaut. Alle Stasibewacher sind verschwunden. Wir haben den letzten Pfälzer Wein ausgetrunken. In den Kinderbetten ist es schon lange still geworden. Die gleichmäßig schwappenden Wellen des Sees erzählen uns von dem ewigen Wechsel der Zeiten seit der Eiszeit.

Ein Jahr lang bleiben die Tagebuchseiten leer. Dafür füllt sie täglich ihren prallen Terminkalender. Zwölf Wochen lang absolviert sie eine Ausbildung zur Pharmareferentin in Bad Aibling. Jedes Wochenende fliegt sie zwischen München und Berlin hin und her. Jahre und Entwicklungen in nur wenigen Stunden überspringend. In ihrem Ländchen müht man sich mit der neuen ungewohnten Demokratie. Und der Anarchie der Zwischenräume. In Bayern erlebt sie saturierte Bürgerlichkeit und kapitalistisches Management höchster Perfektion. Während es im kleinen Ländchen an allen Orten klemmt, stellen sich die Schulkinder und Knut geduldig und tapfer den Veränderungen. Im Januar 1991 beginnt ihre neue Arbeit. Der Biedermeierschreibtisch im Schlafzimmer erhält eine neue Bestimmung. Wird Büro mit Laptop. Ordner über die Wirkungsweise der Pharmaka füllen das kleine Regal. Jeden Tag besucht sie eine andere Klinik im Land Brandenburg, die gerade umgebaut, ausgebaut oder abgewickelt wird.

Angermünde, den 22. 7. 1991

Gemächlich bewegt der Wind die Wasseroberfläche des Wolletzsees. Gemächlich schlagen die Wellen an die tragenden Balken unseres kleinen Holzhauses. Wir haben Urlaub. Fünf lange Sommerwochen. Nur langsam gelingt es, sich dem geruhsamen Rhythmus der Natur anzupassen. Noch sind unsere Träume von Terminzwängen und hektischen Fahrten auf chronisch verstopften Straßen angefüllt. Wir versuchen über das alltägliche Maß zu schlafen. Annegret und Albrecht haben schon eigene Urlaubspläne. Nach zwei Wolletzseewochen werden wir mit den vier „kleinen“ Kindern für zwei Wochen nach Wyk auf Föhr an die Nordsee fahren, wo wir eine Ferienwohnung mieteten. Noch kennen wir die Nordsee nicht und sind gespannt. Augenblicklich erprobt Cornelius mit unserem kleinen Segelboot die geheimnisvollen Gesetze der Aerodynamik. Simon, Constantin und Hanna verfolgen ihn besorgt mit dem

Ruderboot, wenn der Wind ihn zu weit vom Ufer abtreibt. Knuts Firma hat mit der GmbH-Gründung den Übergang in die Markwirtschaft bewältigt. Seit dem Sommer 1990 ist die Projektierungsabteilung für Brücken- und Straßenbau aus dem Autobahnbaukombinat ausgegliedert und eine eigenständige Firma geworden, die zurzeit viele Aufträge hat. Viele Projekte konnten in den DDR-Jahren aus Kostengründen nicht realisiert werden. So gibt es viel aufzuholen. Ich habe mein Probehalbjahr bei der Firma MSD gut überstanden. Viele Medikamente meiner Firma wurden in den Kliniken inzwischen geordert. Wie Gen-Habewachs – ein Hepatitis-B-Impfstoff. Bei den Gesprächen mit Ärzten und Apothekern in den Kliniken begegne ich Veränderungswilligkeit, Aggression, Angst, Trauer, Hoffnung und Resignation. Befindlichkeiten, die so rasante Veränderungen sicher immer begleiten werden. Denn nie wird nur Gutes entstehen und Schlechtes vergehen. Dass wir nach so vielen Jahren der Stagnation endlich Veränderungen erleben, empfinde ich als Glück. Langsam taucht die rotgoldene Sonne hinter den Baumspitzen des gegenüberliegenden Waldes ab. Schweigen breitet sich aus, nach dem ich mich nach all der Geschwätzigkeit der letzten Monate so sehr sehne.

Angermünde, den 23. 7. 1991

Heute ist unser zweiter Ferientag im Seehäuschen. Die Kinder haben ausgiebig gebadet. Jetzt bauen sie am Waldrand eine Blockhütte. Papa gibt fachmännische Ratschläge. Ich freue mich über die geruhsame und erholsame Zeit ohne Terminkalender, Dienstwagen, Telefon und Laptop. Der erste richtige Urlaub seit einem Jahr. Das ist himmlisch. Obwohl ich meine Arbeit sehr mag, bin ich erleichtert, endlich Abstand zu haben. Annegret arbeitet die letzten Wochen im Potsdamer Klinikum, wo sie vor dem Medizinstudium ihr Vorpraktikum absolviert. In drei Wochen wird sie mit einer Jugendgruppe nach Italien fahren. Im September beginnt sie in Berlin mit dem Zahnmedizinstudium. Albrecht ist zurzeit mit Johannes an der Ostsee. Dann wird er mit zwei Schulfreunden in die Bretagne reisen. Seit meiner intensiveren Berufstätigkeit sind auch Constantin und Cornelius, Hanna und Simon selbstständiger geworden. Aber dennoch haben wir täglich stundenweise eine Kinderfrau eingestellt,

die die Kinder bis zu meiner Rückkehr betreut. Meine Arbeit außerhalb der gewohnten vier Wände empfinde ich als hilfreich und spannend.
Ich bekomme Abstand von den häuslichen Problemen, die aus der Außenperspektive plötzlich viel harmloser und leichter erscheinen. Die Tatsache, dass ich die Arbeit bisher gut bewältigte, verleiht mir Selbstvertrauen. Ich glaube kaum, dass ich als Pharmareferentin bis an mein Lebensende arbeiten werde. Natürlich habe ich noch viele andere Ideen. Aber augenblicklich ist es für mich eine gute Möglichkeit, als Chemikerin zu arbeiten. Auch unserem Familienkonto bekommt mein Gehalt gut.
Die Kinder umlagern mich. Sie sind vom Waldrand zurückgekehrt und wollen nun unbedingt wissen, was ich alles in mein Tagebuch schreibe. Cornelius hat das kleine Segelboot wieder aufgetakelt. Simon und Constantin verfolgen ihn mit dem Ruderboot. Hanna und Susan mit dem Schlauchboot. Und wir verfolgen amüsiert die Armada von der Terrasse aus. Als Cornelius vom Wind in die kleine Bucht gedrückt wird, schleppen die Brüder den schimpfenden Bruder mit dem Ruderboot ab.
Ich wende mich meinen Pellkartoffeln zu. Freue mich, dass wir uns hier im Urlaub wieder mit den einfachsten Dingen befassen können. Beinahe so primitiv wie in der Bronzezeit leben. Ohne fließendes Wasser. Nur mit Adlerquellwasser und Strom. Im Rückzug zur Natur werden wir das rechte Maß zurückfinden. Viel zu schnell überrollte uns die Techniksucht der neuen Zeit. Viel zu viele Stunden starren wir am Tag auf Displays und Bildschirme. Da ist die reine Natur hier sehr heilsam. Und ich beklage mich auch nicht über meinen vorsintflutlichen kleinen Elektrokocher, der nur zwei Kochplatten hat.

Angermünde, den 29. 7. 1991

Seit gestern Abend ist es wieder still in unserem Ferienhaus. Unsere Nachbarn sind abgereist. Zurückgeblieben sind nur ein Enkel, Oma und Opa. Das ist eine Wohltat. Nachdem ich gleich nach der Ankunft der Nachbaroma alle wichtigsten Familiennachrichten mitgeteilt hatte, konnten wir uns auf ein freundliches „Guten Morgen“ und „Guten Abend“ beschränken. Nicht zum Wochenende, als die ganze übrige Sippe mit Hund und allem Dazubehör anreiste. Das Familiengespräch mit lärmender Radiomusik untermalt wurde. Da sind wir am Sonnabend und Sonntag geflohen. Mit dem Boot bis zu den Inseln und nach Wolletz gefahren. Das Stasischloss ist jetzt eine Rehaklinik. Die einstigen Bewacher angeln mit finsteren Mienen im See. Am Sonntagnachmittag waren wir bei der Großmutter im Krankenhaus. Durch einen Schlaganfall sind ihr linker Arm und ihr linkes Bein leicht gelähmt. Die Bewegungsübungen haben die Lähmungen aber wieder gut behoben. Als wir die Schwiegermutter am Sonntag besuchten, kam sie uns angekleidet entgegen. Das erste Mal sprach sie vom Entlassungstermin. Vielleicht hat die Lebendigkeit der Kinder der Großmutter neuen Lebensmut gegeben. Wir hoffen, dass sie mit einer Haushaltshilfe das Leben im eigenen Haus wieder bewältigen kann. Nach dem Krankenhausbesuch fuhren wir zur Glambecker Mühle. Eine Stunde nur dichter Laub- und Nadelwald. Viele dieser Wege waren früher wegen des Stasischlosses gesperrt. Jetzt können wir die nahezu unberührte Natur ungehindert genießen, die schon von den Askaniern und Hohenzollern wegen des reichen Wildbestandes geschätzt wurde. Vom Gutsschloss sind nur ein Schutthaufen und der Taubenturm erhalten geblieben. Eine tausendjährige Eiche erinnert an den alten Gutspark. Und eine stinkende Kläranlage an die jüngste Vergangenheit.

Angermünde, den 2. 8. 1991

Man muss das immer wieder von neuem lernen, innezuhalten. Denke ich. Viel zu schnell gerät man in den Strudel der angeblichen Wichtigkeiten. Die Kinder baden lärmend. Es ist heute glutheiß. Sie zanken sich. Simon dümpelt Constantin, der nun lauthals schreit. Beide Zwillinge ziehen Simon an den Beinen. Er strampelt sich mit großem Geschrei los. Knut schimpft. Er schimpft immer, wenn sich die Kinder zanken. Ich denke, dass vier lebendige Kinder auch Konflikte haben und austragen dürfen. Auch wenn es uns nicht so angenehm ist. Und andererseits beobachte ich, dass sie einander nicht wirklich schaden, da sie sich auch sehr gern haben und das Leid des Geschwisterkindes die kindliche Bosheit einschränkt. Mit dem Zeh stupse ich Knut am Bein. Meine Sicht kann ich Knut nur unsichtbar mitteilen. Für die Kinder ist es wichtig, dass wir

Geschlossenheit zeigen. Ich denke, dass auch Knuts Eltern sich nie offen miteinander auseinandersetzten. Sie grummelten nur. Aber so richtig gut geht es ihnen nicht miteinander. Sie haben große Probleme, gemeinsam Konflikte und Probleme zu lösen. So gehen sie auch das augenblickliche Großmutterproblem noch immer nicht an. Obwohl dringend eine Lösung gefunden werden müsste. Denn wir glauben, dass die Großmutter den Dreipersonenhaushalt in Zukunft nur mit einer Hilfe bewältigen wird.

Angermünde, den 3. 8. 1991

Die Kinder sitzen in Badehosen auf der Holzterrasse und spielen Sagaland. Das Wasser ist augenblicklich nicht einladend. Der See blüht. Kleine gelbgrüne Pünktchen treiben auf dem Wasser. Aber ein kleines Bad wage ich dennoch. Ich lasse mich auf der lauwarmen Oberfläche treiben. Knut schwimmt mir entgegen. Er umarmt mich. Wir sinken unter die Wasseroberfläche. Steigen prustend und lachend wieder auf. Wir schwimmen zu den Kindern und bereiten das Abendbrot. Knuts Bruder besucht uns. Karl ist mit dem Fahrrad von Angermünde gekommen. Karl beklagt sich über den Vater, der seit Mutters Krankheit so unverträglich wäre. Wir schicken die Kinder ins Bett, die sich heute selbst Geschichten vorlesen müssen. Und heute ausnahmsweise friedlich sind. Ob sie das Erzählte verstanden haben? Karl sagt, dass sich das Verhältnis zum Vater eigentlich seit seiner Kindheit nie gebessert hätte. Als der Vater aus dem Krieg kam, war Karl zwei Jahre alt. Er hatte den Vater noch nie gesehen. Damals war er für ihn ein fremder Mann. Fremd blieben sie einander immer. Meinen Rat, mit dem Vater einmal zu reden, wehrt er resigniert ab. Im Grunde ist es ein Kampf um die Vormacht und die Liebe der Mutter, der vielleicht durch die räumliche Trennung abgemildert werden könnte. Knut fährt Karl mit dem Auto nach Hause. In den beiden Kinderzimmern ist es schon lange still geworden. Als Knut zurückkommt, können wir noch lange nicht einschlafen. Wir schauen in den sternenklaren Himmel. Die Wellen des Sees plätschern über unsere Sorgen hinweg. Am nächsten Morgen putze ich das Haus, beziehe die

Betten mit frischen Laken, reinige die Fensterbänke. Knut packt Koffer und Taschen ins Auto. Unser Urlaub am Wolletzsee geht heute zu Ende.

Wyk auf Föhr, den 6. 8. 1991

Nach einer achtstündigen Fahrt sind wir mit unserem Auto in Dagebüll angekommen. Das erste Mal in unserem Leben sehen wir die Nordsee, die sich sanft und zurückgenommen gibt. Weit am blassblauen Horizont ist Föhr schon zu erkennen. Daneben die Halligen mit den Häusern auf dem Rücken. Wir verteilen unser Gepäck auf sechs Personen, da wir das Auto am Fährplatz zurücklassen. Die Fähre ist leer. Mit Spannung erwarten wir den Augenblick, die Insel zu betreten. Den Weg zu unserem Ferienhaus hatten wir uns auf der Karte schon lange herausgesucht. Aber in Wirklichkeit und mit Koffern und Taschen wird er uns von Meter zu Meter länger und länger. Ein Taxi rettet uns aus unserer Not. Unser Ferienhaus ist aus roten Backsteinen gebaut. Fenster und Türen sind blendend weiß. Die Kinder beziehen die beiden Schlafzimmer. Knut und ich werden auf der Doppelliege im Wohnzimmer schlafen. Schnell haben wir alle Koffer und Taschen ausgepackt. Begeistert nehmen wir die gut eingerichtete Küche in Besitz. Nach einem ersten Kaffeetrinken auf der Terrasse spazieren wir durch die Gassen und Gässchen zum Meer. Wyk beherbergt viele Feriengäste. Die Deutschen scheinen hier ganz unter sich zu sein. Gehobener Mittelstand. Viele Familien haben ihr liebstes Spielzeug dabei: Mercedes, BMW, Volvo, Audi, Passat. Wir scheinen auf Wyk die einzigen Urlauber aus den neuen Bundesländern zu sein. Auch mit vier Kindern fallen wir aus dem Rahmen. Hier hat man zwei. Wir sitzen lesend am Stand und beobachten aus den Augenwinkeln das Spiel unserer Kinder mit Wasser, Sand, Muscheln und Steinen. Meine heiß umlagerte Kühltasche muss ich eisern unter Verschluss halten, damit der Inhalt später für die gemeinsamen Mahlzeiten reicht.

Wyk auf Föhr, den 8. 8. 1991

Nach ausgiebigem Strandtag laufen wir durch die weiten Wiesen der Insel. Überall langhaarige, wippende Gräser. Wir freuen uns, nicht motorisiert zu sein. Unsere Wege nach unseren sechsfachen körperlichen Möglichkeiten zu bemessen. Die achtjährigen Zwillinge halten bei unseren Wanderungen tapfer mit. In der Gemeinschaft bemerken sie kaum, dass sie schon so viele Kilometer gewandert sind. Wir bewundern in den kleinen Ferienorten die reichen Auslagen der Geschäfte, die bei den wohlhabenden Urlaubern gute Umsätze machen werden. Antike und moderne Kunst in noblen Galerien. Schmuckläden, Buchläden, Teeläden. Vielen Kunsthandwerkern können wir bei der Arbeit zuschauen. Die Kreativität beflügelt die Phantasie der Kinder. Sie basteln und bauen mit Muscheln, Steinen und Stöcken. Viele Kunstwerke entstehen, die nun unsere Ferienwohnung an allen möglichen und unmöglichen Orten zieren. Auch mich ergreift eine große Lust zum Malen und Gestalten. Ich sortiere Muscheln und Steine auf meinem Schreibplatz und freue mich an der Vielfalt ihrer Farben und Zeichnungen. Betrachte sie so aufmerksam, als gäben sie mir wichtige Botschaften. Knut hat sich in seine Leseecke zurückgezogen. Die Schönheit der Insel und der Abstand von der Heimat besänftigen unsere Gemüter. Auch die Kinder haben heute Nacht lange und tief geschlafen. Zum Frühstück Unmengen duftender Brötchen verspeist, die Knut beim Inselbäcker kaufte. Erst hier auf der fremden Insel weitab von Zuhause beginnen die Mühen und Anstrengungen der beiden letzten Jahre ganz von uns abzufallen.

Wyk auf Föhr, den 9. 8. 1991

Die Zeit eilt viel zu schnell dahin. Jeder neue Tag leuchtet uns inselhell durch das Fenstergeviert entgegen. Im Zwillingszimmer säuselt es friedlich. Aus dem zweiten Zimmer schrillt Hannas Stimme: Geh weg, mit deinen Popelfingern! Sei ruhig, alte Hexe! Das kann ja heiter werden. Der pubertierende Simon und die vorpubertierende Hanna sind zurzeit ein zu ungleiches Gespann. Aber wir haben keine Ausweichmöglichkeit. Durch den Garten hüpfen kleine Maihasen. Cornelius möchte sich einen Hasen für Zuhause einfangen. Glücklicherweise sind die kleinen Langohren sehr flink und listig und weichen allen Begehrlichkeiten aus. Gold schimmernde Fasane scharren in den Beeten. Leider können wir nicht sechs Fahrräder ausleihen. Unsere große Familie scheint den Wyker Fahrradverleih zu überfordern. So werden wir zum Bauernmarkt nach Oevenum zu Fuß gehen. Das erweist sich als viel leichter als gedacht. Nach wenigen Kilometern grüßen schon die ersten roten Backsteinhäuser. Alle Gärten haben ihre üppige Blumenpracht noch einmal spätsommerlich zum Leuchten gebracht. Rosenstöcke in allen Farben, Hortensien blau, weiß und rosa, blasslila Fingerhut, weiße Margeritten, leuchtend gelbe Sonnenblumen, Cosmeen, Sonnenschild und Dahlien. Flache Steinwälle begrenzen die Gärten. Auf dem Bauernmarkt gibt es nur wenige Stände mit Kunsthandwerk, Kräutern, Tee und Holzspielzeug, die die Kinder neugierig umlagern. In einem Garten essen wir Mittag und trinken goldgelben Friesentee.

Als wir vom Markt nach Nieblum weiter wandern, begegnen uns viele schwarz gekleidete Menschen. Die Männer tragen schwarze Hüte. Sie alle streben zur Johanniskirche von Nieblum, wo offenbar eine Beerdigung sein wird. Die Trauergemeinde erweist sich als großer Gegensatz zum bunten Ferienleben. Der Lebenskreis schließt sich.

Abends: Knut liest. Die Kinder spielen. So kann ich mich getrost zurückziehen und meinen Gedanken nachhängen: Das letzte Jahr war hektisch. Eine Herausforderung in jeder Form. Ich habe in kurzer Zeit vieles erlernen müssen: Die Wirkungsweise der Pharmaka, Anatomie, Biochemie, Audi-Fahren, die Arbeit am Computer, Buchhaltung, Gesprächsführung. Und nebenbei meine große Familie. Aber meine neu gewonnene Selbstständigkeit hat auch unserer Liebe geholfen. Wir begegnen uns wieder in gleicher Augenhöhe und haben durch die ähnlichen Belastungen mehr Verständnis füreinander. Mit anwachsender Kinderzahl hatten Knut und ich unsere Aufgaben immer mehr geteilt. Knut erledigte die Außenaufgaben. Ich die Innenaufgaben. Auch meine Arbeit für das Institut konnte ich beinahe ausschließlich am häuslichen Schreibtisch erledigen. Die Arbeitsteilung war praktisch, aber gefährlich. Die abnehmenden Außenaufgaben verunsicherten mich. Nun müssen wir sehr acht geben, dass uns die

Kinder nicht entgleiten, dass wir noch immer genügend Zeit für sie haben. Ab Oktober werde ich nur noch für den Klinikaußendienst zuständig sein. Das wird Erleichterung bringen.

In der natürlichen Umgebung beginne ich mich wieder als ein Teil des Ganzen zu empfinden, das sich hier auf so schöne und überschaubare Weise darbietet. Das macht mich leichtfüßig und fröhlich. Eine Insel ist einfach der beste Ort zum Urlaubmachen. Einfach strukturiert und überschaubar.

Weihnachtsbrief
Potsdam im Advent 1991

Die Quecksilbersäule des Thermometers hat den Gefrierpunkt unterschritten. Ich ziehe den Zwillingen die Pudelmützen weit über die Ohren. Sie kuscheln sich wohlig in die gefütterten Anoraks. Hanna benötigt schon mehr Zeit als ihre Brüder. Sie streift sich, kritisch im Spiegel prüfend, ein rotes Strickband über Stirn und Ohren. Constantin und Papa drängen zur Eile. Dann steigen die drei Kleinen zum Papa in den Bus, der sie auf dem Weg zur Firma mit zur Schule nimmt. Simon und Albrecht haben noch Zeit. Das Helmholzgymnasium öffnet erst um 8 Uhr seine Türen. Die Krümel am Toaster erinnern an Annegrets Frühstück. In aller Frühe packt sie täglich ihren Rucksack. Seit Oktober studiert sie an der Humboldt-Universität in Berlin Zahnmedizin. Nun lernt sie Knochen und Knöchelchen, Venen- und Arterienstämme für die ersten Klausuren. Nachdem auch die beiden großen Söhne das Haus verlassen haben, genieße ich noch ein paar Minuten Stille. Gebe dem Kater Florian Milch. Nur ungern verlässt er seinen warmen Platz an der Heizung im Wohnzimmer und geht in den Garten. Ich fahre aus der Stadt heraus. Der gefrorene Atem der Nacht hat Gras und Zweige weiß bepelzt. Ich schalte das Radio ein. Es wird berichtet, dass alle Verhandlungen in die richtige Richtung gehen. Froh bin ich, dass ein blau-weißes Schild mir meinen heutigen Zielort anzeigt. In der Klinik spreche ich mit Ärzten und Apothekern über resistent gewordene Pseudomonaden, Hypercholesterinämie, alimentär oder genetisch bedingt. Fachwortmonster. Dahinter gibt es auch Möglichkeiten eines wirklichen Gesprächs. Die Heimfahrt geht schneller. Frau von Herwarth hat bei den Zwillingen die Hausaufgaben überwacht, das Frühstücksgeschirr und die Wäsche versorgt. Nun bin ich an der Reihe. Ich decke mit den Kindern den Kaffeetisch. Knut kommt durchgefroren nach Hause. Auf der Baustelle in Torgau begannen die ersten Erdarbeiten für die Elbebrücke in Anwesenheit der Projektanten und Auftraggeber. Ein neues hoffnungsvolles Reissbrettprojekt steht vor der Vollendung.

Am 2. März 1992 verunglückte Knut auf der Rückfahrt einer Dienstreise. Zwei Wochen später starb er im Potsdamer Bergmann-Klinikum an Lungenversagen.

Potsdam, den 6. 4. 1992

Gestern war Albrechts 18. Geburtstag. Wir frühstückten lange bis die drei Kleinen aus der Kirche kamen, wo sie mit dem Kinderchor sangen. Ihr fröhliches Erzählen ist wunderbar. Wir können uns aneinander halten. Ich spüre die Wärme ihrer Umarmungen auf meiner Haut. Dann ist der Schmerz für kurze Augenblicke erträglich. Die Großeltern und Karl sind gekommen. Die Trauer hat sie behutsamer miteinander gemacht. Schwiegervater hat sich wieder etwas gekräftigt. Nun muss er für uns weiterleben, sagt er. Wir haben gemeinsam das Mittagessen bereitet. Nachmittags kamen noch Mutter, Eva und Johannes. Nach dem Kaffeetrinken sind wir zu Knuts Grab gefahren. Hier ist Knut wirklich tot. Zu Hause ist er noch fassbarer und erlebbarer. Seine Stimme, seine Umarmungen. Immer wieder treiben meine Gedanken zu dem einen Abend.

Potsdam, den 10. 4. 1992

Heute bin ich das erste Mal wieder nach Berlin unterwegs. Ohne Auto. Mit der S-Bahn. Ich musste zu meiner Bank am Kurfürstendamm. Danach zu einer Tagung meiner Firma im Palace Hotel. Ich bin ganz langsam Schritt für Schritt gewandert. Unglaubliche Kraftanstrengung. Alles um mich her erscheint mir unwirklich. Kaum fassbar. Die Bilder von Knuts Sterben sind noch immer so stark in mir belichtet, dass die reale Welt ganz blass erscheint. Ich habe mich in die Lobby des Palace Hotels gesetzt und trinke Kaffee. Warte auf meine Kollegen. Ich treffe sie das erste Mal seit Knuts Tod. Wie werden sie mich empfangen? Ob wir ein ganz normales Gespräch über ganz normale Dinge führen können? Aber wer schafft das schon, unbefangen mit mir zu reden?